莫泊桑

莫泊桑小說精選

Guy de Maupassant collection

高寶書版集團

閱讀經典　005

莫泊桑小說精選
Guy de Maupassant collection

作　　者：莫泊桑
總 編 輯：林秀禎
編　　輯：江麗秋
出 版 者：英屬維京群島商高寶國際有限公司台灣分公司
Global Group Holdings,Ltd.
地　　址：台北市內湖區新明路174巷15號1樓
網　　址：gobooks.com.tw
E - mail：readers@gobooks.com.tw（讀者服務部）
pr@gobooks.com.tw（公關諮詢部）
電　　話：(02)27911197　27918621
電　　傳：出版部 (02)27955824　行銷部 27955825
郵政劃撥：19394552
戶　　名：英屬維京群島商高寶國際有限公司台灣分公司
初版日期：2006年8月
發　　行：高寶書版集團發行 / Printed in Taiwan

香港總經銷　全力圖書有限公司
地　　址　香港新界葵涌打磚坪街58-76號和豐工業中心1樓8室
電　　話　(852) 2494-7282　傳真　(852) 2494-7609

國家圖書館出版品預行編目資料

莫泊桑小說精選 / 莫泊桑著 ; 顏湘如譯. --
初版. -- 臺北市 : 高寶國際, 2006[民95]
面 ;　公分. -- (閱讀經典 ; 5)

譯自 : Guy de Maupassant collection
ISBN 978-986-7088-74-1(平裝)

876.57　　95013242

閱讀經典的理由

小時候，我們每個人都愛聽故事，也愛看故事書，並從中得到了寧靜與喜悅，發現了自己的小天地。但現代人多半忙忙於公事案牘、碌碌於魚米柴薪，沒有空閒更沒有精力靜下心來閱讀，從而與這項最單純的快樂越離越遠。所以，若想要重新體會這分感動，又苦於好書太多，而時間太少，那麼，閱讀經典文學該是最有效率的方式了。

爲什麼說閱讀經典是最有效率的方式呢？要知道，經典之所以被稱爲經典，在於它們的內容經過悠悠歲月與千百讀者的試煉後，其地位依然屹立不搖，其價值歷久不墜，因此值得人們一看再看，並隨著時代的變革賦予新的意義。

閱讀經典系列將各國經典文學重新迻譯，文字雅潔流暢，是最適合時下青年學子閱讀的經典文本。而入選閱讀經典系列的每本書，無一不是深刻雋永，無一不是文壇大家嘔心瀝血之作。盼望熱愛文學的讀者知音們，能夠盡情徜徉在每本書的奇妙世界之中。

CONTENTS

莫泊桑作品中的性、謊言及價值觀

十九世紀正值法國邁向工商業社會之際，報業亦開始蓬勃發展，百姓閱讀習慣大幅改變，因此濃縮精華版的文學小品即十分適合在副刊登載，也就造就了不少作家，如巴爾札克、莫泊桑、都德、左拉……

莫泊桑的短篇小說共計三百餘則，又是個說故事高手，文辭既清晰自然，內容也生動逼真，很能碰觸讀者的心靈深處，風流倜儻的他，當時不知擄獲多少女性的芳心，我們可由〈莫泊桑和他的情人〉這一部分更深入了解作者的私生活以及對其著作的影響。

一、性：

〈柴火〉敘述兩個男人本是焦孟不離的好友，但自從其中一位宣布即將結婚，兩人便逐漸疏遠。之後好友妻竟色誘他，驚嚇之餘也不願背叛摯友，於是避不再見，而且終身不敢娶妻……。另一則〈明智的抉擇〉也是兩個好朋友因其中一位要結婚，於是他們漸行漸遠，而這位朋友妻卻讓原本身強體健的友人因縱欲過度而筋疲力竭。多年以後，他們路上重逢，友人不再憔悴，一副神清氣爽、容光煥發的樣子；原來，他替需索無度的妻子找了名壯漢，自己則和友人跑去煙花柳巷尋歡敘舊……

這兩篇都表現了作者的厭女心理及對男女之間親密關係的深刻體認，摘錄其中各兩段，以驗證莫泊桑的觀點：

他一回來便對我說他要結婚了。這個消息在我胸口猛然一擊，我有一種失落，一種遭到背叛的感覺。朋友一旦結了婚，一切便都結束了，完完全全結束了。（〈柴火〉，p15）

當他宣布即將結婚時，我彷彿遭背叛而感到受傷。我感覺得到我們之間那分真摯、無可替代的友情就要結束了。（〈明智的抉擇〉，p64）

不管男女之間為了什麼樣的愛情而結合，他們的心思與智慧是全然不同的。他們總是處於對立的局面，分屬不同的族群……總之男女絕不可能平等。聰明的人就不該為了老有所託而結婚生子，到頭來還是難逃被孩子遺棄的命運，倒不如找個可靠的好友，秉持著男人才懂的信念一同老去。（〈柴火〉，p15—16）

床笫間的親密關係，往往會讓兩人產生一種同舟共濟的精神，即使已不再愛對方，這股神祕的力量也會將他們緊緊地結合在一起……然而如此緊密的夫妻關係，一旦妻子有了情夫，便戛然而止。（〈明智的抉擇〉，p64）

由以上片段即可發現，莫泊桑十分重視男性間的友誼，並認定女人便是友情的絆腳石，他對女人語帶輕蔑，甚至對已婚女性也毫無信任感，認為兩性心思與智慧截然不同，只有尋獲男性知音，才是生存之道。

但這不表示莫泊桑有同性戀傾向，他是文學史界公認的兩性關係描寫高手，我們也可以透過〈溺斃者身上的一封信〉中為愛自殺者之口察覺出作者的愛情觀點：

所有的人都有精神與肉體兩面，我覺得若想要戀愛就必須在這兩方面獲得和諧，然而我卻從未聽說過這樣的愛情；……這種理想是永遠也不可能達成的。（〈溺斃者身上的一封信〉，p28—29）

戀愛必須盲目，必須完全奉獻，什麼都不去看，不去想，不去了解。對方的長處和缺點都要能崇拜和接受，絕對不能有任何批評、想法或觀察，我無法如此盲目，也難以接受這種不理性的誘惑。（〈溺斃者身上的一封信〉，p29）

從以上觀點我們不難發現，莫泊桑對愛情似乎是位完美主義者，不過他也深知自己追尋的目標遙不可及，而且幾乎不存在。在他那一票花花公子的朋友眼中，女人是獵物、玩物，不然就是敵人，他們飛蛾撲火式的周而復始討好獵物、遺棄玩物和逃離敵人……欲藉此化解內心對性與愛的焦慮卻不得其果。

二、謊言：

再者，〈首飾〉一文也是上乘之作，講述的是中產階級的藍丁太太有兩種嗜好：一是愛看歌劇，二是鍾愛「假首飾」。一天妻子急病去世，不善理財的藍丁先生面臨生活拮据的窘境，只好拿太太的假首飾去典當，沒想到它們竟然是真的，而且正是首飾店主人那兒賣出的珠寶！原來美麗賢淑的配偶，得自情人餽贈的首飾無法自圓其說（這個謎團隨妻子過世無法證實），只得佯稱是假的，以便能出門公開佩戴。作者將女性的虛情假意描繪得絲絲入扣，內容既弔詭又反諷。這故事似乎暗示男人應謹防外表溫婉的女人；女人掌財即掌權，非男人之福；給女人太多自由空間，後果不堪設想。不過藍丁先生並未從中吸取教訓，他的判斷老出錯，半年後再婚的對象竟是隻母老虎，脾氣極壞，令他苦不堪言。這故事也間接地透露莫泊桑的厭女情結。

無獨有偶的，作者還寫了另一篇有關珠寶的佳作〈項鍊〉：一個愛慕虛榮的婦人為了參加一場豪華宴會，向友人商借了一條鑽石項鍊，但卻不幸遺失，於是夫婦倆到處籌錢，買了一條同一款的項鍊歸還，之後只得節衣縮食，十年才償清債務。有一天形容消瘦枯槁的她在公園巧遇朋友，才得知當年所借的首飾原來是假的人造鑽鍊！這部短篇小說同樣令讀者瞠目結舌，拍案叫絕，描述的也是女人虛榮，真假莫辨的浮華世界。這篇雖未收錄在本書中，但其可看性極高，值得拿來兩相對照評比。

作者並非僅嘲諷女性，他認為男人也同樣會被虛名所迷惑，〈獲得勳章了！〉就赤裸裸地諷刺了一位老想佩帶國家勳章者的可笑行徑。他附庸風雅，撰寫各種古怪論文，要人家引介參加幾個學術協會，以便獲獎。有一回撞見佩勳章議員和妻子在家偷情，老婆卻處變不驚，搪塞說姦夫衣服上的勳章是政府剛派人致贈給丈夫的，「名」令智昏，戴綠帽的他竟也信以為真。

三、價值觀：

〈脂肪球〉指的是一位體態豐腴的妓女，綽號「脂肪球」，觀其文意，若翻為「小肉彈」似乎比較傳神。別以為莫泊桑是以輕浮的口吻下標題，對妓女不敬，相反的，這是部澈底反諷假道學的作品：普法戰爭之際，法軍節節敗退，酒商羅瓦佐夫婦、紡織大亨卡雷拉馬東夫婦、布雷維爾伯爵夫婦、兩位修女、一名民主運動分子和一個妓女共乘一輛大馬車，打算逃到敵後的另一港口去。半路卻遭一普魯士軍官刁難，扣押車輛，除非「得到他想要的」才肯放行。大夥於是對脂肪球「曉以大義」，最後她終於就範，解救了一群不值得尊重的人。

基本上，酒商、紡織大亨及伯爵夫婦自覺高人一等，只因為權位高、錢財多，他們的聚合完全建立在薄弱的虛華上，然而各個自私自利，膽小如鼠。德軍的擋路事件就是最佳的試煉：

譬如羅瓦佐夫人便大剌剌地說：「既然這娘們兒的職業是跟所有的男人幹這種事，她沒有權利挑三揀四。」而布雷維爾伯爵較具手腕，他語帶外交辭令的說服道：「您喜歡我們也和您自己一樣受暴力嗎？那還不如像以前那樣去獻點殷勤。」在吃飯時，大夥還舉聖經中猶太女子朱迪特為挽救全城，誘敵上床並殺之的故事；那滿口民主的革命分子也做壁上觀，不出面仗義執言；老修女甚至還說，當意圖是好的，行為不應受到譴責。

然而，不論用哪種方法強取他人靈魂與肉體者都可稱為「強姦犯」，以任一形式出賣靈肉者也可稱之為「妓」。脂肪球用原始本錢換得大夥的放行，她捨己救人的精神反而是基督精神的體現。當危機解除後，那幫人如釋重負，立刻翻臉不認人，獨留脂肪球羞恨交加，暗自流淚。這批人滿口仁義道德，其品格之高下在此立見分曉。

莫泊桑戲謔人生四十三載，其實於三十八歲那年，健康即亮起紅燈，不過有時病魔卻愈加激發作者的想像力與創作力，〈堅強如死〉就是在眼疾和失眠的狀況下完成的；而〈奧拉〉也是由於頭疼加上疑神疑鬼的幻覺，才將體驗到的那股致命壓迫感描寫得如此淋漓盡致。他的死因眾說紛紜，一則是說家族遺傳精神病（他胞弟艾維便是因精神疾病先他而去），一則是說因梅毒侵入莫泊桑腦部，引起腦神經錯亂……無論哪種講法，確定的是，一代大師是在精神病院度過最後痛苦的三年，不過他本色不改，至死仍周旋於眾美女貴婦之間。

（本文作者為政大歐文學程教授）

第一部 永恆的莫泊桑

柴火

客廳不大，到處掛滿了厚厚的帷幔，並隱隱然飄著一道香氣。大型的壁爐裡烈火熊熊，廳裡唯一的檯燈擺在爐邊，柔和的燈光透過古色古香的燈罩，灑在兩個正在談天的人身上。

其中一人是屋子的女主人，雖已是白髮皤皤的老婦，卻仍風韻猶存。她就像一張芳香細緻的紙，不僅肌膚光滑無紋，更從骨子裡散發出經年累月滲積的香水味：親吻她的手時，香氣撲鼻而來，就好像打開了弗羅倫斯鳶尾香粉盒一樣。

另一人則是主人多年老友，一直未娶，他每星期都會來探望她，偶爾也會陪她出門旅行。但兩人的關係也僅只如此而已。

大約有一分鐘的時間，兩人未發一語，各自看著火出神，這是一種屬於摯友之間的沉默，因為他們已無須藉由說話來打破窘迫不自在的氣氛。

突然間，一大塊燒得通紅的柴塊塌了下去，碰到柴架後反彈落到客廳的地毯上，迸得火花四濺。

老婦人低低驚呼了一聲，連忙站起身來想躲開，友人則用腳把巨大的碳塊踢回爐中，並將四周熾熱的火星踩滅。

場面控制住後，濃濃的焦味瀰漫了整個客廳；友人坐回女主人對面，微笑地看著她，手指著被踢回壁爐的柴火說道：「就因為它，就因為它我才一直沒有結婚。」

她驚訝地看著他，眼神中充滿了女人的好奇，而像她這種已不再年輕的女人，好奇心則顯得審慎、複雜，而且經常帶點惡作劇的意味。她忍不住問道：「怎麼說？」

他說：「唉！說來話長，這可是一件不光彩又令人傷心的往事啊。」

從前我最好的朋友當中，有一個名叫朱利安的，我們兩人突然間不再往來，常令許多老友感到驚訝。他們不明白，像我們這樣形影不離的親密夥伴，怎麼會在轉眼間便形同陌路？不過，我們的疏遠是有原因的。

我和他本來同住在一起，兩人幾乎是孟不離焦，焦不離孟，那種緊密的友誼像是任何人事物都無法離間的。

有一天晚上，他一回來便對我說他要結婚了。

這個消息在我胸口猛然一擊，我有一種失落，一種遭到背叛的感覺。朋友一旦結了婚，一切便都結束了，完完全全結束了。女人的愛充滿了嫉妒心、疑心、憂慮與肉欲，她們絕對無法忍受兩個男人之間那種強烈而坦白、純屬於精神、心靈與信任的情義。

夫人，妳要知道，不管男女之間為了什麼樣的愛情而結合，他們的心思與智慧是全然不同的。他們總是處於對立的局面，分屬於不同的族群；兩人之中總得有一個去馴服、另一個被馴服，一個做主、一個聽從，無論哪個角色，總有時候是男人、有時候是女人；總之男女絕不可能平等。當他們緊握對方雙手時，的確因熱情澎湃而顫抖；但他們緊握的雙手，卻從來不曾傳達過強烈的忠誠感，那種可以剖心相見的赤忱，那種真摯、強烈、雄赳赳的熱情。聰明的人就不該為了老有所託而結婚生子，到頭來還是難逃被孩子遺棄的命運，倒不如找個可靠的好友，秉持著男人才懂的信念一同老去。

然而，我的朋友朱利安結婚了。他的妻子美麗迷人，身材嬌小，金髮微鬈，性情開朗，體態豐盈，而且似乎很愛朱利安。

剛開始，我不想杵在他們中間當電燈泡，總覺得自己是多餘的第三者，所以很少到他們家去。可是他們卻似乎很愛我，很希望我去，不停地邀請我。

漸漸地，我也被這種共同生活中的溫馨甜蜜所吸引；我經常與他們一起用餐，甚至常常在深夜回到家，面對空蕩蕩的屋子時，心中悵然不已，真想跟他一樣娶個妻子。

他們似乎都很依戀對方，總是形影不離。有一晚，朱利安請我過去吃飯。我去了。他對我說：「好哥兒們，待會吃過飯，我得出去辦點事，十一點以前不會回來，不過十一點整，我一定到家。這段時間，就麻煩你陪陪貝蒂了。」

他年輕的妻子笑著說：「這可是我出的主意去找你來的。」

我握了握她的手：「妳對我真是太好了。」我感覺到她友善地握住我的手，而且握了許久，但我並未在意。隨後便開飯了；八點一到，朱利安就出門去了。

他離開後，我和他妻子間突然有一種奇怪而拘束的感覺。我們從未單獨相處過，雖然日漸熟稔親密，但像這樣一對一的情況，還是頭一遭。我先找了些無關痛癢的話題，想打破令人尷尬的沉默。她卻毫無反應，只是從壁爐的另一側面對著我，低著頭，眼光閃爍，並將一隻腳伸向火邊，整個人像是想著重重的心事而失神。後來我也想不出什麼話題，便住嘴了。真想不到，連要找個話題也這麼難。忽然間，我在冥冥中感覺到周遭有一種新的、無法解釋的氛圍，那是一種帶著神祕色彩的預警，暗示著另一人對我有不明的意圖，可能是好也可能是壞。

令人難受的沉默持續了好一會兒之後，貝蒂對我說：「麻煩你加點柴火吧，你看火就快熄了。」

於是我打開放柴火的箱子，它放的位置就跟妳的一模一樣，我拿出了最大的柴塊，把它放到已經燒得差不多了的柴堆上端。

我們再度陷入沉默。

過了幾分鐘，旺盛的爐火燒得我們臉頰發燙。貝蒂抬起了雙眼看著我，眼神有點奇怪。她說：「現在這裡太熱了，我們還是到沙發那邊去吧。」

於是我們便一起走向沙發。

這個時候，貝蒂突然直視著我說：「如果有一個女人告訴你她愛你，你會怎麼做？」

我狼狽萬分地答道：「天啊，我從來沒想過這個問題，而且這要看是哪個女人吧。」

聽了我的話，她開始笑了起來，是有點神經質的乾笑，而且還微微發顫，然後緊接著說：「男人總是又笨又膽小。」她停了一下，又說：「保羅，你談過戀愛嗎？」

我承認以前的確談過戀愛。

「說給我聽聽。」她說。

我隨便跟她說了個故事。她仔細地聽著，並時表不能贊同與不屑；突然間，她說話了：「你根本不懂，我覺得真正的愛必須得扯心撕肺，並令人心思糾結、魂不守舍。愛情必須是……該怎麼說呢？……危險的，可怕的，甚至是一種帶點罪惡與褻瀆的背叛；我的意思是要愛就要突破一些神聖的阻礙與律法，還要斷絕手足親情，如果愛得平順、簡單、合情合理、不具危險性，這能叫做愛嗎？」

我不知道該怎麼回答她，不過內心卻發出頗具哲理的感嘆：「女人啊，女人就是這樣！」她說話的時候，有一種裝作很正經而毫不在乎的神情。她靠著軟墊側身躺著，頭靠在我的肩上，裙襬稍稍向上翻起，露出了紅色的絲襪，在火光中更顯得灼灼耀眼。

過了一會兒，她說：「我讓你感到害怕。」我急忙否認。此時她整個人倒進了我的懷裡，也不看我就說：「如果是我，是我說愛你，你會怎麼做？」我還未來得及反應，她便環勾住我的頸子，猛然拉下我的頭，雙唇則順勢貼了上來。

親愛的夫人啊，老實說這種感覺一點也不好玩！欺騙朱利安？成為這個邪惡、狡猾而瘋狂的女人的情人，因為她的丈夫已無法滿足其情欲？要我不斷地背叛，不停地欺騙，只為了一嘗禁果的滋味、為了向危險挑戰、為了背叛友誼而上演這齣愛情的戲碼！不行，我辦不到。但又該怎麼辦呢？效法約瑟坐懷不亂嗎？那樣太笨也太難了，因為她的背棄行為實在太可怕了，她大膽、激情而不顧一切。若有人從未感受過一個決意獻身女子的深吻，真希望他能來打醒我……

……真的，只要再過一分鐘……妳能了解嗎？再過一分鐘，我就……不，她就……對不起，應該說是「他」！「他」差點就……，就在這個時候，一聲巨響把我們嚇得跳了起來。是柴火，沒錯，就是柴火蹦進了客廳，打翻了擋火的鏟子後，像一場火焰風暴一樣橫掃過來，燒紅了地毯，滾到沙發底下，眼看沙發也要著火了。

我發瘋似地衝了過去，就在我把那塊救命的木柴推回壁爐中時，門呀然一聲開了！是朱利安，他滿心歡喜地回來了。只聽他嚷嚷說：「我解脫了，事情提早兩個小時辦好了。」

是的，要是沒有那塊柴火，我可就當場被逮個正著了。妳想想那會有什麼後果啊！

之後，我盡量不讓自己再有機會陷入同樣的困境中，絕對不可以。同時，我發覺朱利安對我逐漸冷淡，顯然是他的妻子在破壞我們的情誼。漸漸他也不再請我到他家去，最後乾脆就不見面了。

我一直都沒有結婚。對於這點妳應該不會再感到驚訝了吧。

La bûche 1882.1.26

修椅子的女人——致雷昂爾尼克

為了慶祝狩獵季開始，貝特朗侯爵在家中宴請賓客。晚飯過後，十一位獵人、八位年輕女子和一名當地的醫生，仍圍坐在光亮耀眼、擺滿了鮮花水果的大桌旁。

有人無意中提到「愛情」這個話題，眾人於是展開了熱烈的討論，爭辯著一個人一生中到底能有幾次真愛。有人舉例說一生之中只能全心全意愛一次；也有人舉例說一個人能有多次轟轟烈烈的戀愛。大部分的男士都認為激情就像病痛一樣，同一個人可能經歷很多次，而且一旦遇到了障礙，病情加重，就會因而身亡。然而女人一向偏重於詩意的想像，而不注重實際的觀察，因此對男士們的說法頗不以為然。她們以為愛情，真正的愛情，偉大的愛情，一生只能有一次，而且這分愛有如雷電，被擊中的心靈立刻會被掏空、蹂躪、焚毀，之後便再也無法滋生出任何強烈的情感，甚至幻想。

曾有多次戀愛經驗的侯爵，立即強烈反駁這種想法：

「我要告訴各位，我們絕對可以擁有多次刻骨銘心的戀愛，你們舉一些為愛自殺的人為例，來證明不可能再有第二次激情，我倒以為如果不是他們做了這樣的蠢事，以至於萬劫不復，他們必然會痊癒，一切都會重新來過，不斷重複，直到他們壽終正寢為止。戀愛就像酗酒，嘗過酒的滋味便不得不再喝一杯，嘗過戀愛的滋味，也不得不再愛一次。這完全是性格問題。」

大家於是把目標轉向那位巴黎退休的老醫師，請他發表一下意見。

結果，他並沒有什麼意見：「侯爵說得對，這是性格問題；不過我卻聽說過一段戀情，持續了五十五年，從無一日間斷，直到當事人死而後已。」

侯爵夫人拍起手來。

「太美了！這正是大家夢寐以求的愛情。五十五年來，時時刻刻感受到如此強烈的真情摯愛，是多麼幸福呀！受到如此眷顧的男人一定非常快樂，並對生命充滿感激。」

醫生微笑說道：「夫人，這一點您倒沒說錯，被愛的人的確是個男人，您認識的，就是鎮上的藥劑師舒凱先生。至於女主角您也認識，她就是每年到城堡來修椅子的老婦人。我還是從頭說起好了。」

聽到這裡，女士們的興致驟然而降，她們的臉上浮現了不屑的表情，彷彿愛情是上流社會高雅人士的專利，只有這些人才有資格被搬到檯面上來討論。

醫生繼續道——

三個月前，這名老婦人臨終時，我被請了過去。她是在前一晚，搭著平日作為住家的車子到達鎮上的，拉車的老馬大家都見過，另外還有她養的兩隻大黑狗，牠們可以說是她的朋友兼看護。神父也已經在現場。她讓我們當她的遺囑執行人，為了使我們了解她遺願的由來，她道出了自己的一生。這是我所聽見過最不可思議、也最令人心碎的故事。

她的父親靠修椅子維生，母親也是修椅子的，因此她從來沒有固定的住所。

她從小便四處流浪，總是衣衫襤褸、滿身蝨子、骯髒不堪。他們每每停在村口的壕溝旁，卸下馬套，讓馬吃草，狗兒趴著睡覺，小女孩在草地上打滾玩耍，父母親便在路旁的榆樹蔭下，修補全村的老舊椅子。在這個活動家庭之中，大家都不說話，只是簡單交換幾個字，決定由誰挨家挨戶地喊著大家都聽熟了的：「修椅子喔！」然後另外兩個人便開始捻稻草，可能是面對面，也可能是肩靠肩。如果孩子跑得太遠，或正想跟村裡哪個調皮的孩子玩耍，就會聽見父親憤怒的叫聲：「野丫頭，妳還不給我回來！」這是她所聽過唯一溫柔的字眼。

等她大了一點，父母便讓她去蒐集損壞的椅墊，她也開始有機會認識各地的孩子，可是這時候卻換成是新朋友的父母會大聲喚回自己的孩子：「調皮鬼，你還不給我回來！以後不許再讓我看到你跟這個小乞丐說話！……」

常常還會有小男孩向她丟石子。

也有些好心的太太會給她幾文錢，她便小心翼翼地收好。

她十一歲那年，有一天經過這一帶，在墓園後面遇見了小舒凱，他正因為同伴偷了他兩分半的錢而哭泣。在她這貧苦小孩的小腦袋瓜裡，總以為當有錢人家的孩子一定很滿足、很快樂，所以當她看見小舒凱哭的時候，真是大吃一驚。她走了過去，問明原因之後，便將自己僅有的三十五分錢給了他，他也很自然地一邊揩去眼淚，一邊把錢接過去。她在狂喜之餘，竟然大膽地去親他，而他正專心數著銅板，也就任由她去。她見他既沒有把自己推開，也沒有動手打人，更放心大膽了，於是一把抱住他，全心全意地又親了他一下。然後就跑掉了。

她那可憐的腦子在想些什麼呢？她之所以喜歡這個小男孩，是因為自己把所有的積蓄都給了他，或是因為將柔情的初吻獻給了他呢？這至今仍是個謎。

後來的幾個月，她一直忘不了墓園的那個角落和那個男孩。為了想再見他一面，她開始跟父母偷錢，每當去收款或是去買東西時，便東刮一點，西摳一點地攢錢。

等她再回到鎮上來，口袋裡已經有兩法郎了，可是她卻只能透過小男孩父親開的店的玻璃窗，偷偷地看那個小藥劑師，衣冠楚楚地坐在一只紅色大口瓶和一條條蟲之間。

彩色藥水的光環，閃耀的水晶玻璃桂冠，在在令她深受誘惑、感動而心蕩神馳，她只有更愛他了。

她將這段難以磨滅的記憶深藏在內心裡，一年後，當她在學校後面看見正在和同伴玩彈珠的他時，立即一躍而上，將他抱個滿懷，猛親個不停，嚇得他尖叫連連。為了安撫他，她拿出了錢：三個法郎二十分錢，這可不是筆小數目，直看得他目瞪口呆。

他拿了錢，然後便任由她撫摸。

接下來的四年，她還是年年把所有存下來的錢都給了他，而他也明白地收起錢來，再換給她幾個吻。有一次給了一法郎五十分錢、一次兩法郎、一次六十分錢（她覺得很丟臉，難過得哭了，可是這年確實收入欠佳），最後一次則是一個又圓又大的五法郎銅板，他笑得好開心。

她一心只想著他；而他也總是迫不及待地等著她回來，一見到她便跑上前去，這番情景更令她這顆少女的心，怦怦跳個不停。

後來他突然失去了蹤影，經過她巧妙打探的結果，原來是進了中學。於是到了假日，她便用盡心機手段想改變父母的行程，讓他們繞到這裡來。這個計謀一直到一年後才成功，這期間他們已經有兩年不曾見面；她幾乎認不出他來，因為樣子全變了，他穿著鑲有金扣的外套，顯得高大、俊美、威嚴。他假裝沒看見她，傲然地從她身旁走過。

為此她哭了兩天，痛苦的日子也從此展開。

她每年都會回來，即使迎面遇見了也根本不敢主動打招呼，他對她更是不屑一顧。而她是那麼瘋狂地愛著他。她告訴我：「醫生，在這世上，我眼裡只有這個男人，我甚至不知道有其他男人存在。」

她父母過世後，她繼承了他們的事業，還養了兩條狗，兩條誰也不敢招惹的兇猛惡犬。一天，當她回到這個魂牽夢繫的村落時，見到一位少婦挽著她心愛的舒凱的手，從店裡走出來。那是他的妻子。他結婚了。

當晚，她就到鄉公所廣場前的水塘投水自盡。一個深夜未歸的醉漢救了她，還送她到藥房去。小舒凱穿著睡袍下樓來施救，他好像沒認出是她，先幫她寬衣、摩擦身子，然後以嚴厲的口吻說：「妳瘋了！竟然做這種蠢事！」

一聽到這句話，她什麼病都好了。他跟她說話呢！她因此快樂了好一陣子。

雖然她堅持要付醫藥費，他卻一毛錢也不拿。

她的一生就是這樣度過的。一邊修補椅子，一邊想著舒凱。每年她都透過玻璃窗遠遠地望著他。後來她習慣到店裡買些日常用品和零星的藥物，這樣她就可以靠近一點看他、和他說話，還給他錢。

我剛剛說過，她今年春天去世了。她說完這個傷心的故事後，要求我將她一輩子的積蓄交給她深愛不移的人，因為她說自己工作全是為了他，有時甚至為了多存點錢而挨餓，只希望自己死後，他至少能再想起自己一回。

她給了我二千三百二十七法郎。我將二十七法郎留給神父作為喪葬費用，其他全部帶走，而她也嚥下了最後一口氣。

隔天，我便前往舒凱家。他們夫妻倆剛用過飯，肥肥胖胖、面色紅潤的兩個人，身上散發著藥房的氣味，臉上顯得神氣而滿足。

他們請我坐下，倒了一杯櫻桃酒，我接了過來，然後開始以激動的聲調陳述我的來意，心想他們定然會涕泗縱橫。

當舒凱聽到這個女乞丐、這個修椅婦、這個卑賤的女人一直愛著他時，氣憤地跳了起來，彷彿她竊取了他的聲譽、剝奪了上流社會對他的敬重、損毀了他的最高榮譽、偷走了比他生命還重要的東西。

他的妻子也和他一樣憤慨，不停地罵：「下賤的女人！下賤的女人！下賤的女人！……」

因為她實在找不到其他字眼了。

他站起身來，在桌後大步地踱來踱去，灰色的軟帽翻蓋在一隻耳朵上，喃喃說道：「醫生，您能了解吧？男人最怕遇到這種事了！怎麼辦呢？要是她還活著，我一定馬上叫警察逮捕她，將她關進牢裡，我保證讓她一輩子無法重見天日。」

這番善行落得如此結果，我太意外了，頓時啞口無言、手足無措。可是任務還是必須完成，只得接著又說：「本來她託我把兩千三百法郎的積蓄交給您，不過我剛才的話似乎激怒您了，我想這筆錢捐給窮苦人家或許好一點吧。」

丈夫和妻子兩人都看著我，震驚地說不出話來。

我從口袋掏出錢來，各個地方、各種標記的零錢都有，金幣、銅板混雜難辨。

我問道：「你們打算怎麼辦？」

舒凱太太先開了口：「既然這是那個女人最後的心願……我覺得我們不應該拒絕。」

她丈夫也接著說，神情有點尷尬：「我們可以拿這些錢替孩子們買點什麼的。」

我冷冷地說：「你們高興就好。」

丈夫又說：「既然她交託你了，錢還是給我吧；我們一定有辦法好好運用的。」

我把錢給了他，說了幾句客套話，就走了。

隔天舒凱來找我，態度很不客氣：「那個……那個女人把車也留下了，你是怎麼處理的？」

「沒處理，你要的話就給你吧！」

「好極了，正合我意，我菜園裡剛好缺一個棚子。」

他轉身就走，我叫住他：「她還留下了一匹老馬和兩條狗，你要嗎？」

他訝異地停下腳步：「當然不要了，我要牠們做什麼？就隨便你處置吧。」他笑了一笑，然後伸出手來跟我握了一握。

我能怎麼辦呢？醫生是不該與同在一地的藥劑師為敵的。

我把狗留下；神父家有個大院子，馬就歸了他；馬車成了舒凱家的棚子；錢呢，他拿去買了五張鐵路局債券。

這就是我一生中所聽見過唯一深摯的愛。

醫生不再說話。

而侯爵夫人則噙著淚水嘆道：「是呀！也只有女人才懂得愛！」

La rempailleuse 1882.9.27

溺斃者身上的一封信

夫人，妳問我是不是開妳的玩笑？妳不相信竟然有人從未感受過愛情？的確有的，我便從來沒有戀愛過，從來沒有！

是什麼原因呢？我不知道。只不過我從來未曾體驗過所謂愛情的那種醉心感覺！也未曾經歷過由女人的影像所產生的夢幻、激情與狂喜。從來沒有人能令我感到極端渴望，讓我覺得她比任何人都美、比全宇宙都重要，我更不曾為了期待或擁有這樣一個人，而心中糾結煩擾，或興奮激動、飄飄然！我從未曾為了任何女人哭泣、痛苦。我未曾因相思之苦而徹夜難眠，也不知道清晨醒來想到女人而容光煥發的感覺。我無法想像等待著女人到來之前，那種足以令人陷入瘋狂的緊張狀態，更不能體會當她離去，只留下房中淡淡的紫羅蘭香與肌膚的氣息時，那種懊惱夾雜著傷感的奇妙感覺又是如何。

我從未愛過！

我也常常問自己到底為什麼，但我實在不知道。雖然我發現了一些原因，卻全都是超乎感覺的，想來妳也無法領略。

我想我是對女人太苛求了，所以體會不到她們的魅力。請妳原諒我這麼說，這一點我可以解釋。所有的人都有精神與肉體兩面，我覺得若想要戀愛，就必須在這兩方面獲得和諧，然而我卻從未聽說過這樣的愛情；往往不是精神面壓過肉體面，便是肉體面凌駕於精神面之上。

戀愛時，我們常常會要求女人要有智慧，不過這種智慧和男人的智慧是截然不同的，前者可以說是超過後者，也可以說是不及。總之，女人必須擁有開放、細膩、靈敏、易感的心思。她們不需要權力，也不需要有積極的思想，但卻需得善良、優雅、溫柔、嬌媚，還要能夠在最短的時間裡，將自己變得和另一半一樣。女人最大的優點應該是洞察入微，這種內在敏銳的感覺就像是肉體的觸覺一樣，能讓她們洞悉精神範疇裡許許多多的小細節，以及其輪廓、角度與形狀。

通常，美麗的女人總是沒有與外表相稱的智慧。然而，即使再小的缺點，我總也能夠一眼看出而深感難過。朋友之間，這根本無關緊要，因為友誼本身便已包容了優點與缺點。無論男性或女性朋友，我們都能加以批評，注意他們的優點，忽略他們的缺點，確實欣賞他們的才華，建立一種親密，深刻而迷人的情誼。

至於戀愛則必須盲目，必須完全奉獻，什麼都不去看、不去想、不去了解。對方的長處和缺陷都要能欣賞崇拜，絕對不能有任何批評、想法或觀察。

我無法如此盲目，也難以接受這種不理性的誘惑。

不僅如此而已。我對精神與肉體和諧的看法，既高深且微妙，這種理想是永遠也不可能達成的。妳一定以為我瘋了！妳聽我說。我認為一個女人可以同時擁有美麗的靈魂與迷人的軀體，而且這兩者不一定完全協調。我的意思是說人長了某種形狀的鼻子，就不應該有某種想法；肥胖的人所使用的詞句，也不應該和瘦的人一樣。像夫人妳有藍色的眼睛，那麼妳對生命的看法，對事物與事件的評斷，自然與黑眼珠的人不同，妳的眼神和思想中的細微差異，是絕對一致的。對這一點，我有著獵犬般的靈敏嗅覺。妳儘管笑吧，但事實確實如此。

話又說回來，我倒是曾在某一天的某一個小時間，自以為戀愛了。當時我就傻傻地受到周遭環境的影響，深深被晨曦的幻影所迷惑。妳想聽聽這個短暫的經歷嗎？

有一天晚上，我遇見了一位非常美麗熱情的年輕女子，她一時興起了浪漫的念頭，想跟我搭船遊河度過一夜。雖然我對房間和床比較有興趣，但我還是接受了河上泛舟的建議。

當時是六月。我的朋友選擇了一個有月亮的晚上，希望能更有氣氛。

我們在河邊的一家客棧用晚餐，然後大約在十點左右上船。我覺得這趟行程極端無聊，不過因為我對女伴感到滿意，也就不至於不太高興了。我們面對面坐下，我舉起了槳，便出發了。

不可否認當晚的景致確實迷人。我們原先沿著一座小島而行，島上林木蓊鬱，到處是夜鶯的啼聲，但水流很快便將我們推向了銀波蕩漾的河面。蟾蜍單調清脆的叫聲此起彼落，青蛙也在水邊草叢裡扯開喉嚨高聲鳴唱，而在我們身旁滑動的水波，也發出一種混雜、幾乎難以捉摸而令人憂心的聲響，讓我們隱約感覺到莫名的不安。

月光下溫和的夜與波光粼粼的河水，將一股柔柔的嫵媚之情灌注到了我們全身。這樣隨波逐流、享受人生、做做夢、又有溫柔美麗的女子相伴的感覺真好。

銀白的夜色下，想到身邊的伴侶，我不禁有點感動、有點心慌、也有點陶醉。她說：「坐到我身邊來。」我依從了。她又說：「念首詩來聽聽吧。」我覺得這樣太過分了，因而拒絕，但她卻十分堅持。她決定玩真的，所有能牽動情感的因素，從明月到詩文，缺一不可。最後，我屈服了，並開玩笑地朗誦了路易布耶一首很有意思的詩，最後幾段如下：

我尤其憎惡的呀
詩人雙眼溼潤，遙望著一顆星
輕呼著一個名
對他而言，若無美人相伴
無窮無盡的大自然仍是空虛
多麼迷人的人兒呀
為了讓可憐的宇宙更有魅力
他們煞費苦心
原野的樹幹繫上女人的襯裙
綠色的山岳飄蕩著女人的白帽
他們如何能了解呀
永恆的大自然，輕顫的聲音

如此神聖的樂音
只因山巒峽谷間，未曾獨行
只因山林低語中的夢只有女人

我以為她會責備我，但卻不然。她喃喃地說：「真好真好。」我驚呆了。她到底懂了沒有？我們的小船漸漸向河岸靠去，最後被柳樹枝絆住停了下來。我環抱住女伴的腰，慢慢地將唇貼向她的頸子。然而她突然惱怒地將我推開，「你怎麼這樣粗魯啊！」

我試著把她拉過來，她抓著樹奮力反抗，差點把船都弄翻了。我心想還是不要再繼續比較保險。她說：「我寧可讓你翻船落水。現在的感覺這麼好，作夢的感覺有多好啊。」接著她又狡黠地加了一句，「你難道已經忘了你剛才朗誦的詩句了？」她說得不錯。我沒有接話。

她又說：「來，划船吧。」於是我再度取過船槳。

我開始覺得夜好長，覺得我的態度好荒謬。女伴問我：「你能答應我一件事嗎？」

「你要保持平靜、得體、含蓄，我才讓你……」

「可以……什麼事？」

「什麼？說啊！」

「是這樣的，我想在船上躺下來，躺在你身邊看星星。」

我高喊道：「好，沒問題。」

她回答說：「你誤會了，我只要我們並肩躺著，你不可以碰我、親我，反正不可以……不可以有親熱的動作。」

我答應了。她聲明：「你要動一下，我馬上翻船。」

於是我們並排躺著，眼睛望向天空，流水載著我們前進。小船在水面輕輕搖晃，像搖籃一樣。躺在船底，四周黑夜裡細微的聲音，聽得更清楚了，偶爾甚至會讓我們微微戰慄。此時，我感覺到心中漸漸滋生出一種奇怪、令人心碎的情緒，一分無限的感動，好像急需於張開雙臂去擁抱，敞開心胸去愛人、去奉獻，並將我的思想、我的身軀、我的生命、我的一切全部獻給某個人！

身邊的女伴如囈語般低聲道：「我們在哪裡？要往哪裡去？怎麼好像要離開人世了？好美啊！噢！你若是能愛我有多好……即使一點點！」

我的心怦然而動。我答不出任何話來，我覺得自己是愛她的。我不再有任何強烈的欲望。我覺得這樣很好，就這樣躺在她身邊，這樣就夠了。

我們躺了很久，一直都沒有動。我們握著對方的手，一股甜蜜的力量使我們無法動彈：這是一股未知的強大力量，一股神聖、親密、絕對的力量，使我們不受拘束、互相貼近的兩個個體，能夠在不撫觸的情況下結合在一起。這是什麼樣的力量呢？我不知道。愛情吧，也許？

天漸漸要亮了。清晨三點鐘，天空已經逐漸泛白。小船碰撞到了什麼東西，我起身查看，原來是一座小島。

然而，我依然停留在心醉神迷的恍惚狀態。開展在我們面前無盡的蒼穹，閃耀著五顏六色的霞光，有深紅、有玫瑰紅、有紫……，其間還點綴著如黃金煙霧般的雲彩。河水映照著天空，染成一片通紅，河岸邊有三間房舍更像是著了火一般。

我彎下身子，打算對女伴說：「妳看看。」但我沒有開口，只覺心中紛亂不已，眼中除了她什麼也看不見了。她整個人也都變成了玫瑰紅，是原本肌膚的色澤淹沒在天空的色調下，所呈現的那種紅；她的頭髮是玫瑰紅、眼睛是玫瑰紅、牙齒是玫瑰紅，她的洋裝、她的蕾絲邊、她的微笑，全都是玫瑰紅。我看得神魂顛倒，一度真的以為晨曦就近在眼前了。

她緩緩站了起來，向我遞上她的唇，我也顫抖著迎向她，興奮地感覺到自己即將親吻蒼天、親吻幸福、親吻化身為女人的夢幻、親吻歸附於人身的理想。

她對我說：「你頭髮上有一隻毛毛蟲。」她微笑竟是為了這個！

我有如遭到當頭棒喝，頓時感到傷心不已，彷彿人生再也沒有希望了。

就是這樣了，夫人。很幼稚，很無知，也很蠢。但我相信從那天起，我再也不會戀愛了。不過……誰知道呢？

（昨日在吉布瓦與馬利間的塞納河段，一名溺斃的年輕人被打撈上岸；有一位熱心的船夫，為了想查知其姓名，結果在他身上發現了這封信，並帶到報社交給了我。）

Lettre trouvée sur un noyé 1883.1.8

亂倫之戀

夫人，妳還記得那一晚，在日本式小客廳裡，我們為了一名亂倫的父親而大起爭執的事嗎？妳是否還記得當時妳有多麼憤慨？對我說了多麼重的話？又是否記得我如何費盡唇舌為那人辯護？妳曾厲聲斥責我。我要在此提出反駁。

妳說，這世上絕對沒有人，能夠原諒我為之辯護那個人的無恥行為。今天我便將這齣悲劇公諸世人。

也許終會有人理解的，他們並不一定能原諒這種齷齪的獸行，但卻或許能體認到，有時候命運就彷彿是萬能的大自然興之所至的惡作劇，實在不是凡人的力量所能抵抗的。

父母親在她十六歲時，就把她嫁給一個年紀已大、脾氣又壞、更只是貪圖她那分豐厚嫁妝的商人。她是個美麗的金髮女郎，性情開朗，但卻也愛幻想，總是渴望著能有理想、幸福的未來。然而夢想的破滅也使得她心碎了。她乍然明白了生命的本質，明白了未來已然無望、期待已然落空；於是她心中僅存最後一個願望，希望能有一個孩子，讓自己的愛有所寄託。

孩子卻一直沒有著落。

兩年之後，她墜入情網，愛上了一名二十三歲的年輕人，他非常愛她，為了她可以不顧一切。但是對他這分愛，她堅決地抗拒了好久。這個年輕人名字叫做皮耶瑪爾泰。有一個冬夜裡，他們在她家中單獨會面，他原只是來喝茶。喝完茶後，他們坐到火爐旁的矮椅上。兩人都不再說話，強烈的欲望襲將上來，飢渴的雙唇忍不住就要猛撲向另一雙唇，雙臂也因為抑制著擁抱的渴望而微微顫抖著。

罩著流蘇花邊的檯燈，在寂靜的客廳裡，散發著淡淡的光。不安的兩個人偶爾會交換隻字片語，但每一接觸到對方的目光，便不由得心神激盪。就算後天的情感修為再好，又怎抵擋得住先天的激烈欲望？人為對於羞恥心的拘囿，又怎抵擋得住不可抗拒的自然意志？

他們的手指在無意中碰觸，而這也就夠了。欲望的巨大力量將他們投入對方的懷抱，兩人緊緊相擁，她終於不再堅持。

事後她懷孕了。孩子是情人的還是丈夫的？她不知道。但大概是情人的吧！然而，她心中卻開始焦慮不安。她確信自己將難產而死，因此不斷地要那個就這樣占有了她的人發誓，會一輩子照顧這個孩子，對他有求必應，並盡一切心力使他幸福快樂，即使作奸犯科也在所不惜。

這個念頭縈繞著她，幾乎使她瘋狂，越接近分娩時刻，情況越是嚴重。

結果就在生下一個女兒之後，她也過世了。

這使得年輕人感到深深的絕望，那是一種他無法掩飾的憤怒的絕望。丈夫可能起了疑心，他可能猜到了女兒不是自己親生的！他將那個自稱是孩子親生父親的男人拒於門外，並把孩子偷偷送走，託人撫養。

許多年就這麼過去了。

皮耶瑪爾泰漸漸淡忘了，就像每個人都會將一切淡忘。他賺了不少錢，但沒有再愛過，也沒有結婚。他的日子跟別人並無不同，過得快樂、安逸。他從未再聽見過那個被他戴了綠帽的丈夫，或那個他信以為己出的女兒的任何消息。

突然有一天上午，他收到一個不知箇中內幕的朋友來信，信中無意間提及了他昔日情敵的死訊，他心中驟然湧現一股莫名的紛擾，彷彿是一種內疚與悔意。孩子呢？他的孩子怎麼樣了？他難道不能為她做點什麼嗎？他於是四下打聽，得知她投奔了一位生活極其窮困的姑媽。他希望能見見她、幫助她，便前往造訪這個孤女唯一的親人。

這家人對他的名字早已不復記憶。他雖然已年屆四十，卻仍像個小夥子。進門後，他甚至不敢承認與女孩的母親相識，唯恐他們稍後起疑。

然而，就在女孩出現在小客廳的那一剎那，原本焦急等待著的他驚呆了，身子甚至因驚恐過度而微微顫抖。因為出現在眼前的根本就是她！是那死去的她！

女孩正是她當時的年紀，一樣的眼睛、一樣的頭髮、一樣的身材、一樣的笑容、一樣的聲音。如此逼真的幻象令他驚慌，他腦中一片混沌、不知所措；昔日洶湧紛擾的愛戀狂潮，又再度在心底深處澎湃迴盪。她也是那樣的開朗、單純，很快地便向他伸出了友誼之手。

回到家後，他發現過去的傷口又被觸痛了，忍不住捧著頭放聲大哭，心中想的全是過去的點滴與她常掛在嘴邊的話語，他整個人頓然陷入無止境的絕望之中。

此後，他便經常出入女孩的住處。他再也離不開她，再也無法不聽到她的談笑聲、她長裙曳地的沙沙聲與她說話的聲調。如今在他的思緒裡，已經將新人與舊人混而為一了，他忘了距離、過往與死亡；他對故人的愛轉移到了新人身上，而愛著新人的同時，卻也不忘舊情，他不再試圖了解或知道些什麼，甚至也不再去想她會不會是自己女兒的問題。

他對她既有著如此複雜、即使是自己也難以理解的雙重深情，偶爾見到她生活上的窘迫，對他實在是莫大的折磨。

他能怎麼做？給她錢嗎？以什麼身分？什麼名義呢？扮演監護人的角色？他看起來比她大不了幾歲，別人必定以為他們是情人關係。把她嫁出去？對這個突如其來的念頭，連他自己也感到恐慌，但心情立刻就平復了，因為有誰肯要她？她可是一文不名呀！

姑媽看著他經常來訪，知道他很喜歡這個孩子。但他等著。等什麼呢？恐怕他自己也不知道。

有一天晚上，他們單獨坐在小客廳的沙發上，肩並著肩，輕聲地聊著。突然他像慈父般地握住了她的手，握著握著，儘管他極力抵抗，仍無法遏制內心的煩亂與情感的波動。他不敢推開她自願交予他的手，但若不放開，自己恐怕就要把持不住了。忽然間，女孩跌入他的懷裡，她其實熱愛著他，就像當初她母親熱愛他一般，彷彿她是遺傳了母親那分致命的激情。

在狂亂中，他低下頭輕吻了一下她金色的秀髮，但因她正打算起身逃開，俯下的雙唇正好掠過了她的唇。

人難免有瘋狂失控的時候。此時的他倆正是如此。

當他出來到了大街上，開始漫無目的的往前走。該怎麼辦?他心中全無頭緒。

夫人，我還記得妳憤怒的吼聲，「他根本就該去死！」我當時回答妳：「那女孩呢?她也該一塊兒死嗎？」

這孩子已經瘋狂、毫無理性地愛上他了，遺傳而來的那分致命激情，將這名純潔、天真、因愛發狂的少女，推入那個男人的懷中。她這樣的行為其實是出自於一種無可抗拒的醉心與狂熱，她早已失去意識，只是全心奉獻，一股紛亂洶湧的本能使她喪失理智，就像一隻母獸撲向公獸似地投向情人的懷抱。

若是他自殺了，她會有什麼結果?……她只有死路一條!……她將感到羞愧、絕望，最後遭受無情的折磨致死。

怎麼辦呢?

拋棄她?將財產贈與她?幫她尋找歸宿?……她還是不能活;她會抑鬱而終，不但不會接受他的錢，也不會嫁人，因為她早已委身於他。他已經毀了她的生活，粉碎了她所有幸福的可能，因為他，她注定要終生悲苦、絕望、以淚洗面、孤獨無依，或者只有選擇死亡。

話又說回來，他也深愛著她呀！這分愛雖然帶著疑懼，卻也蘊藏了狂烈的激情。她是他的女兒，那又如何？只不過因為受精的機緣巧合、因為繁衍的不規則定律、因為在剎那間發生的接觸，而使得這個在法律上與他毫無關係、卻又是他深摯愛戀的女子，成了他的女兒；他愛她，就如同愛她的母親一樣，甚至可以說在他心中已同時積聚了這兩分強烈的情感。

但是她果真是他的女兒嗎？就算是吧，又有什麼關係？有誰會知道呢？

他不斷想起自己向死去的故人所立的誓。「他答應過為這個孩子奉獻一生，為了她的幸福，即使作奸犯科也在所不惜。」

他想著自己所犯下這條充滿了愛的滔天大罪，心中忍受著痛苦與欲望的煎熬，他是如此地愛她。

是啊，誰會知道呢？……既然另一個父親也已經去世了。

他心想：「就這麼決定了！就讓這個可恥的祕密啃噬我的心吧！反正她永遠不可能起疑，我願意獨自承受一切苦楚。」

於是他向她求婚，她嫁給了他。

我不知道他過得快不快樂，但若換作是我，我也會這樣做的，夫人。

M.Jocaste 1883.1.23

首飾

自從在長官家的一次晚宴中見到那個女孩之後，藍丁先生便墜入情網了。

女孩的父親是個稅務官，已去世多年。父親死後，母親帶她來到巴黎，並且與同區的幾戶富有人家來往頻繁，希望能為女兒找個婆家。她們生活雖然清苦，但是人緣不錯，性情嫻靜溫柔，善良的女兒尤其更是一般聰明的年輕男子夢寐以求的好伴侶。她的美麗端莊有一種天使般的嬌羞，嘴角邊時時保持著淺淺的微笑，也像是反映著她的內心。

每個人都對她贊賞有加；所有認識她的人總是一再地重複說：「誰娶了她誰就好福氣，天底下再也找不到更好的女孩了。」

藍丁先生當時是內政部的高級職員，年俸三千五百法郎。他向她求婚並娶了她。

他們的生活非常幸福；由於她極善於理財，因此經濟非常寬裕。她全心全意地照顧丈夫，對他溫柔體貼。而她本身確實魅力無窮，以至於結婚六年後，丈夫對她的愛仍是有增無減。

他對妻子只有兩點不滿，一個是愛看戲，一個是熱愛假首飾。

她的朋友（她認識幾個基層公務員的妻子）常常送她一些當時很受歡迎的戲票，有些甚至還是首演。她總會拖著丈夫跟她一塊兒去，可是他工作一整天，下了班後實在累壞了，於是便央求妻子找她的女性友人陪她去，戲散了之後，再請友人送她回家。她覺得這樣不太妥當，考慮了許久才終於答應。她是為了體貼丈夫才做此決定，他自然也心存萬分感激。

然而，正因為她愛看戲，很快地，她也開始需要打扮了。她的穿著打扮雖然很有品味，但的確都非常簡單；她那柔美的氣質，那謙和、時時帶著微笑、令人無法抗拒的氣質，卻似乎為她一襲簡樸的服飾增添了不同的風韻。不過她總喜歡戴上兩顆大大的萊茵石假鑽耳環、仿冒的珍珠項鍊、充金手鐲與鑲滿了玻璃珠子以充當寶石的髮飾。

丈夫對她如此熱愛假首飾感到震驚不已，不時地對她說：「親愛的，既然沒有錢買真的首飾，就用美麗和高雅的氣質裝扮自己就好了，何況這才是最珍貴的呢。」

但她總是微微一笑答道：「有什麼辦法呢？我就是喜歡這些，這是我的毛病。我知道你說得對，可是江山易改本性難移，我還是寧願用珠寶來打扮自己。」

她也常常在手裡玩弄珍珠項鍊，看著琢磨過的晶面閃閃發光，便說：「你看看這條項鍊手工多麼精巧，根本看不出是假的。」

丈夫也會微笑應道：「妳可真像波希米亞人。」

有時候到了晚上，當他們兩人坐在壁爐邊喝茶時，她就會把皮製的首飾盒拿來放在茶桌上，裡面裝的全是藍丁先生所謂的「假貨」。然後她會把這些仿冒的珠寶一件件拿出來，聚精會神地檢視、品味，彷彿正享受著一種祕密的、無比的歡樂。她還會堅持替丈夫戴上項鍊，之後開懷大笑地嚷著：「你好好笑！」說完便撲到他懷裡，獻上一陣狂吻。

有一個冬夜，她到歌劇院看戲，回來的時候還冷得直打顫，翌日便開始咳嗽了。一個禮拜後，她因併發肺炎，去世了。

藍丁幾乎就要隨著她入土。他整個人絕望憔悴到了極點，頭髮竟在一個月內全白了。他終日哭泣，不斷地回想起妻子的一顰一笑、她的聲音、她的魅力，極端的痛苦撕扯著他的心。他的憂傷並未隨著時間流逝而消減。在辦公室裡，常會有同事過來和他聊聊當天的一些新聞，他也會突然間雙頰鼓脹，鼻子一皺，眼中充滿淚水，然後雙眉緊蹙便是一陣哽咽。

妻子房裡的物事依然原封不動，他每天把自己關在裡頭想著她，所有的家具，甚至衣服，都還是依照她臨終那天的位置放著。

可是他的日子越來越難過。他的薪俸由妻子支配時，家中一切開銷都綽綽有餘，而如今只剩他一人，卻反而不夠用了。他實在想不通，以他這點微薄的薪水，她怎麼能買得起那些高級美酒和精緻的食品，他就辦不到。

他去借了點錢，每天追著錢跑，幾乎用盡了所有方法。有一天早上，他發現自己口袋裡一毛錢都沒有了，而離發薪的日子還有整整一個禮拜，於是他想到去賣點東西。這麼一想，妻子的那些假珠寶立刻浮現在他的腦海，其實他原本就不喜歡這些「假貨」，雖然事過境遷，但他內心深處對這些玩意卻始終有一股積怨。這麼每天看著，好像連對心愛妻子的思念都有點變質了。

她留下了成堆的假首飾，因為直到去世的前幾天，她還是不斷地買，而且每晚都會帶一件新的首飾回來。藍丁找了很久，最後決定挑妻子最喜歡的一條長項鍊，他心想應該可以賣個

七、八法郎吧，這條項鍊確實精細地幾可亂真。

他將項鍊放進口袋，往辦公室的方向走去，一路沿著大道而行，希望能找到一家值得信賴的珠寶店。

最後他走進了一家商店，對於自己這樣一副窮困潦倒的模樣，去變賣幾乎毫無價值的東西，他實在感到羞愧。

他對店家說：「先生，你能不能幫我估個價？」

店家接過項鍊，翻來覆去，仔細端詳，掂了掂重量，又拿過放大鏡，他叫來另一名店員，低聲對他說了幾句話，又將項鍊放回櫃檯上，然後退遠一點觀察項鍊整體的感覺，以便做更正確的判斷。

藍丁先生對他們這番煞有介事的舉動有點不安，便開口道：「我知道這值不了幾個錢……」話還沒說完，就聽到店家說：

「先生，這條項鍊價值在一萬兩千到一萬五千法郎之間，不過你得告訴我確切的來源，我才能買。」

藍丁一聽，驚訝得目瞪口呆，完全不明白是怎麼回事。好不容易能出聲了，才結結巴巴地問：「你說什麼？……你確定嗎？」

店主誤會了他驚訝的原因，只冷冷地說：「你不滿意這個價格，可以去問問別家。我最多只能給一萬五。你要是找不到更好的買主，可以再回來找我。」

藍丁整個人都傻了，他現在只想一個人好好地想想，於是便拿回項鍊，走出了店門。不過他一到了街上，卻不由得想笑，他心想：「笨蛋！真是笨蛋！我剛才要是賣給他就好了。開珠寶店的竟然連真假都分辨不出來。」

他又走進街口的另一家珠寶店，店商一見到項鍊，便叫嚷著：「噢！我當然記得這條項鍊了，這是我們店裡賣出去的。」

藍丁被搞得一頭霧水，問道：「值多少錢？」

「先生，當初賣的時候是兩萬五千法郎。依法定程序，只要你說明你是怎麼獲得這條項鍊的，我願意以一萬八千法郎買回。」

這下子藍丁更是驚詫地跌坐在椅子上。他說：「可是……老闆，你還是再仔細看一看，我一直以為這是假的。」

店主人說：「請問你叫什麼名字，先生？」

「我叫藍丁，我在內政部做事，住在殉道者街十六號。」

店主打開登記簿，找著找著，說道：「我們的確是在一八七六年七月二十號，把這條項鍊送到殉道者街十六號給藍丁夫人的。」

此時這兩個男人互相望著對方，藍丁眼中盡是不可置信的訝異，而店主則像是嗅到竊賊的氣息而滿臉狐疑。

店家說道：「你能不能把東西留在我這兒二十四小時，我開張收據給你？」

藍丁含糊應道：「可以，當然可以。」他一邊將收據摺好放進口袋，一邊走了出去。

他過了街往上走，突然發現走錯了路，便折回到圖勒里花園，越過塞納河，發現又走錯路了，便走回香榭麗舍大道，腦中一片混亂。他努力地想，希望找出一些蛛絲馬跡。他的妻子是不可能買得起如此昂貴的飾品的。絕對不可能。那麼這是別人送的禮物囉！禮物！誰送的呢？為什麼送的？

他忽然停了下來，直挺挺地站在馬路中央。可怕的疑慮頓時掠過心頭。她真的——那麼其他的首飾也都是別人送的了！此時他感覺到天旋地轉，感覺到眼前的一棵樹倒了，他張開雙臂後，便昏倒在地不省人事。

他清醒時，人在一家藥局裡，是幾個路人抬他去的。他叫了車回家，然後把自己關在屋裡。

一整天他淚流不止，為了不讓自己哭出聲來，還緊咬著手帕。到了深夜，他已因悲傷過度而心力交瘁，一上床便沉沉睡去。

隔天早晨，陽光照進來喚醒了他，他緩緩起身準備上班。受到這麼大的打擊，他實在無心工作。於是他想跟上司請個假，便寫了請假單。隨後，他又想起還要回那家珠寶店去，霎時整個臉羞得通紅。他靜靜地考慮了很久。他總不能把項鍊留在那裡吧，最後他還是換上衣服出門去了。

外頭天氣很好，這片藍天下的巴黎，彷彿在微微笑著。一些閒逛的人，手插在口袋裡，信步走著。

藍丁看著他們從眼前走過，心想：「有錢的生活多快樂啊！只要有錢，所有陰霾都能一掃而空，愛去哪就去哪，可以到處旅行玩樂！要是我有錢就好了！」

他已經兩天沒吃東西了，覺得好餓，可是口袋空空，一毛錢也沒有，於是他又想起了那條項鍊。一萬八千法郎！一萬八千法郎！這可不是筆小數目。

他走到和平街後，卻開始在珠寶店對街的人行道上，踱起了方步。一萬八千法郎耶！有幾次他就要進去了，但每次都因為覺得羞恥而停下腳步。

然而，他好餓，真的好餓，又沒錢。突然間，他下定決心，跑步穿過街道衝進店裡，要這樣才沒有時間猶豫。

店主一看到他，立刻笑咪咪地迎上前去，恭恭敬敬請他坐下。店員們也都靠了過來，站在一旁盯著藍丁看，眼中唇邊滿是笑意。

店主說道：「先生，我已經查清楚了，如果你沒有改變心意的話，我願意付給你我先前提出的價格。」

藍丁含糊地說：「當然沒有了。」

珠寶商從抽屜裡拿出一萬八千法郎，仔細算過後，遞給藍丁，藍丁簽下一張收據後，便顫抖著手將錢放到口袋裡。

要走出店門時，他轉過身來，低垂著雙眼向一直面帶微笑的店主說道：「我……我還有其他……同樣……同樣來源的珠寶，你還願意買嗎？」

店主行了個禮說：「當然了，先生。」其中一名店員忍俊不住，便走開到一旁去，另一名則用力地擤鼻涕。

藍丁雖然臉紅了，卻還是裝作若無其事地說：「我回去拿來。」

他雇了一輛馬車回家去拿那些珠寶飾物。

過了一個小時，他也顧不得吃東西，便又馬上回到珠寶店。他們開始一樣一樣檢視、估價。幾乎所有的首飾都是從這兒買的。

藍丁開始跟他們討價還價，他怒氣沖沖，堅持要店家把交易簿拿給他看，隨著金額不斷提升，他說話的聲音也越來越大。

大大的鑽石耳環值兩萬法郎，手鐲值三萬五，別針、戒指和頸飾值一萬六；有一件鑲了祖母綠和藍寶石的首飾值一萬四；還有一條單粒鑽石墜子的金項鍊值四萬法郎；全部價值高達十九萬六千法郎。

店東半開著玩笑說：「這個人可把一生的積蓄都花在首飾上了。」

藍丁卻認真地回道：「這也是一種投資的方法。」他和買主敲定了明天的鑑定時間，便離開了。

到了街上，他望著凡東紀念柱，突然有一種想爬上去的衝動，好像矗立在眼前的是一根奪彩桿。此時的他自覺身輕如燕，只須輕輕一躍，便可跳過高聳在紀念柱頂的拿破崙銅像。

他到深受公務員所喜愛的「瓦辛」餐廳用餐，並點了一瓶二十法郎的葡萄酒。

吃過飯後，他雇了輛馬車，到布隆尼森林轉了一圈。他不屑地看著來來往往的華麗馬車，幾乎忍不住要向路邊行人高喊：「我有錢了。我有二十萬法郎！」

這時他想起了辦公室。於是他讓馬夫驅車前往，到了之後，他直接就進入主管的辦公室，對他說：「長官，我是來請辭的。我繼承了一筆三十萬法郎的遺產。」接著，他跟老同事一一握手道別，並且告訴他們有關自己下一步的計畫，然後，他便前往「安格雷」餐廳用晚餐。

他身旁坐了一位看來風度翩翩的紳士，他實在藏不住話，便帶著幾分炫耀的口氣，向他透露自己剛剛繼承四十萬法郎的遺產。

有生以來第一次，他竟然不覺得看戲無聊；那一夜還有幾個女郎陪著他一起度過。

六個月後他再婚了。他的第二任妻子雖然品德端正，但卻十分難纏，讓他吃足了苦頭。

Les bijoux 1883.3.27

復仇記

保羅薩維里尼的遺孀，和兒子兩人住在波尼法西歐城牆邊上，一間破落的小屋中。波城坐落於山石突伸之處，山勢極為險峻，有幾處甚至懸空高掛在海面上，崖上的城廓底下是暗礁遍布的海峽，俯臨處則是撒丁島地勢較低的山坡地。城腳另一側的懸崖裂了一條溝縫，有如一道巨大的走廊環繞著城區，這裡便是波城的港口。義大利或撒丁籍的小漁船，會順著陡峭崖壁間長長的水道，來到最前端的屋舍，每兩個星期，還會有老舊汽船從阿賈西歐前來。

泛白的山頂上，群屋聚集處顯得更白。這些屋子像是懸掛在岩壁上的野鳥巢，底下的險惡水道，沒有船隻敢輕易進入。風無休止地翻攪著海面，侵擾著山坡，風蝕的坡上寸草不生；猛烈的風襲入海峽，兩岸難免慘遭蹂躪。海中散布了無數岩塊，將海浪刺鑿成千瘡百孔，四周激起的白色浪花，彷彿帆布碎片在水面上漂流浮動。

薩維里尼寡婦住的房子，緊靠在峭壁邊上，三面窗子望出去，便是這片荒涼淒清的景象。

她和兒子安東尼獨自住在這裡，還養了一隻狗叫「樂樂」。樂樂是一隻牧羊犬，又瘦又高大，毛長而粗硬。牠常常跟著年輕的主人出去打獵。

有一天晚上，安東尼因為和尼可拉勒弗拉提起爭執，遭對方暗地裡刺了一刀而喪命，兇手連夜便潛逃到了撒丁島。

路人把他的屍首抬回家，老邁的母親見了並沒哭泣，只是定定地看了好久；然後，伸出皺紋滿布的手撫著屍體，發誓要替他報仇。她將其他人全部遣走，把自己關在屋內守著屍體，狗兒則在一旁哀號不已。牠站在床腳，把頭靠向主人，並緊夾著尾巴。此時，老婦人俯身凝視著兒子的屍體，豆大的淚珠靜靜地滑落，她和樂樂一樣，一動也不動。

平躺在床上的年輕人，好像睡著了似地，然而身上的厚毛呢外衣，胸前已被刺破撕裂，血流得到處都是：當時扯破用以急救的襯衫、他的背心、他的褲子、他的臉、他的手，全都是血。鬍子和頭髮上，還凝結了一些血塊。

老母親開始跟他說起話來。聽到聲音，樂樂隨即不再嗥叫。

「安心走吧！我會替你報仇的，親愛的孩子，我可憐的孩子。安睡吧，我會替你報仇，你聽到了嗎？媽媽向你保證！你知道媽媽一向說話算話的。」

她慢慢地彎下身去，將冰冷的雙唇貼在死者的唇上。

這個時候，樂樂又開始低聲呻吟。牠發出一聲長長的哀鳴，單調、淒厲、令人心驚。

老婦人和狗兒，就這樣在原地待到天亮。

翌日，安東尼薩維里尼隨即下葬，波尼法西歐的人也很快便不再提起這個人了。

他沒有兄弟或表親，沒有男人可以為他報仇。只有年老的母親心裡還惦記著。

她每天從早到晚，就看著海峽對岸的一個白點。那是撒丁島上一個叫隆哥薩多的小村莊，所有被追得無路可逃的科西嘉罪犯，都藏身於此。村莊裡幾乎只住了這群海盜，他們眼望對岸的祖國，隨時等待適當時機，想重返那片叢林。她知道，尼可拉勒弗拉提就躲在這個村子裡。

一整天，她獨坐在窗前，看著遠方的隆哥薩多，想著報仇。她人單力孤、又弱又病，眼看大限就快到了，該如何報仇呢？可是她保證過，她對著屍體發過誓。她不能忘記，也不能再等了。她該怎麼辦？晚上她再也無法入眠，心中再無一刻平息，她不斷尋思，毫不鬆懈。狗在她腳邊瞌睡，偶爾會抬起頭朝遠方嘶嚎。自從主人死後，牠常常這般地嗥叫，好像呼喚著主人，好像這隻動物內心裡，也有不能平復的憂傷，也有抹不去的記憶。

有一個晚上，當樂樂又開始低吟時，老婦人突然靈光一現，想到了一個野蠻而殘酷的復仇方式。她反覆思索計畫直到天明；天才剛亮，她就上教堂去了。她伏在石板地上，虛弱疲憊地禱告著，祈求上帝幫助她、支持她、賜給她衰竭的身子一點力量，好替兒子報仇。

然後她回了家。她的院子裡有一個破舊的桶子，原是用來盛接簷槽流下來的水；她把桶子倒翻過來，把水倒光，再用一些木樁和石頭，將木桶固定在地上；接著把樂樂牽進這個窩裡，才自行進屋。

回到家後，她仍在房中不停地踱來踱去，眼睛還是盯著對面的撒丁島。兇手，就在那裡。

狗整整哀號了一個日夜。清晨，老婦人盛了一碗水給牠喝，除此之外，便沒有再餵牠吃任何東西，沒有湯，也沒有麵包。

這樣又過了一天。樂樂疲憊不堪，只是睡。第二天，牠眼露兇光，毛髮倒豎，發狂似地扯動拴在頸上的鐵鏈。

老婦人還是不拿東西餵牠。牠變得暴躁，吠聲也已然沙啞。又度過了一晚。天亮後，薩家老婦向鄰居討了兩捆稻草。她拿出丈夫以前穿過的舊衣，裡頭塞滿稻草，做了一個假人。

她在狗窩前的地面上，插一根木棍，把稻草人綁在棍子上，像是一個人站在那裡，再把一堆碎布包起來做成頭形。

狗兒看著這個稻草人，感到十分驚奇，雖然飢餓難忍，卻也不敢作聲。

老婦人隨後到熟食店買了一條長的黑香腸。回到家來，在院子裡的狗窩旁升了一堆柴火，開始烤起香腸。樂樂發了狂地亂蹦亂跳，口吐白沫，眼睛直盯著烤架，一陣陣誘人的香味早就滲進牠的五臟廟裡去了。

老婦人像打領帶一樣，把這塊熱騰騰的肉腸繫到稻草人的頸子上。她仔細地把肉藏到頸子內部，花了不少時間。完成之後，她立刻放開樂樂。

狗兒往上一躍，咬住了假人的喉頭，前腳搭在肩膀，便開始撕扯了起來。落下地時，嘴裡還啣著從獵物身上咬下的肉，接著牠又奮力一撲，長牙深深嵌在喉嚨部位，一撕咬，扯出了幾塊肉屑，牠再度掉落地面，然後又重新狂猛反撲。牠大口大口咬得假人面目全非，整個頸部更是支離破碎。

老婦靜默不動，雙眼炯炯發亮地注視著這一切。她重施故技，把狗兒上鏈，讓牠餓個兩天，再進行這奇特的訓練。

三個月以來，她讓狗兒習慣了這樣的對抗，也習慣了以撕咬來奪食。於是她不再拴著牠，並改以手勢來指揮牠進攻。

牠學會了啃齧撕扯，即使假人喉間未藏有任何食物也是一樣。行動過後，她就會賞給牠一大塊烤香腸。

於是樂樂一見到那個人，便會全身顫抖，頭轉向女主人，只等她手指一比，沙啞的聲音大喊「去吧」，就要衝向前去。

當老婦判定時機已成熟，便選了一個禮拜天，帶著狂喜虔誠的心，到教堂告解領聖體；然後換上一身男裝，假扮成衣衫襤褸的老乞丐，並跟一名撒丁島的漁夫談好價錢，等事成之後，她和樂樂便可搭著他的船從對岸回來。

她的帆布袋裡，放了一大塊香腸。樂樂已經餓了兩天。老婦隨時都會讓牠聞聞食物的香味，以便刺激牠。

他們進入了隆哥薩多。這個科西嘉老婦人蹣跚地走著。她先到一家麵包店，問到了尼可拉勒弗拉提的住所。他又重操舊業，現在在當木工。他一個人在店內工作。

老婦人推開了門，叫道：「喂！尼可拉！」

他轉過身來；她立刻鬆開了狗，大喊：「去吧，去吧，用力咬，用力咬！」

發了瘋的樂樂猛撲上去，攫住對方的喉頭。尼可拉則伸出雙手，緊掐著狗，翻滾在地。他身子扭曲，雙腳不停地拍打著地板，幾秒鐘後便不再動了，而樂樂則翻尋著已被牠扯得血肉模糊的頸子。

當時坐在自家門口的兩個鄰居，清楚地記得看到一個老人牽著一隻瘦得皮包骨的黑狗，從尼可拉的店裡走出來，黑狗邊走還邊啃著主人給牠的一樣咖啡色的東西。

那天晚上，老婦人便回到了家。當晚，她睡得好香。

Une vendetta 1883.10.14

獲得勳章了！

人一生下來開始說話、思考，便會表露出一種明顯的天賦、性向，或單純只是一種強烈的欲望。

薩克蒙先生從小就一心一意地想要佩帶勳章。打從很小開始，他身上就掛著鋅製的榮譽十字勳章，就像其他孩子戴帽子一樣平常；每當走在路上，他都會挺起點綴著紅綬帶與金星的小胸膛，驕傲地牽著母親的手。

他功課向來不好，高中畢業沒考上大學，也不知道該做什麼，但因為家裡有錢，還是娶了一個漂亮的女孩。

他們住在巴黎，和其他有錢人一樣，有自己的生活圈子，不和外界打交道，若有機會認識某個將來可能當上部長的議員，或與一兩個局處長來往，便顯得洋洋得意。

可是薩克蒙先生從孩提時代就有的念頭，卻一直縈繞不去，他一直很遺憾未能在禮服大衣上，別上一條彩色的小絲帶。

每回在路上見到別人佩帶著勳章，他的心便會隱隱作痛，走在一旁看著他們，總是不由得妒火中燒起來。有時候，為了打發漫長的午後，他便開始數人頭。他心想：「看看從瑪德蓮教堂到德魯歐街，能碰到幾個佩帶勳章的人。」

他慢慢地走，盯著別人的衣服看，瞪眼直視以便遠遠地就能認出那個小紅點。每次走完這段路，結果都令他感到驚訝：「四等勳章八個，五等勳章十七個，竟然這麼多！十字勳章怎麼能這樣亂發？我倒要看看，回去的路上是不是還這麼多。」

然後他慢慢地往回走，有時候路人匆匆忙忙、擠來擠去地干擾了他，讓他漏數了一兩個人，他還會抱憾半天。

他知道在哪幾個區佩掛勳章的人最多。皇宮區一帶不少；劇院路沒有和平街那麼多；大道的右側又比左側來得多。

這些人似乎也有較常光顧的咖啡館和劇院。每當看見一群白髮的老先生，站在人行道中央，使交通受阻時，他便自忖道：「這些一定是佩帶四等勳章的人！」不由得想上前向他們致意。

四等勳章的綬勳者（他總是認得出來）自有一種異於五等勳章受勳者的氣派，單從他們昂首的姿態就可以看出。外人都可以感覺到他們擁有更崇高的聲望，與更重要的地位。

當然薩克蒙先生偶爾也會對這些佩帶勳章的人感到怒不可遏、憤恨不已，因為他們讓他產生了一種社會主義人士才會有的恨意。

要是回家途中發現了太多的勳章，他就會像一個餓得發昏的人，從豪華的飯店前走過一樣，於是一回到家便激動地吼道：「這個腐敗的政府到底什麼時候才會垮臺啊？」

「你今天是怎麼了？」太太驚訝地問道。

「我只是看不慣世事這麼不公平而已。唉!還是公社的那些人說得有理。」

可是才吃完晚飯,他又出去了,去瀏覽那些販賣獎章的商店。他細細地查看著各式各樣五顏六色的徽章,每一個他都想要;他幻想著在一個公開的典禮上,在擠滿密密麻麻人群的廳堂裡,在眾人欣羡的目光下,他胸前一排排的勳章,整齊地垂掛著,光彩耀眼,他將帽子夾在腋下,引領著一行人莊嚴地往前走,彷若一顆閃亮的明星,兩旁的人則低聲交換著對他的仰慕與敬佩。

可是啊!他毫無頭銜封號,根本不可能獲得任何勳章。

他心想:「一個沒有擔任過公職的人,要想獲得榮譽勳章實在太困難了。也許我可以試試爭取文化教育勳章。」

可是他毫無頭緒,不知從何著手。他把想法告訴太太,只聽得她瞠目結舌。

「教育文化勳章?你有什麼功勞?怎麼可能得到呢?」

他生氣地回說:「妳聽不懂我的話嗎?我就是想知道該怎麼辦才問妳的呀,有時候妳實在很笨耶。」

她笑著說:「對,你想得沒錯。可是我也不知道該怎麼做啊!」

忽然,他想到一個主意,「要不然妳去跟羅斯蘭議員談談,他應該可以給我很好的建議。妳也知道我實在不敢直接跟他提起這件事,話題太敏感,也很難開口,由妳來說就順理成章多了。」

薩克蒙太太於是照著先生的話去做，羅斯蘭議員也答應跟部長談談。此後薩克蒙便不斷地向他打聽結果。最後，議員終於有了回應，他說必須事先提出申請，並列舉出所有的頭銜。

他的頭銜？他連大學都沒考上呢。

不過他開始著手寫論文，主題是「民眾受教育的權利」。後來因為寫不出個所以然，只好作罷。

他又找了幾個比較簡單的題目，一個一個地試。首先是「從雙眼教育兒童」。他認為應該在貧窮區裡，成立一些戲院供兒童免費觀賞。如此一來，孩子從小便會由家長陪同到戲院，然後可以藉由幻燈片，教導兒童一切有關人類的知識。這一定很具有教育意義。視覺會影響大腦，影像將深深烙印在記憶中，如此可謂將科學視覺化了。

世界歷史、地理、自然歷史、植物學、動物學、解剖學等等、等等的學科教學，難道還有更簡單的方法嗎？

他將這篇論文付梓，每位議員各送一分，部長則送十分，總統五十分，此外巴黎各報社也收到了十分，外省報社五分。

接下來他探討的主題是「流動圖書館」，他希望政府調派小車，載滿書籍到街上打轉，就像沿街叫賣的攤販一樣。每位居民每月只要付五分錢的租書費，便可租閱十本書。

薩克蒙先生說：「這樣的話，民眾可以隨自己高興放下手邊的工作。既然他們不去尋求知識，知識就必須主動獻身，等等……」

這些論文並未引起任何迴響，他向有關單位提出詢問，得到的答覆則是說已經記錄下來，正在審查。他以為大勢已定，耐心等著。毫無消息。

於是他決定主動出擊。他懇請見教育部長一面，而接見他的卻是部長辦公室的一位專員，年紀輕輕便已經身居要職，只見他不停按著手邊的一排白鈕，召喚接待人員、會客廳裡的小弟，還有下屬職員，手指忙得像彈鋼琴一樣。他向薩克蒙先生確認一切都進行得很順利，並對他傑出的表現表示嘉許，鼓勵他繼續努力。

薩克蒙先生於是再度投入工作。

此時，羅斯蘭議員忽然關心起他來了，並給了他許多又好又實際的建議。議員本身也佩帶著勳章，可是卻沒有人知道他是如何獲得此殊榮的。

他指點薩克蒙先生去修習新的學問，並為他引介了幾個學術協會，專攻深奧艱澀的科學，希望能幫他擠進高官顯爵之列。甚至還在部長面前為他美言。

這幾個月來，議員常常到薩克蒙家用餐。有一天，當他們吃過晚餐之後，議員緊握著他的手，低聲說：「我為你爭取到一個很好的機會。歷史研究委員會要委託你一項任務，請你到法國的各個圖書館做研究調查。」

薩克蒙聽到這個消息簡直樂昏了，幾天來根本無心吃喝，一星期之後便出發了。

他一個城鎮走過一個城鎮，細心研究每個圖書館的目錄，翻遍積塵已厚的書，把整個書庫搞得烏煙瘴氣的，管理員對他真是憎惡透了。

然而，有一晚他到了盧昂，忽然想去擁抱一下已經一星期未見面的妻子，於是他搭上夜間九點的火車，預計半夜會到家。

他帶了鑰匙。他悄悄入內，一想到給太太這樣一個驚喜，不禁興奮得有點激動。沒想到她竟鎖著房門，真掃興！他只好在門外叫道：「珍妮，是我！」

她一定嚇壞了，因為他聽到她跳下床，還一個人自言自語像說夢話一樣。然後聽見她跑向梳妝室，打開梳妝室的門，又把門關上，在房裡光著腳匆忙地跑來跑去，還不時地撞到家具，晃得上頭的玻璃器皿叮叮作響。最後，她才問道：「亞歷山大，真的是你嗎？」

他回道：「是啊，是我，快開門！」

門開了，他太太撲進他懷裡，語無倫次地說：「啊！太可怕了！太令人驚喜了，我太高興了！」

然後他開始脫衣服，有條不紊地，就像他做其他的事一樣。他拿起椅子上的外套，照常又要掛進衣櫥裡，可是一看之下，他整個人都呆住了。因為衣服上竟別著一條紅綬帶。

他結巴地說：「這……這……這件外套上有勳章耶！」

他太太整個人跳起來，向他衝了過去，搶過他手中的衣服：「不……你弄錯了……衣服給我。」

可是他還是抓著一隻袖子不放，有點失魂落魄地重複問著：「嗯？……為什麼？……妳說？……這件外套是誰的？……這不是我的，因為上頭有榮譽勳章。」

她使勁地想把衣服搶過來，緊張地支支吾吾：「拜託……拜託……衣服給我……我不能說……這是祕密……拜託你。」

但他生氣了，鐵青著臉說：「妳說，這件外套怎麼會在這裡。這不是我的衣服。」

然而，她衝著他大喊道：「不，是你的，你要答應我不能說……我告訴你……其實，他們頒勳章給你了。」

聽到這句話，他心情激動不能自已，鬆手放開外套後，整個人跌坐在沙發上。

「我……妳說……我……獲得勳章了。」

「對……這是個祕密，一個大祕密。」

她將這件輝煌的上衣鎖進衣櫥裡，回到丈夫身旁，臉色蒼白，全身顫抖。她說：「對，這是我幫你訂做的新外套，我發過誓絕不向你吐露一字半句，這個消息還要一個月或六個星期才會正式宣布，本來應該等到你完成任務回到家時，才能讓你知道。這是羅斯蘭議員幫你爭取到的……。」

薩克蒙簡直不敢相信，結結巴巴地說：「羅斯蘭……勳章……他幫我爭取到了勳章……我……他……天啊！」

此時的他口乾舌燥，非得喝杯水不可。

地上有張白色的小紙片，是從上衣的口袋掉出來的。薩克蒙撿起來一看，原來是張名片，上面印著：眾議員——羅斯蘭。

他太太說：「你看吧。」

他終於喜極而泣。

一星期後，政府公報正式宣布薩克蒙先生獲頒榮譽勳位的五等騎士勳章，以表彰他的特殊貢獻。

Décoré 1883.11.13

明智的抉擇——致德佛男爵

布雷洛是我小時候的玩伴，也是我最好的朋友，我跟他無所不談。連著我們的是一種心靈至交的深刻友誼、一種如手足般的親密情誼、一種互相之間的完全信賴。他會對我坦承一切想法，即使是那些連自己都羞於面對的想法。我對他也是一樣。

我是他傾吐所有戀情祕密的對象，而我也會找他吐露心聲。

當他宣布即將結婚時，我彷彿遭受背叛而感到受傷。我感覺得到我們之間那分真摯、無可替代的友情就要結束了。他的妻子會擋在我們之間。床笫間的親密關係，往往會讓兩人產生一種同舟共濟的精神，即使已不再愛對方，這股神祕的力量也會將他們緊緊地結合在一起。夫妻就像是兩個合夥人，對其他人一律心存警惕。然而如此緊密的夫妻關係，一旦妻子有了情夫，便會戛然而止。

布雷洛結婚典禮的整個過程，我記得很清楚。我沒有參加簽約儀式，對這種繁文縟節，我一向興致缺缺，我只去了市政府和教堂。

我原本並不認識他的妻子。她是個高大的女孩，一頭金髮，有點瘦，長得相當漂亮，淡淡的眼睛，淡淡的頭髮，白皙的臉蛋，白皙的手。走起路來搖曳生姿，好像坐在小船上盪呀盪的，往前走的姿態又像是不斷向人行優雅的屈膝禮一般。

布雷洛看來非常愛她。他的目光總是停留在她身上，我覺得他心裡對這個女子有一種過度的欲望。

過了幾天我去看他。他對我說：「你絕對想像不到我有多快樂。我真是愛她愛瘋了。而且她……她……。」他沒有把句子說完，只是將兩根手指貼在嘴巴上，做了一個代表神奇、出色、完美等等意思的動作。

我笑著問他：「這麼好？」

他應道：「好得你無法想像！」

他替我引見了。她確實迷人，也很親切隨和，還要我別客氣，當作是自己家一樣。可是我感覺到了，布雷洛已經不是我的自己人。我們之間的親密感已完全消失。我們甚至找不到共同的話題。

我向他們告別之後，便前往東方旅行。再由俄國、德國、瑞典與荷蘭繞行返國。

這一走就是一年半。

我回到巴黎的隔日，便到大街上逛逛，重新呼吸一下巴黎的空氣。這時候，迎面走來一名臉色極其蒼白、雙頰凹陷的男子，他簡直就像是原本健康、紅潤、微胖的布雷洛，得了肺癆似地消瘦模樣。我目不轉睛地看著他，又是驚訝又是擔憂，心想：「會是他嗎？」他也看到我了，高聲驚呼一聲，便張開了雙臂。我也同樣張開雙臂，兩人就在大馬路上擁抱了起來。

我們在德魯歐街和沃德維劇場間來回走了幾趟，由於他似乎走得筋疲力盡，我們便打算分手各自回家。我對他說：「你氣色很不好，生病了嗎？」他回答：「是啊，是有點不舒服。」

他看起來就像是快死的人，頓時我心裡浮升起一股強烈的愛，畢竟他是我相交那麼久、那麼好的朋友，也是我唯一的朋友。於是我緊握住他的手：「你是怎麼了？得了什麼病嗎？」

「沒有，只是有點累，沒事的。」

「醫生怎麼說？」

「他說是貧血，要我多攝取鐵質，多吃紅肉。」

我忽然起了疑心，便問道：「你快樂嗎？」

「很快樂啊。」

「非常快樂？」

「非常快樂。」

「你的妻子呢？……」

「風采依舊，我現在更愛她了。」

但我發現他臉紅了。他似乎擔心我還要問其他問題，顯得有點侷促不安。我抓起他的手，拉著他進一家咖啡館。現在這個時間，咖啡館裡空無一人，我強迫他坐下，盯著他問道：「老兄啊，你就實話實說吧。」他含糊應道：「沒有什麼好說的呀。」

我語氣堅定地又說：「你騙人，你病了，可能是心病，而且你不敢把祕密告訴任何人。你心裡正受著某種煎熬。你要告訴我。說吧，我聽著。」

他的臉又紅了，然後轉過頭來，吞吞吐吐地說：「太荒謬了！……可是我……我完蛋了！」

他沒有再接下去，我又說道：「怎麼樣，說啊。」

此時，他突然迸出話來了，好像要把苦苦折磨著他、他又傾訴無門的心事，一古腦兒全發洩出來：「好吧！我就要被我妻子害死了……就是這樣。」

我不明白他的話：「她讓你不快樂？她讓你日夜苦惱？到底是怎麼回事？她怎麼害你的？」

他像是認罪似地低聲道：「不是的……是我太愛她了。」

聽到這樣的告白，我一時愣在當場。過了一會兒，我忽然覺得想笑，最後才回答：「可是我覺得……你可以……可以少愛她一點嘛。」

他的臉再度變得蒼白。最後他終於下定決心不再保留，恢復像以前一樣對我坦承一切：

「我沒辦法。我就要死了，我知道。我就要死了，我是在自殺。可是我好怕。有時候在白天裡，我會像今天一樣想離開她。想一走了之，飛到世界盡頭，好好地活，活久一點。可是一到了晚上，我還是會不由自主地帶著痛苦的心情緩步回家。我慢慢地上樓，按了門鈴，她在家，坐在沙發上，對我說：『你怎麼這麼晚？』我親了親她，然後上桌吃飯。整頓飯的時間我都在想：『吃過飯我就出去，去搭火車，上哪兒都行。』可是吃過飯，回到客廳，我又覺得好累，根本沒有力氣起身。於是我留下來了。然後……然後……我又屈服了。」

我忍不住又笑了起來。他見了便說道：「你還笑，告訴你這種感覺好可怕的。」

我問他：「你為什麼不告訴你的妻子？除非她是鐵石心腸，否則她應該會了解的。」

他聳聳肩：「你說得簡單啊！我之所以不告訴她，就是因為我了解她。你沒聽說過有些女人『已經嫁了第三次了』？是啊，你還是覺得好笑，跟剛才一樣。可是我說的是真的。怎麼辦呢？這不是她的錯，也不是我的錯。她天生如此，老兄啊，她跟羅馬那個荒淫的皇后梅莎琳有同樣的需求呀。她不知道，但我清楚得很，我也只有認了。她是那麼迷人、嬌嫩、溫柔，那些令我筋疲力竭、甚至性命難保的狂烈激情，對她而言是再自然再適度不過了。她像個懵懂無知的純真少女，而她也的確是不知道啊，這可憐的孩子。唉！我每天都努力地下決心，我就要死了，你知道嗎？可是每當一見到她的眼神，她那隱含著強烈欲望的眼神，我馬上就屈服了，然後對自己說：『這是最後一次，這種致命的激情我再也不要了。』而每次再次屈服後，我就會像今天一樣出門，漫無目的的走，心裡只是想著我要死了，我完了，一切都完了。

「我受到的折磨與打擊實在太大，昨天我甚至到拉樹茲神父墓園去繞了一圈。我看著那些如同骨牌般排列的墓碑，心想：『我很快就會加入他們了。』然後我意志堅定地回家，決定跟她說我病了，決定逃開她。結果還是失敗。

「唉！你是不會懂的。你去問問吸菸的人，明知道尼古丁有害身體，但他能戒掉這個美妙卻致命的習慣嗎？他一定會說已經試過好幾百次了都沒成功。接著還會再補上一句：『算了，戒菸還不如死了的好。』我就是這樣。我們一旦因為這樣的激情或這樣的壞習性而陷入兩難的局面，便只有視死如歸了。」

他站起來，跟我握手道別。此時此刻，我心中升起了對那個女人的一股憤恨的怒火，恨那個女人，恨那個毫無知覺、迷人、可怕的女人。他穿好大衣，正準備走時，我衝著他大吼道：「該死的傢伙，你乾脆給她幾個情夫，何必自尋死路？」

他又聳了聳肩，沒有答話便離去了。

接下來六個月我們都未再見面。這期間我每天上午都有收到訃聞，通知我去參加葬禮的心理準備。然而，我並不想到他家去，那種感覺很複雜，有對他們夫妻倆的蔑視、有憤怒、有不平、有許許多多不同的感受。

在一個風和日麗的春日，我到香榭麗舍大道散步，那天下午暖暖的，讓人心中彷彿有股莫名的喜悅騷動著，讓人眼睛為之一亮，也讓人感到生命無窮無盡的喜樂。突然有人拍了我的肩膀。我轉過身去，竟然是他，是他健健康康、氣色紅潤、肥肥胖胖、挺著圓圓的小腹站在我面前。

他抓住我兩隻手，興高采烈地叫道：「你這無情無義的傢伙，你在這兒啊？」

我看著他，滿臉訝異：「是、是呀。我的天哪，真不是蓋的，你跟六個月前簡直判若兩人。」

他的臉漲得通紅，尷尬地笑笑說：「我只是盡力而已。」

我還是不停地盯著他瞧，他顯然感到很不自在。我問道：「這麼說，你……你痊癒了？」

他含含糊糊很快地帶過：「是啊，痊癒了，謝謝。」然後馬上口氣一轉：「運氣真好，在這裡遇見你哦！現在起可不能再失去連絡了，可以常常見面吧？」

不過我還是不死心，我要知道怎麼回事，於是又問：「喂，你還記得你跟我說的祕密吧……都六個月了……所以……所以……你現在可以抗拒了，是嗎？」

他嘟囔著說：「就當我什麼都沒說吧，別再問了。你知道嗎，現在找到你了，我就不會再放你走。晚上到家裡來吃飯吧。」

一時間，我只想要探知內幕，了解來龍去脈。我接受了他的邀請。

兩小時後，他帶我到了他家。

他的妻子很殷勤地招待我。她看起來很單純，有一種人見人愛的天真脫俗。她修長的手指、她的臉頰、她的頸子，無一處不是白皙細嫩，只有這樣的肌膚才稱得上典雅細緻，稱得上高貴。她走路還是一樣輕搖飄蕩，好像每走一步，膝蓋便會微微彎一下。

布雷洛親了親她的額頭，很友愛的感覺，然後問道：「呂希安還沒有到嗎？」

她輕聲但清晰地回答：「還沒呢，親愛的，他總會遲到個幾分鐘，你也知道。」

門鈴響了。出現的是一個大男孩，髮色深棕，鬢毛濃密，活脫是希臘神話中的大力士再世。主人替他們互相做了介紹，他叫做呂希安•德拉巴爾。

布雷洛和他熱情地握了手。然後便開飯了。

晚餐十分美味，吃得賓主盡歡。布雷洛不停地和我說話，親切、真誠、坦白一如往昔。一會兒是：「你知道嗎，老兄；喂，老兄；告訴你，老兄……。」一會兒又突然嚷嚷著：「你不知道能再見到你，我有多高興，我好像又重生了似地。」

我注意看著他的妻子和另一人，他們一直都規規矩矩的。不過，似乎有一兩次，兩人很快地偷瞄了對方一眼。

晚餐結束後，布雷洛轉身向妻子說：「親愛的，我好不容易找到皮耶，現在我要把他帶走了。我們要像從前一樣沿著大街好好地散散步聊聊天。我們……男人出去閒晃一下，希望妳別介意。德拉巴爾先生，那我就不陪你了。」

年輕的妻子一面跟我握手，一面笑著說：「你可得早點放他回來。」

我們呢，便手挽著手出門去了。我無論如何還是要追根究柢：「好啦，到底怎麼回事？告訴我……。」他忽然粗聲粗氣地打斷我的話，好像我無緣無故干擾了他平靜的生活一般：「老兄，拜託你好不好，別再拿那些問題煩我了。」然後接著又彷彿自言自語似地，以一種做了明智抉擇後的堅定語氣，低聲說道：「總不能讓自己就這麼丟了命吧，這樣太愚蠢了。」

見他如此，我也不再堅持。我們快步走著，並開始聊了起來。忽然，他附在我耳邊悄悄地說：「我們去找點樂子如何？」

我放聲大笑：「絕對奉陪。走吧，老兄。」

邂逅——致愛德華羅德

這是個偶然，確實是個偶然。親王妃今晚邀宴賓客，所有的房間都敞開著，戴特萊男爵站得累了，便離開明晃晃的廳堂，走進了空無一人、幾乎全暗的臥房。

他知道妻子不到天亮絕不會走，所以想找張沙發睡一覺。在門口他就瞥見了，偌大房間的正中央擺了一張天藍色的大床，床邊有金花飾，想到年華老逝的王妃，這張床便彷彿是埋葬她愛情的靈柩臺。床背後一大片明鏡，給人一種從高處眺望湖面的感覺。那是一面藏得住許多祕密的巨大鏡子，裝飾用的暗色帷幔偶爾會放下，但通常都是拉開的，像是隨時注視著這張床，它的同謀共犯。其實這面鏡子也和這些到處飄蕩著幽靈的城堡一樣，擁有過往的回憶與傷痛，它平滑而毫無遮飾的表面，曾見過女人裸露的雙臂的迷人曲線，也目睹過臂膀環抱的溫柔姿態。

男爵停站在這間充滿愛意的房間門口，臉上露出微笑，心裡有點感動。忽然間，鏡子裡似乎有影像晃動，彷彿是亡靈受到召喚就要出現在他面前，卻原來是一男一女，原本坐在陰暗處一張低矮的長沙發上，現在正站起身來。光亮的水晶映照著他們的身影，可以清楚見到他們站起來之後，互相擁吻道別。

男爵認出了這兩人竟是他的妻子和賽維涅侯爵。他堅強而自制地轉身離開，然後等到天亮，好帶男爵夫人回家，但是他已全無睡意了。

一等到他們倆單獨在一起，他馬上對她說：

「夫人，剛才我在雷恩王妃的房間裡看到妳了，我想我不需要多作解釋。我不喜歡責難，也不喜歡暴力，更不喜歡製造笑柄，為了避免這些麻煩，我們就私下分居吧，不要鬧開來。我會派人安排妳的一切，而妳既然不住在我的屋簷下，妳愛怎麼生活就怎麼生活，不過我先警告妳，妳還冠著我的姓，如果傳出任何一點緋聞，我絕對不會輕饒妳。」

她想解釋，但他打斷了她的話頭，向她行了個禮便回家了。

與其說他生氣，倒不如說是震驚、傷心。記得新婚之初，他曾經非常愛她，但這分熱情已隨著時間漸漸冷卻，現在他經常在社交場合裡逢場作戲，儘管如此，他對妻子仍有一分愛戀。

男爵夫人非常年輕，二十四歲不到，個子嬌小，滿頭金黃色的頭髮，而且很瘦，太瘦了。她就像是巴黎的洋娃娃，細緻、優雅、受寵、愛俏，相當風趣，美麗之外更極具魅力。他跟弟弟提起她時，總是這麼說：「我太太是很有魅力、很撩人，只不過……你什麼都抓不到。她就像這幾杯溢滿泡沫的香檳，喝完見到杯底了，雖然味道不錯，可是真正喝到的實在太少了。」

他在房裡來來回回地走著，心緒激動，思潮翻湧。有時候怒氣上衝，他就忍不住想狠狠揍侯爵一頓，或是在聚會時賞他一個耳光。可是仔細一想，這麼做太沒有風度，受嘲笑的人將會是他自己而不是侯爵，而且他發現自己會這麼生氣，多半是由於自尊受損，而不是真的心碎。

他上了床，卻無法入睡。

幾天後，巴黎傳出了戴特萊男爵夫婦因個性不合而協議分居的消息。沒有人感到懷疑或驚訝，也沒有傳出什麼謠言。

不過，男爵為了避免偶遇時的難堪，便出遠門旅行了一年，次年夏天到海邊度假、秋天打獵，直到冬天才回到巴黎。這期間他從未與妻子碰過面。

他知道沒有任何關於她的閒言閒語，至少她的表面功夫做得不錯，這樣也就夠了。

他覺得生活無聊，於是又出門旅行去了；接著整修他在維勒波的城堡，花了他兩年的時間；城堡修復後，他便忙著接待親友，至少又過了一年三個月；後來，他開始對這種縱欲的生活感到厭煩，就在他們分居整整六年後，他又回到了位於里爾街上的宅邸。

此時的他已經四十五歲，添了不少白髮，小腹也微微凸出，還不時會有一點感傷，那是像他這種昔日風流倜儻，如今卻日漸老態的人，都會有的感傷。

他回巴黎一個月後，有一天從聯誼社出來時受了風寒，開始咳嗽。醫生要他到尼斯過冬。

他決定搭乘星期一的夜快車出發。

他到得晚了，火車正緩緩啟動，他瞥見有個單排座位包廂裡還有一個位置，便跳了上去。包廂內側的位子已經坐了一個人，他身上蓋著厚厚的皮草和大衣，看不出來是男是女，只見他帶了一只長形衣箱，完全沒有任何線索，既看不出個所以然，男爵索性自己坐了下來，戴上旅行用的軟帽，攤開毛毯裹住全身，便睡了。

他睡到天亮才醒，一醒過來便立刻朝他同車的夥伴望去。那個人一整晚動都沒動，這個時候似乎還睡得很熟。

戴特萊男爵剛好利用這個時間，把鬍子和頭髮梳理整齊，重整一下儀容，他那張臉經過一夜已經完全變了樣，人到了一定的年紀便難免如此。

有一位著名的詩人說過：

「年輕人的早晨總是充滿了朝氣。」

當我們年輕時，醒來的感覺總是那麼美好；容光煥發，雙眼炯炯有神，頭髮也洋溢著青春活力。

而當我們逐漸老去，醒來的感覺就很可悲了；兩眼無神，臉頰浮腫發紅，嘴唇變厚，髮鬚亂纏，一副又老又倦、毫無希望的樣子。

男爵打開了旅行用品箱，梳整一下容貌，然後等著。

火車鳴笛後停了下來。坐在鄰座的人動了一下，大概是醒了。火車不久即又啟動，此時日光斜斜地照進車廂，剛好橫灑在兀自睡著的旅客身上；他又動起來，頭探了幾下，像是要破殼而出的小雞，然後才慢慢地露出臉來。

原來是個金髮女郎，外貌亮麗，體態豐腴。她坐起身來。

男爵看著她，驚訝地目瞪口呆。他不敢相信自己的眼睛，因為眼前這個人簡直就是……就是他的妻子，只不過已經完全脫胎換骨的一個人……她變得豐滿，變得好看了！雖然跟他一樣是發福，但卻更美了。

她靜靜地看著他，似乎並不相識，然後不慌不忙地撥開蓋在身上的衣物。

她有一種沉著的自信，醒來時毫不畏縮的傲慢神情，分明自覺且自知容光煥發、豔光照人。

男爵確實是不知所措。

這是他的妻子嗎？或只是面貌與她酷似而已？他已經六年沒見過她，很可能會認錯人。

她打了個呵欠，他認出了她的姿態。可是當她再度轉過身打量他時，眼神卻那麼平淡而無動於衷，彷彿根本沒見過這個人，隨後便專注地看著窗外的景致。

他驚訝已極，腦中一片混沌，他一邊觀察著她，一邊耐心地等候。

錯不了，就是他的妻子！他怎麼會認不出來？還有誰能有她那樣的鼻子呢？此時萬千記憶乍然湧現，他想到以前的愛撫，想到她身體的一些小細節，她的髖骨上有一顆痣，背上也有一顆，位置剛好與前一顆對稱。那時候他最喜歡親吻這兩顆痣了！他陶醉在過往的回憶裡，彷彿又聞到她的體香，又見到她巧笑倩兮地將雙臂環在自己脖子上，又聽到她的輕聲細語，又感覺到她的溫存愛撫。

然而，正因為她變了，變得太美，眼前的人明明是她，但卻又不是她。他覺得她更成熟、更有女人味、更有魅力、更吸引人、更能挑引男人內心的欲望。

沒想到這個在車廂裡不期而遇的陌生女子，竟然屬於他，而且是依法屬於他。他只須直截了當地說「我要」，就行了。

他曾經睡臥在她的懷中，享受著她的愛，而如今她的變化竟讓他幾乎認不出來了。他所見到的既是另一個人，卻又同時是她本身：這是他離開之後，誕生、成長的另一個人；這也是他曾經擁有過的她，只不能態度已然改變、從前稚嫩的五官變得成熟、笑容不再顯得造作、一舉一動也更有自信。這是兩個女人的綜合體，在一大部分愛的回憶中，混合了一大部分的未知。這真是奇特，令人困惑，也令人興奮，就像是一種愛情神話，裹著一層美妙的神奇面紗。這是他的妻子，卻有著一副他的雙唇所未曾觸及的新的身軀、新的肉體。

他心想，其實六年來我們都變了。只剩外表輪廓仍稍可辨識，偶爾甚至連原來的他也會消失不見。

血液、毛髮、肌膚，一切都會重新形成、重新組構。如果我們太久沒有照鏡子，一旦再見便很可能已是全新的另一人，即使人同此身、名字也依然。

同樣的，心也會變，觀念也會更新，因此在四十年的歲月中，我們可能慢慢地、不斷地變化成四、五個截然不同的人。

他東想西想，思緒混亂極了。突然間，他想起在王妃房內意外見到妻子的那一晚，心中已沒有任何憤怒之感。他眼前這個女人，已經不再是從前那個瘦小、活潑的洋娃娃了。

他該怎麼做？該怎麼跟她搭訕？要跟她說什麼？她到底有沒有認出他呢？

火車又靠站了。他站起來，行了個禮說道：「蓓蒂，妳要不要什麼？我可以幫妳買……」

她從頭到腳地打量他後，沒有一絲驚訝、困惑或氣憤，語氣平和淡漠地回答：「不用了，謝謝。」

他下了車，在月台上走了一下提振精神，像是昏厥過後的人，努力要恢復意識。他現在該怎麼做呢？要是換到另一個車廂，像是在逃避；若是對她熱心殷勤一點，則像是求她原諒；假如用主子的口吻跟她說話，那又太粗魯無禮，而且老實說，他已經沒有這個權利了。

他上了車，坐回原來的位置。

她也趁他下車之際，仔細地打扮了一番。她靠在椅子上，面無表情，卻豔麗動人。

他轉身對她說：「親愛的蓓蒂，我們已經分開六年了，平靜無波的六年，既然奇妙的機遇讓我們重逢，我們有必要繼續像死對頭一樣，面對面卻一語不發嗎？不管怎麼樣，我總是不會離開這節車廂的。那麼，如果下車前，我們能像……像……像朋友一樣聊聊天，不是更好嗎？」

她平靜地答道：「隨便你吧。」

聽她這麼一說，他反而愣住，不知道該說些什麼。一會兒，他鼓起勇氣向她靠近，坐到中間那個位子，殷勤地說：「我知道應該說幾句讚美的話，也好，何況我也十分樂意，因為妳實在太迷人了。妳不知道這六年來，妳變得有多美。剛才乍見妳從衣堆裡露出臉來，我心裡有一種前所未有的美妙感覺。我真不敢相信一個人能變這麼多……。」

她頭也不抬，也不看他就說：「我可說不出這種恭維的話，因為你變得醜多了。」

他羞紅了臉，感到有點徬徨困惑，然後尷尬地笑笑：「妳好狠。」

她轉向他說：「為什麼？我只是說實話。反正你又不愛我，所以我對你的感覺，根本無關緊要。不過看起來你並不喜歡這個話題，我們就談點別的吧。我們不在一起以後，你做了些什麼？」

他心慌意亂，結結巴巴的說：「我啊？我到處旅行、打獵，還有妳也看得出來，我變老了。妳呢？」

她從容地說：「我呢，我就照你的吩咐，做表面功夫。」

他幾乎就要出口怒罵，但話到嘴邊又吞了下去，卻托起妻子的手，親了親：「謝謝妳。」

她很訝異。他真是了不起，總能把情緒控制得那麼好。

他又說：「既然妳答應了我剛才的要求，那麼我們就不要再挖苦對方了，好不好？」

她現出不屑的神情，說道：「挖苦？我可沒有。我們根本是陌生人。我只是想找點有趣的話題，免得雙方尷尬。」

他一直看著她，對她魯莽的態度深感著迷，心中有一股突如其來、無法抗拒的欲望，一股想要主宰的欲望。

她知道他心裡受了傷，更乘勝追擊毫不饒人：「你今年幾歲了？應該沒有外表看起來這麼老吧。」

他臉色慘白地說：「四十五歲了。」又接著說：「對了，忘了向妳打聽雷恩王妃的消息。妳們還常見面嗎？」

她恨恨地看了他一眼：「對，常見面。她很好，謝謝你的關心。」

他們並肩坐著，思緒起伏，心情激動。男爵突然說：「親愛的蓓蒂，我改變主意了。妳是我的妻子，我要妳今天就回到我身邊來。我發覺妳變得更美、更有個性了，所以我決定再度接納妳。我是妳的丈夫，這是我的權利。」

她驚愕不已，直瞪著他的雙眼，想看穿他的心。他臉上毫無表情，令人無法捉摸，但卻似十分堅定。

她回道：「很抱歉，我還有約。」

他微笑說道：「那也沒辦法，既然法律上我站得住腳，我就該採取行動。」

馬賽到了；火車鳴笛後，漸漸慢了下來。男爵夫人站起來，從容不迫地疊好被鋪，然後轉身向丈夫說：「親愛的雷蒙，這次單獨會面是我安排的，你不要想得寸進尺。我只是聽你的話，採取預防措施，將來若是出了什麼事，也就不用擔心你或其他人了。再說你要去尼斯，不是嗎？」

「妳去哪我就去哪。」

「那可不行。我想你聽我解釋之後，就不會再堅持了。待會你會看到，雷恩王妃和亨利歐伯爵夫人還有她們的丈夫在月台上等我。我就是要別人看到我和你在一起，而且要他們知道我們單獨在車廂中過了一夜。別擔心，這些女士們一定會到處宣揚的，因為實在太出人意外了。

「我剛才也說過了，我聽從你所有的建議，小心翼翼地做表面功夫。一直都沒出什麼問題，不是嗎？所以呢，為了持續下去，我才安排了這次會面。你不許我鬧緋聞，我就不鬧，因為我恐怕……我恐怕……」

她等到火車停穩，一大群友人湧到門口，幫她開了門，才把句子說完：

「我恐怕是懷孕了。」

王妃伸出雙臂擁抱她。男爵夫人指著驚愕而疑慮不定的男爵說：

「妳不認得雷蒙了嗎？他的確變了很多。他答應陪我來，免得我旅途寂寞。我們偶爾會像這樣偷偷的一起出遊，雖然不能共同生活，但還是好朋友。不過我們就在這裡分手，他受夠我了。」

她伸出手，男爵則不自覺地握了握，然後她就跳下月臺，鑽進等著她的人群裡去了。

男爵用力地關上車門，激動地說不出話來，也無法做任何決定。耳裡聽著妻子的聲音與歡樂的笑聲漸漸遠去。

從此他再也沒有見過她。

她說的到底是真是假？他一直都不知道。

Rencontre 1884.3.11

幸福

下午茶時間，尚未點燈。別墅俯臨著大海；落日西沉之際染紅了整個天空，濛濛的天色像撲上了一層金粉；地中海無波無瀾，平滑如鏡，在夕陽餘暉中仍波光粼粼，彷如一片巨大光滑的金屬板。

右方遠處層巒起伏，在逐漸轉暗的緋紅天際留下了黑色的剪影。

眾人正在討論愛情這個老掉牙的話題，重複說著已經說過無數次的話。黃昏淡淡的愁緒使眾人放慢了發言的速度，心中的感動油然而生。

小小的客廳裡，渾厚的男聲夾雜著輕聲細語的女聲交談著，只聽得「愛情」一詞不斷出現，彷佛鳥兒般翩然飛舞，又似靈魂般游移飄蕩。

愛情能夠持續多年嗎？

「可以。」有人這麼說。

「不行！」也有人這麼說。

大家區別了各種情形，畫分了各種界線，並舉出了各種例證；所有的人，無論男女，都忽然想起了令人發窘的過往，話到嘴邊卻無法啟齒，因而顯得十分激動，他們以高昂的情緒，熱切地關懷、談論著這個既平凡卻又至高無上的話題，這個兩性之間溫柔又神祕的關係。

突然間，有一個人眼睛盯著遠方高喊道：「喂！你們看那邊，那是什麼？」

海面上，在地平線那端，突然出現了一個灰濛濛的龐然大物。

女士們都站起身來，不解地注視著這個從未見過的驚人物體。

有人說：「那是科西嘉島！平常遠方的景致，總是被海面上長年瀰漫的水蒸氣所遮掩，可是每年有兩三次的機會，空氣會變得特別清晰透明，在這種特殊的天候狀況下，便可以見到科西嘉島了。」

島上的山脊隱約可辨，似乎還見得到山頂的積雪。這個乍然出現的世界，這個從海中竄出的幽靈，使得每個人都感到訝異、慌亂、甚至驚恐。那些和哥倫布一樣遠渡重洋探險的人，應該也看過這種奇異的景象吧。

此時，一位尚未開口的老先生說話了：「其實這個矗立在我們眼前的島，好像回應了我們剛才的話題，讓我回想一段特別的往事，我可以告訴大家一個永恆不渝的愛情故事，一段令人難以置信的幸福戀愛。你們聽聽。」

……五年前，我到科西嘉島旅行。雖然我們偶爾也可以像今天一樣，從法國山脊上見到這座荒涼島嶼，但它卻比美洲更令人感到陌生與遙遠。

你們想像一下，在一個依舊混沌不明的世界，山中暴雨過後，雨水順著細窄的溝壑而下，奔瀉成湍流；沒有平原，只有廣闊無邊的花崗岩層，以及起伏不平的土地，地面上或是密布著叢林，或是高聳著栗樹林與松林。這是一塊處女地，未經開墾，杳無人煙，難得一見的村落，卻像是山丘頂上的一堆亂石。毫無文化，毫無產業，毫無藝術。在這裡看不到一片加工過的木材、一塊雕琢過的石頭，更別想會看到一些優雅美麗的事物，緬懷先人簡單或講究的品味。但這也正是這方美麗卻嚴酷的土地，最令人印象深刻之處；世世代代都不屑於追求迷人的型態，也就是我們所謂的藝術。

在義大利，每個充滿藝術傑作的宮殿本身，便是一項藝術傑作；所有的大理石、木材、銅、鐵、金屬與石頭都證明了人類的才華；在古老的房子裡，即使最不起眼的古物，也都反映出無比優雅的風格。這裡是我們大家熱愛的神聖國度，因為她向我們顯現並證明了人類創造力的努力、偉大、威力與勝利。

而就在對面的科西嘉，卻仍停留在未開化的原始時代。這裡的人住在粗劣的屋子裡，凡是與本身的生活或家庭糾紛無關的事物，他們都無動於衷。他們保留了原始族群的優缺點，雖然粗暴、容易記恨、下意識裡相當殘酷，但卻也好客、慷慨、忠實、天真，大門永遠為旅人敞開，而且只要稍稍示好，他們便會對你推心置腹。

因此，一個月來我漫遊於這座神奇的島上，彷彿置身於世界盡頭。沒有旅館，沒有酒店，沒有大路。只能循著騾子走的小徑，前往那些攀附在山側的小村莊，到了晚上，還能聽見村莊下方迂迴曲折的深谷，傳來一陣陣山澗幽咽深沉的聲響。旅人會找一戶人家，上前敲門，請主人讓他留宿一夜，順便討一頓晚餐。

當晚便坐在簡陋的桌前用餐，在簡陋的屋簷下睡去；翌日清晨，主人還會帶著客人走到村莊盡頭，才主動握手道別。

有一天晚上，我走了十個小時的路，來到一個小小的住家，這間屋子坐落於狹窄山谷的深處，山谷外幾公里便是大海。兩旁陡峭的山壁上，覆滿了叢林、坍塌的落石，和高大的樹木，就像兩道陰森森的高牆，圍繞著這個悲淒的狹谷。

茅屋四周種了幾株葡萄，有一個小菜園，遠一點還有幾棵高大的栗樹，這可是這個貧苦地區的重要生計所在呢。

接待我的老婦人，穿著特別樸素整潔。原本坐在一張草墊椅子上的男人，站起來向我點頭招呼後，又坐了回去，一句話都沒有說，他的伴侶解釋道：「很抱歉，他聽不見，他已經八十二歲了。」

她操著法國本土的口音說話，令我十分驚訝。

我於是問她：「妳不是科西嘉人？」

她回答道：「不是，我們是法國本土的人，不過已經在這裡住了五十年了。」

我一想到他們遠離都市人群，在這個幽暗偏僻的角落度過五十年的歲月，突然有一種焦慮驚懼之情襲上心頭。一名年老的牧羊人回來後，我們便開始用餐，那一餐有一道以馬鈴薯、肥肉加捲心菜熬成的濃湯。

晚餐很快地結束了，我到門口坐下，眼前這片陰沉的景象，讓我感到憂鬱、悲傷。出門在外的遊子偶爾在幾個憂傷的夜晚、幾處荒涼的地方，都會有相同的感受，好像一切都即將結束，生物和宇宙都將消失。

我們頓時領悟了生命可怕且悲慘的本質，所有的人都孤獨無依，一切都是子虛烏有，一顆沉鬱寂寞的心，也只能藉由美夢幻想自欺，直到生命結束。

老婦人也到門口來，潛藏在她靈魂最深處的一股好奇，讓她忍不住問道：「你從法國來的，是嗎？」

「是的，我到處旅行。」

「那你是巴黎人囉？」

「不是，我住南錫。」

她的內心似乎受到強烈的衝擊，至於我是如何看出來或感覺出來的，我也不知道。

她慢慢地又說了一次：「你住南錫？」

男人出現在門邊，面無表情，一如所有的聾子。

她說：「沒關係，他聽不見。」

幾秒鐘後，又說：「那麼你認識不少南錫當地的人囉？」

「當然，幾乎所有的人都認識。」

「聖塔雷茲家的人呢？」

「很熟，是我父親的朋友。」

「請問你叫什麼名字？」

我把名字說出後，她定定地看著我，然後用充滿回憶的低沉語調說：「對了，對了，我想起來了。布里茲瑪一家呢，後來怎麼樣了？」

「都死了。」

「啊！那西爾蒙家你認識嗎？」

「認識，他們家最小的兒子是個將軍。」

她因激動、焦慮而微微顫抖著，這分複雜、強烈而神聖的情感，我無法了解，她也不明白是什麼驅使她坦承一切，說出多年來一直深藏在內心深處的話，提起這些令她情緒激盪的人。她說：「對，亨利西爾蒙。我知道，他是我弟弟。」

我驚愕地抬起頭看她，突然回憶起了往事。

這件事當時在貴族地區洛林，曾經造成過極大的轟動。年輕美麗的富家女蘇珊西爾蒙，遭父親旗下一名輕騎兵隊的士官誘拐出走。

這名膽敢勾引指揮官之女的士兵，是個英俊的農村子弟，也是騎兵隊正式的一員。她大概是在觀看騎兵隊伍行進時，見到了他，幾番留意之後便愛上他了。

可是她如何跟他搭上話，他們又是如何會面，向對方傾吐心聲？她如何敢對他表白愛意？這些問題至今依然無解。

誰也沒有察覺到什麼，沒有任何預感。就在士兵服役期滿的那一晚，他們倆便一塊兒消失了。眾人到處尋找，但毫無音訊。從此一直沒有他們的下落，大家都以為她死了。

而我竟在這陰鬱的山谷裡，見到了她。

於是我接著說：「對，我想起來了，妳是蘇珊小姐。」

她點點頭，淚水雙雙垂落，她把眼光移到那個坐在破屋門檻上、一動也不動的老人身上，跟我說：「就是他。」

我感覺得出來，她仍然愛著他，仍然以依戀的眼神看著他。

我開口問道：「妳還幸福吧？」

她非常真摯地回答道：「是的，非常幸福。他讓我過得非常幸福，我從來沒有後悔過。」

我凝視著她，有點難過，卻又驚嘆於愛情的魔力。這個富家女跟隨著這樣一個鄉下農民，她自己也成了農婦。

她讓自己適應平實無華、毫不講究的生活，屈從於簡單的生活習慣，而她仍然愛他。她成了鄉野村姑，戴著軟帽，穿著粗布裙。她用陶盤盛食物，在木桌上用餐，坐的是草墊椅子，吃的是馬鈴薯、肥肉加捲心菜濃湯。她靠在他身邊，睡在草席上。

除了他之外，她從來什麼也不想！她從未懷念過昔日的綾羅綢緞、華貴飾物、昔日柔軟的座椅，昔日垂滿流蘇、芳香溫暖的臥房，以及昔日休憩用輕柔的羽絨枕。她只需要他，只要有他在，她一無所求。

她那麼年輕，便拋棄了原有的生活與世界，離開撫養她、愛她的人。她獨自與他來到這個荒野狹谷。他就是她的一切，她希求的一切、她夢想的一切、她不斷等待的一切、她不停寄望的一切。他使她的生命充滿幸福快樂，從最初到最後。

她的人生不可能比這更幸福了。

一整晚，簡陋的床上，不斷傳來老士兵低低粗粗的呼吸聲，他身旁就躺著那個天涯海角追隨他的女人，我心裡想著這段單純的愛情傳奇，想著這種這麼圓滿、這麼簡單的幸福。

隔天一早，我和這對老夫妻握過手就走了……

講述的人不再開口，有一位女士說：「無論如何，她的理想太容易達成、她的需求太粗糙、她的願望太簡單了。她真是個笨蛋。」

另一個女士緩緩地說：「那有什麼關係！她很幸福啊！」

此時，天邊的科西嘉島在夜幕籠罩之下，漸漸淡去，巨大的陰影緩緩地沒入海中，剛才的乍現似乎只為了敘述一個故事，說的是住在島上河谷中，一對簡樸卑微的愛人。

Le bonheur 1884.3.6

脂肪球

一連幾日，不斷有逃亡的士兵零零星星地穿過市區。基本上，他們已稱不上是軍隊，只不過是一群潰散的烏合之眾。士兵們的鬍鬚都又長又髒，軍服也襤褸不堪，前進的步伐疲軟，沒有領隊的旗幟，確實已經潰不成軍。大夥兒彷彿都已萬分疲憊，什麼也不能想，什麼也無法決定，只能依著慣性往前走，一旦停下腳步便會累得不支倒地。在這些人群中，可以見到原本性情溫和、收入固定，卻受徵召入伍的人，被槍枝的重量壓彎了腰；也可以見到機靈敏捷、隨時準備進攻與脫逃的機動國民自衛隊員；此外混雜其中的還有幾個在大戰役中，戰敗脫隊的步兵，以及跟著這些步兵逃亡、景況悽慘的砲兵；偶爾，則有騎兵頭上頂著閃閃發光的羽飾頭盔，拖著沉重的步伐，吃力地跟隨著前線步兵較為輕盈的腳步。

隨後接著經過的是游擊隊，他們雖然有著英勇的稱號：「敗戰復仇者——視死如歸的國民兵團——死亡邊緣人」等等，卻個個貌似盜匪。

領隊的人本來都是一些布商、糧商、油脂商或肥皂商，因時勢所逼入伍從軍，有的因為錢比人多，也有的因為鬍子比人長，而分別被派任為軍官。他們佩帶著槍，穿著高階軍官的法蘭絨軍服，說起話來精力充沛，不時討論著作戰計畫，並大言不慚地自稱為法國臨終的救星。不過，他們卻偶爾會對自身的部屬感到驚疑不定，因為這些人都是一些大壞蛋，天不怕地不怕，姦淫擄掠無所不為。

聽說，普魯士軍隊就要抵達盧昂了。

兩個月來一直仔細勘查著鄰近樹林，偶爾甚至會誤殺自己的哨兵的國民自衛隊，向來是一有個風吹草動便緊急備戰，而如今隊員全都返回家園了。不久前還威震國道邊界方圓十來公里的自衛隊，不論武器、制服或其他殺人的裝備，頓時盡皆消逝無蹤。

最後一批法國士兵剛剛通過塞納河，他們打算經由聖塞佛和布爾亞沙前往朋托德梅；將軍夾在兩名副官之間，走在隊伍的最後。他早已心灰意冷。帶著這群七零八落的殘兵，又能有什麼作為？想當初所向披靡的輝煌戰績，不料竟遭受如此重大的挫敗，全軍覆滅，真是教人難以置信。

這個時候，全城籠罩在一股深沉的寂靜之中，大家靜靜地等著，心中惶惶不安。許多因經商多年而發福、甚至手無縛雞之力的居民，憂心忡忡地等著戰勝者的到來，深恐自己的烤肉架或大菜刀會被誤認為武器。

整座城死氣沉沉，商店都關起門來，街道也靜悄悄的。偶爾外出的民眾，也會因這片靜默而感到膽怯，不由得要貼著牆面加快腳步而行。

這種等待的疑懼，反倒使人盼望敵人能早點到來。

就在法國軍隊離去的隔天下午，有幾個不知從哪兒竄出來的普魯士槍騎兵，快馬穿城而過。稍後，便有黑壓壓的一群人沿聖凱瑟琳山側而下，並有另外兩支侵略軍經由達內塔與布瓦吉約姆兩區的路線前來，三支隊伍的先遣部隊都在同一時間抵達市府廣場。緊接著，敵軍便由鄰近的街道相繼而至，整齊的隊伍走過石板路，傳來一陣陣清脆規律的腳步聲。

以外語喊出的模糊口號聲，沿著死寂的屋舍傳續不斷，這些屋子像是已遭棄置，其實在緊閉的窗戶後面，有一雙雙眼睛正窺視著這群勝利者，這群來接收全城市民與財富作為「戰利品」的征服者。躲在陰暗房裡的居民彷彿將面臨一場致命、動盪的浩劫，人人恐慌不已，因為他們知道即使再高的智慧、再大的力量也對抗不了這場大災難。每當原有的秩序被推翻時，這樣的感覺便會浮現，因為此時再也無安全感可言，原處於人類法律或自然法則保護下的一切，已盡遭下意識的、殘忍的野蠻行為所毀。無論是導致房屋傾倒、人員死傷無數的大地震，或是沖毀房舍、人畜均遭滅頂的洪水氾濫，又或是屠殺、俘虜自衛民眾、倚仗軍隊之名搶奪劫掠、在隆隆砲聲下感謝上帝的常勝軍，都一樣是令人避之唯恐不及的禍害。這些天災人禍使得眾人不再相信世上有永恆的公理正義，也不再相信學校所教的所謂上天的庇祐與人類的理性。

然而，每戶人家門口都會出現一支小分隊，敲了門之後隨即進屋。這是侵略之後的占領過程。戰敗者必須對戰勝者表現出親切歡迎的姿態。

過了一陣子，剛開始的驚懼消失後，生活再度恢復平靜。有許多家庭會跟普魯士軍官一起用餐；有時候遇上有教養的軍官，還會禮貌性地為法國抱屈，並表示對自己參與這次的戰爭感到不齒。該戶人家自然對他心存感激，而且日後說不定還需要他的保護，再說照顧他一個人，也許就能少養幾個人，那麼又何必去跟一個全家仰賴的人過不去呢？傷害他們的舉動與其說是英勇，倒不如說是輕率。儘管盧昂的英勇抗敵事蹟曾名聞一時，現今的市民卻不再像早期那樣魯莽從事了，大家都從法國人特有的優雅氣質中發展出了理性的極致，每個人心裡都知道暗地裡對外國士兵客客氣氣無所謂，但切不可公開表示熱絡。於是在外頭，雙方形同陌路，一回到家，則輕鬆地說南道北，因此德國軍官每晚停留的時間也就越來越長了。

盧昂城更漸漸恢復了昔日的風貌。法國人還不常出門，不過街道上卻到處擠滿了普魯士士兵。此外，還可以見到外國輕騎兵軍官帶著致命的佩刀，傲慢地在街上閒晃，不過在一般小老百姓眼中，他們比起前一年和民眾同在咖啡館喝咖啡的法國輕騎兵軍官，態度卻不見得更狂妄不屑。

無論生活如何，空氣中卻總似乎飄蕩著一種細微、不知名的東西，一種令人無法忍受的怪異氣氛，好像一種四下散布的侵略氣息。這種氣息充斥於住家與公共場合，食物的味道跟著變了，讓人覺得彷彿離家的遊子，置身於遠方野蠻而危險的部落之中。

戰勝者需要錢，很多很多的錢。出錢的當然非居民莫屬了，而他們倒也還算富裕，只不過越富裕的北方商人，對自己的犧牲就越感到痛苦，尤其眼見自己的財富就這樣一點一滴地進了別人的口袋，更是苦不堪言。

儘管如此，在盧昂城以南十來公里處，經常有一些順著塞納河前往克羅瓦塞、第厄普達爾或畢薩爾的船員或漁民，會從水裡撈起德國軍官浮腫的屍體，或是被人用刀子刺死、用舊鞋打死，或是頭被石頭砸得稀爛，也或是被人從橋上推落淹死的。河底的淤泥埋葬了這些在暗中進行、粗暴卻合情合理的報復，這些不為人知的英雄行徑。這些默默的攻擊行為比大白天的戰役更加危險，卻得不到任何光榮的禮讚。

正因對普魯士人的恨如此深刻，因此總不乏願意為了理想捐軀的勇士。

然而，侵略者雖然迫使市民屈從於他們嚴格的紀律，但傳聞中他們一路凱旋行來所犯下的種種暴行，卻是全然未見。因此民眾變得大膽了，而交易買賣的需求，也再度使得商人們蠢蠢欲動。有些人在法國軍隊駐紮的哈佛港進行大宗交易，他們打算想辦法由陸路前往第厄普，再由當地上船走水路至哈佛港。

這些人動用了先前結識的德軍軍官的關係，獲得了總司令所發的通行證。

於是，為了這次的行程，總共有十個人到車商處登記，預定了一輛四匹馬的大車，並決定在禮拜二天未亮便啟程，以避免引起太多人的注意。

連日來，地面上已積了一層厚厚的霜，禮拜一，三點左右，有一大片烏雲由北方南下，從傍晚開始，雪便下個不停。

清晨四點半，旅客集合在諾曼第旅館的院子裡，等著上車。

他們都還有著濃濃的睡意，裹著大衣的身子也不住地哆嗦。黑暗中，看不清楚彼此的臉，只見一個個穿著厚重冬衣的身軀，就像是披著長袍的肥胖教士。有兩個男人認出了對方，後來又有一個人加入，三個人聊了起來。其中一人說：「我帶了妻子一起走。」「我也一樣。」「我也是。」第一個人又說：「我們不回盧昂了，如果普魯士軍隊一接近哈佛港，我們就到英格蘭去。」由於三人個性相似，因此都有同樣的計畫。

旅客都到了，卻還不見有人準備馬車。不時有馬夫拿著一小盞燈火，從一扇暗門走出來，但總是很快又消失在另一扇門背後。馬兒腳蹬著地，因為踩在乾草的堆肥上，聲音不大，此時還可以聽見馬廄深處有個男人一邊對牲畜說話，一邊咒罵著。突然間，傳來了一陣陣輕輕的、低低的鈴鐺聲，馬夫已經開始準備鞍具了；那陣低沉的聲響很快便變得清晰而持續不斷，並配合著馬兒行動的節奏，偶爾會停息下來，然後又是突如其來的一陣抖動，其中還夾雜著馬蹄踹土時濁濁的聲音。

門忽然關上了。四下頓時變得寂靜無聲。凍壞了的乘客不再作聲，他們維持著僵硬不動的姿勢。

一道白絮簾幕濛濛落下，不斷閃耀著光芒；它抹去了形體，在一切事物上鋪了一層冰苔。這其城，籠在靜靜的冬裡，一片寂靜之中，只聽見雪落下時模糊、浮動而又難以名狀的窸窣。這其實只是一種感覺，而不是聲音；這些輕細微粒錯雜而落，彷彿就要填滿整個空間、覆遍整個世界。

馬夫又提著燈火出現了，另一隻手拉著一匹心不甘情不願、形貌狼狽的馬。他將車轅架上，繫妥韁繩，因為一隻手拿燈火，只剩一隻手能工作，因此繞來轉去好幾次，才終於將鞍轡固定好。當他要去牽第二匹馬時，發現所有的旅客都已覆滿白雪，一動也不動，便對他們說：

「你們怎麼不上車呢?至少可以躲躲雪。」

他們大概都沒有想到，經他這麼一說，大夥兒才一窩蜂地擁上車去。那三個男人先安置好了妻子，隨後才上車；接著一個個蒙頭蓋面的模糊身形也陸續上車坐定，誰也沒有說話。

車廂的地板鋪著厚厚的稻草，一踩上去，腳便陷了進去。坐在最後面的三個太太帶了銅製小暖爐和碳球，開了暖爐後，便不斷低聲細數著暖爐的優點，重複說著一些她們早就知道的事情。

最後，由於天候不佳，為了減輕馬匹的負擔，改由六匹馬來拉車，準備就緒後，外頭有個聲音問道：「大家都上車了嗎？」裡面有人回答說：「都上車了。」於是便出發了。

車子緩緩前進，一小步一小步，走得好慢好慢。車輪深陷在雪中；整個車廂哼哼唧唧，小聲地呻吟著；腳下不停滑脫的馬兒，又是喘氣，又是噴白煙的，可是馬夫的長鞭卻是毫不留情，四面八方飛舞著，猶如一條細長的蟒蛇游移靈動，隨時都可能往某個圓圓的馬臀上猛抽下去，吃了鞭的馬兒自然也就全身繃得更緊、更賣力了。

天在不知不覺中漸漸亮了。被一名道地的盧昂人比喻為棉花雨的輕飄雪花，也已經不落了。沉甸甸的連天烏雲間透射著熹微的晨光；鄉野間偶爾可見一排披著霜衣的大樹，或是一管戴著雪帽的煙囪，這銀白的世界在陰沉沉的天色下，更加顯得光亮耀眼。

將亮不亮的曙光中，車內的乘客都好奇地打量著對方。

車廂最裡面，最好的位子上，羅瓦佐夫婦還面對面睡著，他們是大橋街上的葡萄酒批發商。

羅瓦佐原只是個雇員，後來老闆經商失敗，他買下資產之後，大賺了一筆。他將極為劣質的酒賤價賣給鄉下的零售商，認識他的人都稱他為奸商，十足一個快活的諾曼第無賴。

他的騙名遠播，有一晚在省府，杜內先生便以此開了個玩笑。杜內是寓言與歌曲作家，不僅十分機智，言語的尖刻更是眾所周知。他見在場的女士開始有點睡意，便提議大家玩一場「羅網捉（羅瓦佐）小偷」的遊戲。這句消遣他的話很快便由省長的聚會廳，傳到了城裡的各個沙龍，讓當地人足足笑了一個月。

此外，羅瓦佐喜歡開各種幽默或惡作劇的玩笑，也是出了名的。大家一提到他，總不忘再加上一句：「這隻鳥啊，有錢也買不到。」（「這個羅瓦佐啊，真是稀奇古怪。」之雙關語）

他個子很小，卻挺著個圓滾滾的大肚子，紅潤的臉頰兩旁留了灰白的鬍鬚。他的妻子身材高大、強壯，嗓門大，做事果決俐落。他積極認真興旺起來的事業，便全仗妻子坐鎮打理，清算帳目。

他們身旁坐的卡雷拉馬東先生，是上流社會的重要人物，地位崇高。他擁有三家紗廠，在紡織界舉足輕重，同時他還是榮譽勳章的受勳者兼省議員。整個第一帝國時期，他一直擔任溫和反對黨的領袖，只為了能獲得更豐厚的報酬，因為——根據他自己的描述——他向來是以「鈍頭武器」作戰的。卡雷拉馬東夫人比丈夫年輕許多，一些調駐盧昂的名門子弟，都因她而獲得不少慰藉。

跟丈夫比起來，她顯得特別嬌小、特別可愛、特別美麗。她蜷縮在毛皮大衣裡，只露出一雙眼睛，難過地看著破落的車廂。

鄰座的于貝布雷維爾伯爵夫婦，他們來自諾曼第歷史最悠久的名門望族。伯爵是個身材高大、上了年紀的紳士，他盡力想從外表裝扮，強調自己與亨利四世相貌神似，因為據其家族傳說，亨利四世曾與布雷維爾一名婦人發生關係，並有了後嗣，而該婦人的丈夫也因此受封為伯爵兼省長。

與卡雷拉馬東先生同在省會的于貝伯爵，是奧爾良黨的代表。有關他娶了南特當地一名小船東的女兒為妻的傳聞，至今仍是個謎。不過，由於伯爵夫人相當有氣派，接待賓客的功夫又是一流，甚至還聽說路易菲力浦的某個兒子也拜倒在她的石榴裙下，因此所有的貴族成員都對她極為熱絡。她的沙龍乃全區首屈一指，更是唯一保留了傳統風雅之處，一般人是無法輕易進入的。

布雷維爾家族的財產全是不動產，據說收入高達五十萬法郎，當時內閣職員的年收入也不過一千八百到二千四百法郎而已。

占了整個後車廂的這六個人，代表了收入豐富、生活平靜、勢力強大的社會階級，也代表了擁有宗教信仰、道德原則與權威的正直人士。

說也奇怪，所有的女士竟剛好都坐在同一邊的長凳上；伯爵夫人旁邊還有兩個修女，手中撥著念珠，喃喃念著天主聖經與聖母經。其中年老的修女臉上，因出過天花，坑坑疤疤的，好像被人用機關槍對著臉掃射過的一樣。另一人臉蛋長得不錯，但面帶病容，她原已得了肺結核，再加上對宗教信仰的執著，直追那些殉道者與證道者，身子消磨得更為孱弱。

兩個修女對面坐著一對男女，吸引了大家的目光。

那個男人就是大名鼎鼎的民主運動分子柯紐德，是上流人士的剋星。二十年來，他那一把紅鬍子，早就浸過所有咖啡館民主陣營的啤酒了。他的父親本來是個糖果商，身後留下不少錢，他便和同志友人盡情利用這筆遺產。而在為革命運動花費了這麼多之後，他更是迫不及待地等著共和時期的到來，以便早日取得屬於自己的一席之地。九月四日，他自以為被認命為省長（也許只是一場惡作劇），但當他要就職時，占據並控制著辦公室的一群小夥子，卻不願承認他，他也只得退休了。他其實是個很好的人，不具傷害性，又熱心服務，而且非常積極地策畫反抗活動。他曾經在原野上挖過地洞，砍過鄰近樹林中所有的小樹，在所有的道路上設置陷阱，等到敵軍一接近，自覺準備完善後，便立刻退避到城裡。現在哈佛港需要建設新的防禦工事，他打算前往盡自己的一分力量。

至於那名女子則是個風塵女子，豐腴早熟的身子，使得她博得了「脂肪球」的稱號。她個子嬌小，全身圓滾滾、肥嘟嘟的，一節一節胖胖的手指，活像一串串的小香腸；肌膚光滑緊繃，衣服更裹不住明顯突出的大胸脯。然而，由於她的嬌豔令人感到賞心悅目，因此仍然十分誘人且頗受歡迎。她的臉彷佛一顆紅蘋果，又像一朵含苞待放的牡丹，臉上一雙黑黝黝的眼睛炯炯有神，上端還披覆著又長又濃密的睫毛，下方則是一張迷人的櫻桃小口，裡邊兩排細小潔白的牙齒，外面兩片溼潤的紅唇，使人忍不住想一親芳澤。

據說，她還有許多極其寶貴的優點。

那些個良家婦女一認出是她，便開始竊竊私語，說到「妓女」、「人盡可夫」等字眼，還故意提高聲量。她抬起頭，以挑釁的目光冷冷地看著鄰座的乘客，四周頓時悄然無聲，大家都低下頭去，只有羅瓦佐還以一種興奮的神情注視著她。

後座的三位夫人很快又恢復了交談，眼前的這名女子，使得她們很快便成了朋友，而且幾乎成了密友。她們覺得面對這個出賣靈肉的無恥女人，三人更應該強烈表現出為人妻子的尊嚴，因為放縱的愛戀與合法的愛情根本是無法相提並論的。

她們三人的丈夫也一樣，面對柯紐德時，心中油然而生的保守心態，拉近了彼此的距離。他們談論著錢，語氣中多少含著對窮人的蔑視。于貝伯爵提到普魯士軍隊所造成的損害，以及牲畜被偷與農作受糟蹋的損失，但又自信滿滿地說這些損失不到一年就能恢復了，口氣就像一個比百萬富翁還要富有十倍的大闊佬。卡雷拉馬東先生的紡織事業也損失慘重，但他已事先匯了六十萬法郎到英格蘭以防萬一。至於羅瓦佐，他設法將酒窖裡所有的劣酒都賣給了法國軍需處，因此政府還欠他一筆可觀的數額，這回到哈佛港便是打算去提領這筆錢。

三個男人迅速地對看了一眼，倍感親切。雖然情況各自不同，但是金錢使他們站在同一陣線；他們都有錢，只要手一伸到褲袋裡頭，就能撥得金幣叮噹響，這一點讓他們私下感覺到彼此已緊密地連繫在一起了。

車子走得很慢，到了上午十點，才走了十來公里。有三次因為上坡困難，男乘客還得下車步行。大家開始有點擔心，因為本來預定在托特用午餐的，現在恐怕天黑以前也趕不到了。半路上，馬車陷入雪堆裡，要花兩個鐘頭才能脫困，於是每個人都仔細地觀望著，希望能在路邊找到一家酒館。

肚子越來越餓，也越發讓人心慌。由於普魯士軍隊日漸逼近，加上此地是飢腸轆轆的法國士兵必經之路，店家早就嚇得關門大吉，沿路上連一家小飯館或酒店都沒有。

男士們只好往路邊農家的儲藏室去找點吃的，不料連麵包也找不到，因為農民們沒有安全感，擔心沒得吃喝的士兵，一發現食物便會強取豪奪，因此早已經將儲存的食糧藏起來了。

下午一點左右，羅瓦佐說他覺得自己的胃壁已經穿了一個大洞。每個人都跟他一樣，難過得不得了，吃東西的欲望越來越強烈，這時候誰也無心談天。

偶爾有人打個呵欠，便很快有另一個人也跟著打呵欠，乘客們一個一個，依照自己的個性、教養與社會地位，或是大聲張嘴，或是微微開口後，立刻用手遮住衝出了一團霧氣的大缺口。

有好幾次，脂肪球彎下身去好像在襯裙底下找些什麼，但每次她總是遲疑一下，看了看旁邊的乘客，然後又慢慢地直起身子。大家的臉都顯得蒼白而緊繃。羅瓦佐說他情願出一千法郎買一條肘子，他的妻子做了一個抗議的手勢，但也隨即不再表示意見。每回一聽到浪費的行為，她總會感到心痛，根本不明白別人只是在開玩笑。伯爵說道：「我真的覺得很難過，怎麼就沒想到帶一點吃的呢？」大夥兒也都以此自責不已。

不過，柯紐德有一個裝滿了萊姆酒的水壺，他請大家喝，卻被冷冷地拒絕了，只有羅瓦佐一人接受他的好意，喝了兩口，當他將水壺遞還時，感謝地說：「還不錯，至少身子暖了，也算當作吃了點東西。」他喝了酒之後心情愉快，便提議仿效歌曲裡頭所描述小船上的人：把最胖的乘客給吃了。這個建議間接影射了脂肪球，不免使得稍有教養的人感到震驚。沒有人答腔，倒是柯紐德笑了一笑。兩個修女也停了下來，不再喃喃地念著玫瑰經，她們將兩手插進大大的袖口，一動也不動，雙眼始終沒有抬起來，大概正在向上天表白：她們已承受到祂所賜予的痛苦了。

到了三點，眼見四周盡是一望無際的平野，毫無村落的蹤跡，脂肪球很快地彎下腰，從椅子下方拉出一個覆著白巾的大籃子。

她先從籃子裡拿出一只上了彩釉的小陶盤，和一個細緻的銀杯，隨後又拿出一個大瓦缽，裡面有兩隻切好的雞，浸在已經結了凍的雞湯裡。除此之外，籃子裡還有其他仔細包著的好東西，有肉糜、水果、甜食。她為了不碰旅館的飲食，所以準備了這麼些食物，足夠她三天旅程吃了。一包包的食物中間，還露出了四支酒瓶。她拿起一根雞翅，然後姿態優雅地，開始配著諾曼第人稱之為「攝政麵包」的小麵包吃了起來。

所有的人都注視著她。食物的香味開始擴散，人人不僅鼻孔跟著擴大，口中唾液更是大量分泌，連耳下頜骨也都隱隱抽痛。此時此刻，貴婦們對她的鄙視更是到了極點，簡直恨不得殺了她，或將她連同她的酒杯、她的籃子和她的食物，都一起丟到車外的雪地中。

但羅瓦佐卻貪饞地盯著那缽雞肉，說道：「好極了，這位女士比我們細心多了。就是有人每次都能設想得這麼周到。」她抬起頭來對他說：「你要吃一點嗎，先生?從早上餓到現在可真難受。」他致意道：「老實說，我很樂意接受，我實在受不了了。打仗嘛，非常時期，也就不必顧慮太多了，對吧？」接著，他環視眾人一眼，又說：「像這樣的時刻，有人願意做善事，是再好不過了。」他拿了一張報紙鋪在腿上，以免弄髒褲子，然後拿出一直收在口袋裡的刀子，插起一塊凍汁雞腿，嘶咬後在口中慢慢咀嚼，那種心滿意足的神情，引起車內其他人一陣苦惱的嘆息。

此時，脂肪球又以謙遜溫柔的聲音，請兩位修女一起享用。她們兩人立刻便接受了，然後頭也不抬，只嘟囔了幾句感謝的話，便囫圇吞了起來。隨後，柯紐德也接受了芳鄰的招待，他們倆和修女四人，分別將報紙鋪展在膝頭，合起來倒也像張桌子。

大家的嘴巴又張又闔忙個不停，嚼了吞，吞了又嚼，個個狼吞虎嚥的。羅瓦佐在一旁努力地吃，還小聲地叫妻子也一塊兒吃。她抗拒了好久，最後因為肚子餓得咕嚕咕嚕叫，才不再堅持。於是她丈夫便很圓滑地問這位「迷人的女伴」，是否能分一小塊給他太太。她親切地微笑著說：「當然可以了，先生。」一邊把瓦缽遞了過去。

開第一瓶波爾多紅酒時，有了困擾：因為只有一個酒杯。大家只好擦擦杯沿輪流著喝。只有柯紐德大概有意調情，喝酒時還特別對準了脂肪球喝過、仍留著溼溼的唇印之處。

在這些用餐的人環伺之下，加上食物的香味四溢，于貝伯爵夫婦和卡雷拉馬東夫婦簡直就跟宙斯之子坦塔羅斯一樣，受著美食在前，卻可望不可及的煎熬。突然間，紗廠主人的年輕妻子哼了一聲，惹得大夥兒都回過頭看她；她臉色蒼白似雪，雙眼緊閉，前額低垂：她昏過去了。她丈夫緊張地向眾人求助，但每個人都慌了手腳，只見年紀較大的修女托住了病患的頭，用脂肪球的杯子為她灌了幾口酒。美麗的卡雷拉馬東夫人動了一下，張開眼睛，笑了笑，然後用病懨懨的聲音說她覺得好多了。為了避免她再度昏倒，修女強迫她喝下滿滿一杯的紅酒，還說了一句：「她太餓了，沒別的原因。」

於是脂肪球紅著臉，尷尬而小聲地問那四個還餓著肚子的乘客：「不知道我有沒有這個榮幸請你們……」話還沒說完她便住嘴了，深恐自取其辱。羅瓦佐則接著說：「當然囉，在這種情形下，大家都是好朋友，理該互相幫助的。好啦，女士們，就別再客氣了，接受了吧。今晚能不能找到地方過夜都還是個問題呢。照我們前進的速度看來，不到明天中午是到不了托特的。」他們還猶豫著，沒有人有勇氣率先答應。最後，伯爵解決了這個窘境，他轉向那個害羞的胖女孩，一派紳士的翩翩風度說道：「盧瑟女士，我們就接受妳的好意了，感謝妳。」

第一步總是最艱難的，既然抱著破釜沉舟的決心踏出去了，便再也無所顧忌。籃中的食物開始出清；除了雞肉，還有鵝肝醬、雀內糜、一片燻舌、幾粒水蜜梨、一塊軟乾酪、一些奶油小點心，還有一大杯浸醋的酸黃瓜和洋蔥：脂肪球也和其他女人一樣，喜歡吃這些生食。

既然吃了這個女孩的東西，當然不能不跟她說話。大夥兒於是聊了起來，剛開始有點拘束，後來因為她表現得十分文雅，話匣子才漸漸打開來。特別懂得人情世故的于貝夫人和卡雷拉馬東夫人，姿態優雅細膩，尤其伯爵夫人更表現了高貴女士高高在上、卻又和藹可親的迷人風采，好像無論跟任何人交往，都玷汙不了她似地。反觀健壯的羅瓦佐夫人，個性強悍，依然拗著脾氣只顧吃，極少開口。

說著說著，自然而然便扯上了戰爭。大家談論著普魯士軍隊的暴行，與法國人的英勇行為，這幾個逃難的人對他人的勇氣都深感讚佩。話題很快便轉移到了個人的遭遇，輪到脂肪球時，她語帶感情地道出自己離開盧昂的原委，口氣之熱烈就像一般難掩內心激動而慷慨陳詞的女孩。她說：「我本以為可以待下去的，我家裡積存了許多糧食，而且我寧願供養士兵，也不願意出外流浪。可是當我一見到這些普魯士人，我就控制不了自己。他們讓我感到怒火中燒，讓我常常因為羞愧而成日以淚洗面。要是我是個男人就好了，真的。每當我從窗戶看著他們，看著這些戴著尖帽的豬玀，我的女僕總會拉住我的手，以防我拿家具砸他們。後來，他們要到我家裡住宿，我馬上撲上前去掐住第一個人的喉嚨。要掐死他們其實也不是那麼困難。要不是有人扯我的頭髮，我早就把那個人給解決了。經過這件事之後，我不得不避一避。所以一找到機會，我立刻離開，然後就上了這輛車了。」

大家都對她贊賞有加，想到自己從來沒有這樣的勇氣，更對她產生了敬意。柯紐德聽著她的故事，嘴角一直保持著讚許的、如使徒般親切的微笑，就好像神父聽著信徒讚揚上帝似地，因為愛國心向來是留著長鬍子的民主人士的專利，猶如宗教信仰是長袍教士的專利一樣。接著，輪到他訓話了，他滔滔不絕的誇張言詞，跟牆上每天所見的宣傳海報一模一樣，最後還不忘來一段精采結尾，將「無恥的巴汀格（即拿破崙三世）」痛加撻伐一頓。

然而脂肪球一聽卻生氣了，因為她是拿破崙的擁護者。她的臉漲得有如紫紅色的櫻桃，氣憤地結結巴巴起來：「我倒想看看若換作是你們，你們會怎麼做！一定只會更糟的！別忘了，是你們背叛他的！法國要是讓你們這種下流的人來統治，我們也只好離開了。」柯紐德顯得無動於衷，嘴角仍掛著優越、藐視的微笑，不過可以感覺得到，脂肪球就快爆發出粗話來了。於是伯爵趕緊出面調停，他費盡唇舌安撫脂肪球惱怒的情緒，並用權威的口氣說只要意見真誠，都應該受到尊重。不過，伯爵夫人和廠主夫人由於素來對共和政府有著一種不可理喻的憎恨，而且她們跟其他所有女人一樣，下意識裡對那些威風專制的政府都懷有一分偏好，眼見眼前這位正義凜然的妓女，心中的感受跟她們是那麼的相似，因此不由自主地便靠攏到她那邊去了。

籃子空了，十個人吃光這些東西並非難事，只恨籃子不夠大。大家又繼續聊了一會兒，不過東西一吃完，談話興致也慢慢降低了。

夜晚來臨，天色越來越黑，四周圍的冷意在消化期間更能明顯感受。脂肪球雖有脂肪衣裹著，卻仍不住發抖。于貝夫人見狀，便主動將從早上到現在已經換過好幾回碳的小暖爐借給她，她立刻欣然接受，因為腳實在凍壞了。而卡雷拉馬東和羅瓦佐兩位夫人，則將自己的暖爐借給兩位修女。

車夫已將提燈點上，鮮豔的燈火照著馬臀出汗後所凝結的一圈圈水汽，也照著道路兩旁，彷彿隨著燈影往前推展開來的積雪。

車子裡暗得什麼也看不見；但忽然間，脂肪球和柯紐德似乎有點騷動。目光一直在暗裡搜尋的羅瓦佐，似乎看到大鬍子柯紐德被人暗中打了一下，然後很快地跳開座位。

往前看去，出現了幾點細微的燈火，托特到了。走了十一個鐘頭，再加上讓馬兒吃草料休息四次，前後兩個鐘頭，總共花了十四個鐘頭。馬車進到市區，在商業旅館前停了下來。

車門開了。一個熟悉的聲音讓所有的旅客都嚇了一跳，那是刀鞘撞擊地面的聲音。就在同時，有一個德國人不知道喊了些什麼。

馬車雖然停了，卻沒有人下車，好像一下車就會遇害似地。這時候，車夫出現了，手裡提著一盞燈，把整個車廂照得一覽無遺。只見車內兩排驚慌失措、目瞪口呆的乘客，每個人眼神中都充滿了驚訝與恐懼。

車夫旁邊清清楚楚地站著一個德國軍官，那是個高大的年輕人，非常地瘦，而且滿頭金髮，裹在他身上的制服緊得像是女孩穿的緊身衣。他歪戴著平扁的軍帽，活像是英國旅館裡的服務生。嘴上的鬍鬚又長又直，體積龐大，往兩邊漸漸變稀，最後只剩一根細得幾乎看不見的金絲，而這麼大一搓鬍子好像壓得他雙頰下墜，嘴角也呈現下彎的弧形。

他以生硬的法文請乘客下車，還帶著阿爾薩斯地方的口音：「先生女士們，請各位下車好嗎？」

修女一向順從慣了，便首先聽話下車。接著是伯爵夫婦和廠主夫婦，然後是羅瓦佐推著他高大的另一半下車。羅瓦佐一站定便對軍官說：「長官，你好。」若說他是出於禮貌，倒不如說是出於謹慎來得恰當。至於軍官則跟所有享有威權的人一樣，只要傲慢地看了他一眼，沒有回答。

脂肪球和柯紐德雖然離車門最近，卻是最後下車，在敵人面前顯得不卑不亢。脂肪球盡量想控制讓自己冷靜一點，柯紐德則用微微顫抖的手，苦惱地扯著紅棕色的長鬍子。他們知道在這種情況下遭逢敵人，雙方多少都代表了自己的國家，因此他二人希望能保持尊嚴。然而見到同伴們如此軟弱，內心的忿忿不平使得脂肪球努力想表現得比其他女性乘客更有自尊，而柯紐德也自覺應該以身作則，以強硬的姿態繼續他從挖路造陷阱以來的反抗任務。

全部的人都進入旅館寬闊的廚房內，那個德國軍官請他們出示由總司令簽許，並記載了各人的姓名、體貌特徵與職業的通行證。他對每個人都一一細看，比對資料。

他突然說了一句話：「很好。」說完就走出去了。

大夥兒鬆了一口氣之後，又覺得餓了，便叫了晚餐。準備餐點需要半個鐘頭，於是當兩個女僕忙著張羅之際，眾人先去看了房間。所有的房間都在一道長廊上，走廊末端有一扇玻璃門，是洗手間所在。

就在大家準備上桌用餐時，旅店的老闆出現了。他原來是買賣馬匹的商人，肥肥胖胖，並患有哮喘，因此總會發出噓噓的、沙啞的氣息聲，喉嚨也彷彿老是有痰梗在那兒起起落落的。福萊是他的祖傳姓氏。

他問道：「哪位是伊麗莎白盧瑟小姐？」

脂肪球顫抖著轉過身說：「是我。」

「小姐，軍官想馬上跟妳談談。」

「跟我？」

「是的，如果妳就是伊麗莎白盧瑟小姐的話。」

她有點窘迫，考慮了一下，斷然拒絕：「就算是我，我也不去。」

她身邊的人頓時起了騷動，議論紛紛，不明白軍官的用意何在。

伯爵走向脂肪球，說道：「盧瑟女士，妳這就不對了，因為妳這一拒絕，很可能會為妳，也會為同車的人帶來莫大的困擾。做人應該識時務，不該違抗強勢的一方。妳去一下絕對不會有危險的，或許只是補個例行手續罷了。」

其他人也都唯恐她這一搖頭會帶來麻煩，便都站在伯爵那邊，對她軟硬兼施，最後終於說服了她。她說：「我這可是為了你們才這麼做的。」

伯爵夫人握著她的手，說：「我們很感謝妳。」

她離開了。大家等著她開飯。每個人心裡都很懊惱，為什麼傳喚的不是自己，而是那個暴躁易怒的女孩？同時也都暗暗思忖著，輪到自己時應該如何彈性應對。

十分鐘後，卻見脂肪球滿臉通紅、氣呼呼地回來了，嘴裡還含含糊糊罵著：「無賴！真是無賴！」

眾人急著想知道怎麼回事，但她什麼也不說，雖然伯爵一再堅持，她仍義正詞嚴地回答：「這不關你們的事，我不會說的。」

於是所有的人圍著一個大湯碗坐了下來，碗中飄來捲心菜的香味。儘管經過剛才一陣慌亂，晚餐吃得倒還算愉快。羅瓦佐夫婦和兩位修女為了省錢，點了蘋果酒，味道很不錯。其他人點了葡萄酒，而柯紐德則點啤酒。他喝酒的方式很奇特，先開瓶之後，讓酒起泡沫，再傾斜酒杯凝視著酒，然後對著燈光高舉酒杯，欣賞酒的顏色。開始喝的時候，他那一把顏色如同啤酒的鬍子，彷彿還會柔柔地顫動著。而他的雙眼更是貪婪地盯著大杯子，片刻也捨不得將眼光移開，神情好似一個人正在履行他的天職。在他心裡很可能已經將他一生中的兩大嗜好合而為一了，那就是「啤酒」與「革命」，因此在品嘗一者時便無法不想起另一者。

福萊夫婦坐在桌子的另一端用餐。丈夫氣喘得像個隨時可能爆裂的火車頭，由於氣不順，根本無法一邊吃東西一邊說話。但妻子卻說個不停，從普魯士軍隊的到來說起，說他們的作為，說他們的言談，說她如何厭惡他們，先是因為他們害她花了不少錢，後來又因為兩個兒子都應召從軍去了。她說話特別針對伯爵夫人，對於自己能與高貴的夫人交談深感榮幸。

隨後，說到一些敏感的話題時她壓低了聲音，她丈夫則不時打斷她的話：「妳最好少說點話，太太。」

但她毫不理會，仍繼續說：「真的，夫人，這些人吃的東西不是馬鈴薯就是豬肉，不是豬肉就是馬鈴薯。您說他們能有多乾淨？才不呢！到處都被他們汙染了，不過我對您的尊敬是一點也不受影響。您都不知道，他們每天都要操練好幾個小時，所有的人集合在田野間，往前走，往後退，這邊轉，那邊轉的。最少他們也應該種種田、修修道路，可是沒有，這些軍人啊，沒有一點用處！難道我們這些可憐的老百姓供養他們，只是讓他們成天練習殺人嗎？的確，我只是個不識字的老太婆，可是看他們一天到晚死命地踏步，我就會想：『有人那麼努力地發明貢獻，為什麼這些人卻盡力地讓自己一無是處？』是嘛，殺人就是可恨，管他是普魯士人、是英國人、是波蘭人，還是法國人都一樣。平常我們去找人報復是不可以的，因為會受到審判，可是把我們的孩子像獵物一樣槍殺，卻是可以的，因為只要誰殺的人多，就會得到勳章，是這樣的嗎？說真的，這一點我永遠搞不懂。」

柯紐德拉高了嗓門說：「無緣無故攻打鄰國的戰爭是一種野蠻行為，但保疆衛土卻是神聖的任務。」

旅館老闆娘低下了頭說：「保衛國土的確不一樣，可是為什麼不乾脆把那些以打仗為樂的國王給殺了？」

柯紐德露出興奮的神情，說道：「說得好，女同志。」

卡雷拉馬東先生陷入了沉思。雖然他極度崇拜傑出的軍事家，但老闆娘的一番話卻讓他重新省思，如果把這些閒著沒事專搞破壞的人，把這些由人民供養卻不事生產的兵力，投入那些需要好幾百年才能完成的工業建設，對國家的富強該有多大的幫助呀。

這時候羅瓦佐卻離開位子，跟旅館老闆小聲地聊了起來。他說了幾個笑話，讓老闆又笑、又咳、又咯痰，肥圓的肚子隨著笑聲振動著，並且答應明年春天普魯士軍隊一走，馬上向他訂購六桶百來公升的紅酒。

才吃完晚餐，大夥兒都累極了，便各自回房睡覺。

不過，羅瓦佐覺得事情有些異樣，讓妻子先上床後，他從鑰匙縫中一會兒偷聽，一會兒偷看的，希望能發現他所謂的「走廊上的祕密」。

大約一個小時過後，他聽到窸窸窣窣的聲音，趕緊湊到鑰匙孔一看，只見脂肪球套著一件滾著白蕾絲邊的藍色開什米爾睡袍，樣子更加顯得肥胖。她手裡托著燭臺，往走廊盡頭的洗手間走去。但旁邊有一扇門微微拉了開來，當幾分鐘後她回來時，柯紐德穿著吊帶褲跟在她身後。他們先是低聲交談，後來停下了腳步。脂肪球似乎極力護衛著她的房門。可惜，羅瓦佐聽不到他們談話的內容，最後由於兩人都提高了嗓音，他才勉強聽到幾句話。

柯紐德非常堅持地說：「妳別這麼笨了，這對妳有什麼損失呢？」

她好像動了肝火，回道：「你錯了，有些時候有些事是不能做的，何況，在這裡，太丟臉了。」

他大概沒聽懂，反問她為什麼。

這麼一問使她更為氣憤，回答地更大聲了：「為什麼？你不知道為什麼？你不知道這裡也住了普魯士人？而且可能就在隔壁房間耶。」

他不再說話。這個妓女因為愛國，而堅決不在敵軍所在之處有親熱的行為。這分羞恥心或許激發了柯紐德心中些許的自尊，因此他只親了親脂肪球，便躡手躡腳地回房去了。

羅瓦佐興奮異常，離開門邊後，甚至蹦跳起來雙腳互擊了一下，這才戴上睡帽，掀起蓋著他妻子堅實身軀的被單上床，臨睡前還親吻妻子並輕輕問道：「親愛的，愛我嗎？」把睡夢中的她都給吵醒了。

此時，整棟旅社變得靜悄悄的。但是不久，不知道從哪裡——可能是地窖，也可能是閣樓——傳來了一陣單調、規律、強有力的鼾聲，那是一種混濁而持久的聲音，其中還夾雜著鍋爐受到壓力所產生的抖動聲。福萊先生睡得正香呢。

前一晚已經決定隔天早上八點出發，大家都聚在廚房等著。然而馬車卻孤零零地立在院子中央，防雨篷布上還積著雪。沒見到馬匹，也沒見到車夫，無論馬廄、草料倉或車房，到處都找不到他。於是全部的男士決定出發到附近找一找。他們到了廣場上，盡頭有一間教堂，兩側低矮的屋舍則可以見到普魯士士兵的蹤跡。他們看到的第一個士兵在削馬鈴薯皮。走了幾步路，又看見一個在清洗理髮店。還有一個滿臉落腮鬍的士兵，正把一個哭泣中的小孩抱坐在膝上，又親又哄的。那些丈夫已出門遠征的碩壯農婦們，正以手勢指揮著聽話的征服者去做該做的工作：像劈柴、將肉湯淋在麵包上、磨咖啡等等。有一個士兵甚至還幫供他食宿的女主人——一個行動不便的老太太——洗衣服。

伯爵感到十分驚訝，便向剛由教堂出來的執事詢問。這位虔誠的老信徒回答說：「喔！這些人不壞，他們不是一般所說的普魯士人，而是來自更遠的地方，但我也不知道是哪裡。他們在家鄉也都有妻兒，對戰爭根本一點興趣也沒有。我相信那邊的家人也一定盼望著他們趕快回去，其實我們兩邊的人都一樣痛苦的。我們這裡目前情況還不算太糟，因為他們不會傷害人，而且還會像家人一樣幫忙一些雜務。你也知道，窮人家嘛，就該互相幫助……戰爭，畢竟是上面的人發起的。」

戰勝與戰敗雙方和睦相處的這幅畫面，讓柯紐德心生憤慨，便先回去了，他寧願留在旅館裡，眼不見為淨。羅瓦佐開玩笑地說：「他們讓這裡的人口增加了。」卡雷拉馬東則語帶嚴肅地說：「他們在彌補過失。」不過，卻始終不見車夫的人影。最後，終於在村裡的咖啡館找到了他，正和指揮官的副官同桌談笑著。

伯爵招呼他說：「我們不是吩咐你準備八點出發嗎？」

「是啊，可是有人另外做了吩咐。」

「什麼吩咐？」

「叫我別準備馬車。」

「誰這麼說的？」

「當然是普魯士的指揮官了。」

「為什麼？」

「不知道，你們去問他。他叫我別備馬，我就不備馬，如此而已。」

「他親自跟你說的？」

「不是的，先生，是旅館老闆替他傳達的命令。」

「什麼時候的事？」

「昨天晚上我正要上床的時候。」

於是，三個男人憂心忡忡地回到了旅館。

他們想見福萊先生，可是女僕說老闆因為哮喘的緣故，十點以前不會起床的。他甚至還特別囑咐，除非發生火災，否則不許提早叫醒他。

他們又想見德國軍官。雖然他們住在同一間旅館，但要見他卻根本不可能，因為他只允許福萊先生跟他談一些老百姓的事。大家只好等了。女士們上樓回房，忙著做一些瑣事。

柯紐德去坐在廚房的大壁爐前面，爐裡正燒著熊熊大火。他叫人搬來了一張小咖啡桌和一小杯啤酒，然後掏出菸斗。這隻菸斗在民主人士的心目中扮演著和柯紐德一樣重要的角色，好像服伺了柯紐德就等於為祖國盡了力。這支海泡石菸斗結滿了厚厚的菸垢，顏色跟主人的牙齒一般黑，但菸草香味濃厚，弧線優雅，色澤光潤，握在主人手中，彷彿兩者已合為一體。柯紐德動也不動，雙眼有時盯著火焰，有時瞪著酒杯裡的泡沫。每當他喝了一口酒之後，總會心滿意足地一邊用修長的手指撥弄油油的長髮，一邊咂著沾滿了泡沫的鬍鬚。

羅瓦佐藉口說要去活動活動四肢，一個人到附近找零售商推銷葡萄酒。伯爵和廠主則開始討論政治，預測法國的未來。其中一人對奧爾良黨人有信心，另一個則相信到了最後關頭，將會有不知名的救世主出現；也許是像陸軍統帥蓋克朗，也許像聖女貞德的人物，也或許是另一個拿破崙。唉！要是皇子的年紀大一點就好了。柯紐德聽著他們的談話，嘴角掛著一抹「天命唯我知之」的微笑。廚房裡，瀰漫著他菸斗的香氣。

到了十點，福萊先生起床了。大夥兒紛紛問他怎麼回事，但他翻來覆去總是那幾句話：「軍官是這麼跟我說的：『福萊先生，你去叫車夫明天不必準備馬車了。這些人沒有我的允許，不能擅自離開。你聽清楚了，就是這樣。』」

聽完他的話，他們希望見見軍官。伯爵請人遞上他的名片，卡雷拉馬東先生也在卡片上註明了他的名字和所有的頭銜。軍官答應吃過中飯後接見他們兩人，也就是說要等到一點了。

女士們又下樓來了，雖然擔心，但還是吃了點東西。脂肪球卻好像生病了，整個人異常地慌張不安。

喝完咖啡後，副官便來找伯爵和廠主兩人。

羅瓦佐也跟著他們一起去。本來他們也想拉柯紐德加入，以壯聲勢，但後者斷然拒絕，說他不想和德國人打任何交道，說完便回到壁爐旁，又點了一杯啤酒。

他們一行三人上樓之後，被帶進了旅館最美的一間房間。接見他們的軍官懶懶地坐在椅子上，雙腳翹放在壁爐邊上，抽著一根瓷製的長菸斗，身上則披了一件火紅的袍子，大概是從某個回味低劣的暴發戶捨棄的住家裡搜括來的。他沒有起身，沒有招呼，也沒有抬頭看他們。戰勝者向來的倨傲無禮，在他身上表露無遺。

過了一會兒他才開口：「你們要做什麼？」

伯爵回答道：「我們想離開了，長官。」

「不行。」

「請問能不能告訴我們原因呢？」

「因為我不讓你們走。」

「長官，請容我們提醒你一件事，你們的總司令已經發給我們前往第厄普的通行證，我想我們並無任何不當的行為，你何以對我們如此嚴苛？」

「我不答應，就這麼簡單。你們可以下樓了。」

三人敬了個禮，退了下去。

這天下午過得真是悽慘。大家完全不知道這名軍官葫蘆裡到底賣的是什麼藥，只能胡亂臆測。所有人都聚集在廚房，議論紛紛，想一些不可思議的原因。會不會是想扣留他們當人質？那又為了什麼呢？或者是想俘虜他們？又或者想趁機敲一大筆贖金？想到這裡，真是人心惶惶。越有錢的人就越害怕，好像已經可以想見自己被迫將一袋袋的黃金，交到這個傲慢的軍人手上，以換回自己的一條命。他們個個絞盡腦汁編一些不太離譜的謊言，希望能掩飾自己的富有，把自己變成窮人，一無所有的窮人。羅瓦佐還拔下手錶，放進口袋裡。夜晚的降臨更加深了眾人的憂慮。旅館的燈點亮了，由於距離晚餐時間還有兩個鐘頭，羅瓦佐夫人便提議玩一局三十一點。玩玩牌可以分散注意力，大家都沒有異議。柯紐德也禮貌地熄了菸，加入牌局。

伯爵洗牌、發牌，脂肪球手氣不錯，一連贏了幾次；玩牌的興致很快便撫平了眾人心中的懼怕。可是柯紐德發現羅瓦佐夫婦竟聯手作弊。

正當準備開飯時，福萊先生又出現了，他聲音沙啞地說：「普魯士長官想知道伊麗莎白盧瑟小姐是否改變初衷了。」

脂肪球直挺挺地站著，臉色慘白，但馬上漲得通紅，一時間憤怒地話都說不出來了。好不容易才吼著說：「你去跟那個卑鄙、無恥、下流的普魯士人說，我永遠不會答應的，你聽到了嗎？永遠、永遠、永遠都不會答應。」

肥胖的老闆離開後，大家立刻圍著脂肪球問個不停，求她把軍官找她的神祕原因說出來。她起初堅持不肯說，後來實在氣不過了，才嚷著說：「他要什麼？……他要什麼？……他要跟我上床！」沒有人對她的用詞感到不當，因為憤怒的情緒太高漲了。柯紐德重重放下酒杯，把杯子都給震破了。大家七嘴八舌地斥責那個無賴，個個都義憤填膺，同仇敵愾，好像為了反抗敵人，每個人都必須做出一番犧牲似地。伯爵蔑視地說，這些人簡直和古代的野蠻人沒有兩樣。女士們對脂肪球更寄予無限同情，並不斷撫慰她。直到用餐時才出現的兩位修女只低著頭，什麼話也沒有說。

一時的氣憤過後，還是吃飯去了，不過大家都心事重重的，不太說話。

女士們都早早上樓，而男士們則一邊抽菸，一邊邀請福萊先生玩撲克牌，他們希望能有技巧地問出得以說服德國軍官的方法。但是福萊先生只專注在紙牌上，既沒有注意聽他們說的話，也沒有做任何回答，只一再催說：「玩牌，各位，玩牌。」他實在玩得太認真了，連痰都忘了咯，這就像是為他胸腔演奏的樂章畫上延長號一樣；他那兩片嘶嘶作響的肺葉會發出各種音階的哮喘聲，有沉厚的低音，也有彷如小公雞啼音初試、尖銳嘶啞的高音。

最後甚至連他那困頓不已的妻子來叫他時，他也不願意上樓。她只好獨自上樓就寢，因為她是「晨雞」，每天天一亮就起身，而她丈夫卻是「夜貓子」，隨時都可能陪朋友通宵。他喊著對她說：「妳別忘了把我的蛋黃甜奶放到爐火邊。」說完便又重新投入牌局。其他人眼見問不出什麼結果，紛紛說時間不早了，便各自回房。

隔天早上大夥兒起得都還算早，內心懷著些許的希望，更加盼望能早早離開，卻又害怕這一天仍然要在這間恐怖的小旅館中度過。

唉！馬匹仍然待在馬廄，車夫也依舊無影無蹤。閒來無事，乘客們便繞著馬車打轉。午餐吃得死氣沉沉的；大家對脂肪球的態度也顯得冷淡了，因為經過一夜靜思，心裡有了不一樣的想法。現在他們都幾乎怪起脂肪球來了：為什麼昨天夜裡她沒有悄悄地去找德國軍官解決問題，好讓大家今天早上有個意外的驚喜？還有什麼比這個更簡單的？再說又有誰會知道呢？她若是覺得臉上掛不住，大可以對軍官說她只是同情大夥兒的遭遇罷了。對她來說，這根本是家常便飯！

不過，想歸想，還沒有人敢坦白地說出來。

到了下午，實在無聊得要命，伯爵便提議到村子四周走走。每個人都把自己裹得密不透風之後，這一小群人便出發了。柯紐德喜歡賴在火爐邊，兩名修女則鎮日待在教堂或神父家，因此沒有跟其他人同行。

天氣一天比一天冷，外頭的寒意像針一樣刺痛著耳鼻，冰凍的腳每跨出一步，便疼痛難當。當他們走到村外，見到一大片無垠的銀白原野，淒涼的景況使他們感到驚恐，立刻懷著冰冷糾結的心返回旅店。

四位女士走在前面，三名男士則跟隨在後，和她們隔著一段距離。

明白目前情況的羅瓦佐突然問道，這個「婊子」是不是打算把大家長久留在這個荒涼的地方。一直表現紳士風度的伯爵說，這種痛苦的犧牲是不能強求的，只能出於她自願。卡雷拉馬東先生表示，現在的問題是如果法軍由第厄普反攻的話，兩軍必然會在托特交鋒。這個說法讓另外兩人擔心了起來。羅瓦佐說：「我們步行逃走，你們說怎麼樣？」伯爵聳聳肩，不以為然地說：「你看看這片雪地，怎麼可能？何況還有我們的妻子。我看不用十分鐘我們就會被追兵抓回去，任人宰割了。」他說的沒錯，三個人都住了嘴。

女士們談論著穿著打扮，但似乎有什麼約束的感覺，說起話來有一搭沒一搭的。

忽然，道路的另一頭出現了那位德國軍官。在白茫茫的雪地上，他穿著制服，高大修長的身影顯得更為清晰。他叉開兩腳走著，這是軍人特有的走路方式，主要是為了避免弄髒擦得油亮的靴子。

經過女士身邊時，他敬了個禮，但卻高傲地看著男士們。雖然羅瓦佐有脫帽致意的衝動，但最後三人還是都沒有脫帽，以保尊嚴。

脂肪球羞怒地連耳根都紅了；由於這名軍人曾對身邊的女孩那麼放肆無禮，如今在此相遇，都讓三位結過婚的夫人感到受辱。

她們討論著他的身材、他的長相。卡雷拉馬東夫人認識許多軍官，評論起來更是一副內行的模樣。她覺得這個人長得很不錯，只可惜不是法國人，否則一定是所有女性青睞迷戀的對象。

回到旅館，再也無事可做。有時候甚至一些芝麻綠豆的小事，也會引發尖刻的對話。晚餐在靜默中很快地結束，過後大家便回房去了，想利用睡覺殺時間。

隔天，大家都滿臉倦容、心情氣憤地下樓來。女士也幾乎都不和脂肪球說話了。鐘聲噹噹響著，教堂即將舉行洗禮。脂肪球有一個孩子，寄養在伊夫多的農家。他們一年見不到一次面，她也從來沒有想起他，但是此時一想到即將受洗的小孩，她心中突然有一股強烈的母愛油然而生，於是她堅決要去參與這場盛會。

她一走，大夥兒先是你看著我，我看著你，隨後拉攏了座椅，因為實在有必要商量出一個對策。羅瓦佐靈機一動：何不建議德國軍官只留下脂肪球一個人，讓其他人離開。

這個任務自然又落在福萊先生身上，結果他才上樓不久，馬上就回來了。那個深解人性的軍官將他趕出房門，並表示他的願望若無法達成，誰也不許走。

這時候，羅瓦佐夫人的蠻子脾氣終於按捺不住，爆發了：「總不能叫我們老死在這裡吧。她是妓女，她就有義務跟每個男人做，不應該挑三揀四的。你們想想，她在盧昂的時候可是來者不拒的，連車夫都可以！沒錯，就是省府的車夫。我知道得很清楚，因為他都在我們那兒買酒。而今天只有她才能替我們解決難題，這個丫頭卻偏偏在那裡裝腔作勢。……說到這個軍官，我倒覺得他人不錯。他可能已經很久沒有碰女人了，他也很可能會挑中我們三人其中一個，但是他沒有，他只要她一個，他懂得尊重結過婚的婦人。想想看，在這裡是他做主耶，他只要說一聲『我要』，就可以命令士兵強押我們就範了。」

其他兩位夫人聽著，起了一陣雞皮疙瘩。卡雷拉馬東夫人美麗的眼睛閃爍不定，臉色有點蒼白，彷彿軍官已經強行占有了她。

原本在一旁討論的男士都聚了過來。盛怒之下的羅瓦佐，打算把那個「混蛋婊子」的手腳綑綁起來，交給敵人處理。至於伯爵，由於出身大使世家，儼然有外交家的風範，他堅持必須智取：「我們得說服她自己做決定。」

於是，大家祕密策畫了起來。

女士們互相靠在一起，聲音壓得很低，每個人都提出自己的意見，大家漫無邊際地討論著。不過她們說的話倒是十分得體，尤其幾位夫人說起下流骯髒的事情，更是覺得惺惺作態、巧言修飾。由於她們言詞謹慎，不知道其中緣由的人絕對聽不懂。然而，女人所共有的羞怯靦覥只不過是表面給人的錯覺，其實她們正喜孜孜地進行一場刺激猥褻的勾當，這樣的話題讓她們如魚得水、欣喜若狂，每個人玩弄著愛情，就像講究美食的廚師正在為人準備餐點時一樣飢渴。

整個經過似乎挺有趣的，於是歡樂的氣氛在不自覺中又回來了。伯爵說了幾個有點傷風敗俗的笑話，但由於技巧高超，聽者仍露出了會心的微笑。輪到羅瓦佐時，他的黃色笑話可就直截了當的多了，不過也沒有人感到不悅；他妻子剛才大膽說出的想法，其實讓每個人都心有戚戚焉：「她是妓女，就有義務跟每個男人做，不該挑三揀四的。」善良的卡雷拉馬東夫人甚至心想，若換作是她，她是不會嫌棄這個軍官的。

他們花了很長的時間準備這次的封鎖策略，彷彿要圍攻一座城堡似地。每個人都有自己要扮演的角色、要陳述的論調、要施行的手段。攻擊計畫、權謀運用、突襲策略，一切安排就緒，就等著讓這座活生生的城堡敞開大門迎接敵人。

柯紐德一直冷眼旁觀，全然未介入這次的計畫。

或許是太聚精會神了，竟然沒有人聽到脂肪球進來的聲音，直到伯爵輕輕「噓」了一聲，大家才抬起頭來。她就在眼前，頓時間聲音全都打住了，尷尬之餘也不知道該跟她說什麼。伯爵夫人在沙龍裡表面功夫做多了，比別人都要圓滑，她首先開口問道：「洗禮怎麼樣？」

脂肪球心情仍十分激動，便開始述說個不停，從參與的人、他們的態度，甚至教堂的外觀，都鉅細靡遺的說了。最後還加了一句：「有時候祈禱一下真好。」

不過，一直到午餐前，女士們對她還是極為友善，以便讓她更信任她們，也更願意接受她們的建議。

上桌之後，計畫也隨之展開。首先，大家泛泛談論著犧牲奉獻的故事，並舉了一些古人為例，像是茱迪特殺死亞述將軍荷羅孚尼的聖經故事，接著又沒頭沒腦地提到古羅馬時期，遭塞克斯托強暴憤而自殺的烈婦盧克莉西亞，以及埃及豔后陪伺所有的敵軍將領，終於使他們淪為奴隸的歷史。最後，這些個無知的百萬富翁發揮驚人的想像力，發展出一個荒誕無稽的故事，內容敘述羅馬的女人在卡普亞城以美色誘惑漢尼拔將軍，使得他手下的軍官與傭兵部隊失去戰力。大夥兒舉了許許多多女性為例，描述她們如何以自己的身體作為戰場、作為控制的手段、作為武器，虜獲了征服者的心；如何以其溫柔嫵媚征服了那些可憎可惡的人；又如何為了復仇與奉獻而壯烈犧牲了自己的貞節。

他們甚至還意有所指地談到一個出身名門的英國女子，她不惜讓自己感染上一種恐怖的傳染病，只為把病傳染給拿破崙，幸好後者在這次致命的幽會時，突然暈厥，因而奇蹟似地獲救。

談論這些話題時，眾人的口氣與態度都很適中，但偶爾會加入一點適度的熱情，以激發出脂肪球的好勝心。

說到最後，好像女人活在世上，就只能不斷犧牲自己，不斷任由士兵糟蹋自己而已。

兩位修女似乎並沒有聽到他們的話，自顧自地沉思。脂肪球則不發一語。

整個下午，大家就讓她好好考慮。不過，原本稱呼她為「女士」的，卻不知為了什麼，全都改成「小姐」了，好像想把對她的尊重降回原來的級層，好讓她了解到自己不光彩的處境。

喝湯的時候，福萊先生又出現了，還是重複著前一晚的話：「普魯士長官想知道伊麗莎白盧瑟小姐是否改變初衷了。」

脂肪球冷冷地說：「沒有。」

用餐時，眾人不再那麼合作無間了。羅瓦佐說了幾句不太中聽的話，其他人想找些新例子來講，卻也是白費力氣。後來，也許是在不經意的情況下，伯爵夫人忽然想到應該對宗教信仰表示一點敬意，便向那位年長的修女詢問聖人們的生平事蹟。其實，他們其中不少人都是世人眼中的罪人，但是只要他們的行為是為了宣揚天主的榮耀，或為了使將來的生活更美好，教會都會毫不猶豫地赦免他們的罪。這是個很有力的論點，伯爵夫人自然會善加利用。不知道是出於心照不宣的默契，或是出於教會人士最擅長的含蓄的好意，又或者只是誤打誤撞的運氣，這個老修女竟為其他人的計策做了最佳的論證。原本她給人的印象十分內向，沒想到此時卻變得堅決果斷、滔滔不絕、熱情激昂。她不怕社會道德或宗教律法的一再試煉；教條如鐵桿般捍衛著她，她的信仰從未猶疑過，良心從未不安過。她認為亞伯拉罕殺子以獻燔祭的犧牲理所當然，換作是她，她也會毫不猶豫地遵從上帝的旨意，殺父弒母。依照她的想法，只要動機值得嘉賞，天主絕不會不高興的。伯爵夫人意外得到宗教力量的幫助，自然得好好利用，便想誘導修女以道德俗諺「為達良善目的，可以不擇手段」，教化人心。

她於是問道：「修女，那麼妳想如果動機純正，上帝是否能接受並原諒所有的方法手段？」

「誰說不是呢，夫人？原本應受指責的行為，經常會因為其動機而變得情有可原。」

她們就這樣左一句上帝的旨意，右一句上帝的決定，說得若有其事，其實這根本不關上帝的事。

這番對話掩飾得很好，很有技巧，也很謹慎。然而修女每說一句話，便削減了一分脂肪球憤怒反抗的力量。但接下來的話題轉移了一些，披掛著念珠的修女開始談起了她的修道院、她的院長、她自己，還有她可愛的同伴聖妮瑟佛修女。她們兩人前往哈佛港，是為了照料醫院裡數百名感染了天花的傷兵。她描繪著這些可憐的傷者，細說著他們的病情。如今她們無緣無故被這個普魯士軍官扣留在此，許多原本有機會獲救的法國士兵，很可能將因此而病故。照顧傷兵是她的專長，她曾經到過克里米亞半島、義大利、奧地利。細數著這些戰場經歷的同時，她彷彿在剎那間變成了披掛上陣的修女，以跟隨部隊為使命，在瀰天戰火中扶救傷兵，而且只要一聲令下便能讓那些毫無紀律的粗野大兵聽命於她，比起軍中將領毫不遜色。她猶如烽火天使，臉上的坑坑洞洞也成了戰爭蹂躪的印記。

她說完沒有人接話，因為效果已經好得不能再好了。

晚餐一結束，大家便急忙回房去，隔天則很晚才下樓。

午餐吃得很安靜，為的是讓前一晚播下的種子，有時間萌芽、結果。

下午，伯爵夫人建議出去散散心。伯爵則依照事先的約定，挽著脂肪球緩緩跟在眾人後面。

他像一般穩重的男士一樣，用一種父執輩的親切口吻跟她說話，但略帶著一點傲慢。他用「孩子」來稱呼她，言談間難掩其高高在上的社會地位，與其毋庸置疑的聲譽。他單刀直入地問：「妳寧願讓我們留在這裡，也不願意答應是嗎？妳知不知道一旦普魯士軍隊打了敗仗，我們大家會面臨什麼樣的暴行？更何況他要求的事，妳也應該早就習以為常了。」

脂肪球沒有答腔。

他柔聲柔氣地說之以理、動之以情。他懂得如何在必要的時候獻獻殷勤，討她歡喜，卻又不自貶身分。他稱揚她所給予的幫助，表示了他們的感激；然後突然用親密的語氣說：「親愛的，妳知道嗎？能欣賞到像妳這種在他的國家裡難得一見的美麗女子，他一定會大加吹噓的。」

脂肪球沒有回答，默默地加入其他人的行列。

一回到旅館，她便回到自己的房間，一直沒有下樓。大夥兒擔心極了。她到底打算怎麼做呢？如果她還是堅持不答應，可就麻煩了！

晚餐時間到了，她還是沒有出現。福萊先生說盧瑟小姐身子不太舒服，大家可以先開飯，不用等了。每個人都豎起了耳朵。伯爵走近旅館主人身旁，低聲問道：「成功了嗎？」「成功了。」他因時制宜，沒有對其他人說什麼，只是微微點了個頭。大家都同時鬆了一口氣，臉上的表情也舒緩了許多。羅瓦佐嚷著說：「去他的！要是有香檳的話，我請大家喝一杯。」

然而，當老闆拎來了四瓶酒的時候，羅瓦佐夫人卻焦慮不安起來，所有的人忽然都有說不完的話，心裡都充滿了輕鬆愉悅。伯爵似乎發現了卡雷拉馬東夫人的魅力，而廠主也讚美了伯爵夫人幾句。談話的氣氛活潑、歡樂又俏皮。

突然間，羅瓦佐神色緊張，舉起雙臂高喊了一聲：「安靜！」其他人嚇了一跳，立即心生恐懼、噤若寒蟬。此時，他豎耳傾聽，一邊打著噤聲的手勢，兩隻眼睛望向天花板，繼續聽，然後才用正常的聲量說：「大家可以放心了，沒事。」

眾人遲疑了一下，但很快便露出了微笑。

大約過了一刻鐘，同樣的把戲又玩了一次，晚上還重複鬧了好幾次。他會假裝招呼樓上的某個人，並一語雙關地說著他旅行推銷的心得。他偶爾故作悲傷地嘆息道：「可憐的孩子！」偶爾咬牙切齒地罵道：「普魯士的無賴。」有時候，大家都已經不再想起這件事了，他又會連連驚呼：「夠了！夠了！」然後像是自言自語地再加上一句：「但願我們還能見到她，希望那個無恥之徒別把她給弄死才好。」

雖然他開的全是一些不入流的玩笑，卻能逗得大夥兒開心，並沒有人感到不悅。因為生氣一樣得看情形，既然四周早已瀰漫著放肆猥褻的思想，自然也就見怪不怪了。

點心時間，女士們也小心翼翼地做了一些創意十足的影射。每個人的眼中閃爍著興奮的光芒；大家都喝多了。連伯爵也暫時拋開嚴肅的一面，打了一個很有趣的比方，形容他們就像遇難的船員，終於度過了北極的苦冬，喜見南歸的道路。

大名鼎鼎的羅瓦佐站起身來，高舉手中的香檳：「為我們的解脫乾一杯！」所有的人也都跟著站起來，大聲歡呼。兩位修女應其他女士的要求，勉為其難地沾了一口她們從未嘗過的泡沫酒。她們說香檳就像檸檬汽水，只不過更細緻一點。

羅瓦佐又表示了點意見：「真可惜沒有鋼琴，不然可以來跳一段四對舞。」

柯紐德一直沒有說話，沒有動，整個人彷彿陷入沉思，只偶爾會氣憤地拉扯著他的大鬍子，好像恨它不夠長似地。午夜時分，該散場了。喝得連路都走不穩的羅瓦佐，突然拍拍柯紐德的肚子，嘟嘟囔囔地說：「兄弟，今天晚上，你好像不太高興哦？一句話都沒說。」而柯紐德則立刻抬起頭，用嚴厲的目光掃射每一個人：「我告訴你們，你們剛剛做了一件可恥的事。」說完，便站起來往門邊走去，消失之前又重複了一次：「很可恥的事。」

眾人頭上像是被澆了一盆冷水。羅瓦佐起先尷尬地呆住了，但很快便恢復泰然自若的神情；不一會兒，他笑彎了腰，不斷地說：「吃不到葡萄說葡萄酸啊，老兄，真是吃不到葡萄說葡萄酸。」見其他人聽得一頭霧水，他才說出了「走廊上的祕密」。大家聽完又樂了，女士們笑得像發了瘋一樣，伯爵和卡雷拉馬東先生則笑出淚來。他們真是不敢相信。

「你確定嗎？他想……」

「我親眼看到的。」

「她拒絕了……」

「因為那個普魯士軍官就在隔壁。」

「不可能吧？」

「我發誓是真的。」

伯爵笑岔了氣，廠主捧腹大笑，羅瓦佐卻繼續說道：「所以今天晚上，他怎麼會覺得好玩？一點也不好玩。」

說著，三人便又喘又咳，東倒西歪地上樓去了。

晚會就這麼散了。但是臨睡之前，性情討人厭的羅瓦佐夫人對丈夫說，卡雷拉馬東那個小「潑婦」整晚都在強顏歡笑：「像她們這種女人，只要是穿軍服的都行，管他是法國人還是普魯士人。天啊！真是太可悲了。」

一整個夜裡，暗暗的長廊上不斷響著細不可辨的窸窣聲，有氣息聲，還有人赤著腳輕輕走過的聲音，以及極其細微吱吱嘎嘎的聲音。大家都很晚才睡，因為每扇門底下一直都透著火光。喝了香檳就是這樣，會影響睡眠，他們這麼說。

翌日清晨，亮麗的冬陽照得雪地一片光芒耀眼。馬車終於已經套上了馬，在前門等候著；有一群白鴿披著豐厚的羽毛，粉紅的眼睛裡點綴著黝黑的眼珠，神氣活現地在六匹馬的腳邊踱來踱去，還不時在仍冒著熱氣，卻已被牠們踩散了的馬糞中覓食果腹。

車夫裹著羊皮外衣坐在位子上抽菸斗，所有的乘客都興高采烈地準備旅途的食糧。

最後只等著脂肪球一人。她終於出現了。

她顯得有些不安、有些羞愧。她怯怯地向同伴們走去，可是全部的人卻一塊兒轉過身去，好像根本沒看到她。伯爵拉起夫人的手，不想讓她和這個汙穢的人有所接觸。

脂肪球驚訝地停下腳步，隨而鼓起勇氣走向廠主夫人，囁嚅道了聲「早安」。廠主夫人只傲慢無禮地點了點頭，眼神中彷彿她的貞操已經受到了玷辱。每個人都故作忙碌狀，離得她遠遠的，就好像她身上帶著病菌似地。接著，大家趕忙上車，獨留她一人，最後她才靜靜地上車，坐回她來時所坐的位子。

乘客們都假裝沒看到她、不認得她，只有坐在另一邊的羅瓦佐夫人，憤慨地看著她，低聲對丈夫說：「幸好我不坐在她旁邊。」

沉重的馬車搖搖晃晃地，重新踏上了旅程。

起初沒有人說話。脂肪球連頭都不敢抬起來。但她同時也對同車的夥伴感到氣憤，後悔自己為什麼不能堅持到底，一受別人假仁假義的蠱惑，便情願向那個普魯士軍官投懷送抱，自取其辱。

不久，伯爵夫人首先打破沉默，對卡雷拉馬東夫人說：「我想妳認識戴特雷夫人吧？」

「認識，她是我的朋友。」

「她真是個可人兒。」

「說的也是。她不但有氣質，學識又好，而且充滿了藝術細胞。她唱起歌來有如黃鶯出谷，畫畫的技巧更是一流。」

廠主和伯爵聊著，玻璃空隆空隆的撞擊聲中，隱隱約約迸出了：「息票……到期……溢價……定期……」一類的字眼。

羅瓦佐則和妻子玩起了雙人撲克，紙牌是從旅館順手牽羊得來了，五年來在留有油垢的餐桌上摩來摩去，牌面早已汙損不堪了。

修女從腰帶上解下長串念珠，兩人一齊畫了個十字，嘴裡便開始念念有詞，後來越念越快，好像在比賽誰念得比較快似地。偶爾，她們會親吻一下聖牌，再畫一次十字，然後重新又快速地喃喃念個不停。

柯紐德自己想著心事，一動也不動。

上路三個小時後，羅瓦佐收拾起紙牌，說道：「肚子餓了。」於是他的妻子拿出一個小包，從小包裡又拿出一片冷牛肉。她動作俐落地將肉切成薄片後，便和丈夫吃了起來。

伯爵夫人見狀，說道：「我們也吃一點吧。」大家同意了，她便取出事先為他們與卡雷拉馬東夫婦準備好的食物。只見她拿出一個長罐，蓋子上有一隻磁兔，表示蓋子下方放的是美味的兔肉糜，兔肉與其他絞肉混合成棕褐色肉醬，其間並留有一條一條白色肥肉的痕跡。此外，還有一塊用報紙包起來的格律耶爾乾酪，油油的乾酪心還印著「社會新聞」幾個大字。

修女準備的是一段蒜味香腸，而柯紐德則同時將雙手伸進外套口袋中，一隻手掏出了四個水煮蛋，另一隻手則掏出了一塊麵包，他剝了蛋殼丟到腳下的草堆裡，直接就吃起蛋來了，淺淺亮亮的蛋黃屑散落在他的大鬍子上，好像一顆一顆的小星星。

脂肪球因為起床後太過匆忙、驚慌，根本沒想到準備什麼。看到這些人視若無睹，自顧自地吃著，她真是怒不可遏。她先是氣得發抖，隨後一股衝動讓她想破口大罵，然而上沖的怒氣卻梗在喉頭，她一句話也說不出來。

大家都不看她，也沒有人想到她。這些自命清高的混帳先設法犧牲了她，然後又將她棄之如敝屣，她可以感覺得到他們心中對她的鄙視唾棄。此時，她想起了她那只裝滿各種美食的大籃子，想起那兩隻油亮的凍汁雞、想起她的肉糜、她的梨子、她的四瓶波爾多紅酒，全都被他們囫圇吞下肚了，霎時間，她的怒氣全然消失了，就如同緊繃的繩子再也支撐不住，「啪！」一聲斷了。這時候的她只想落淚。她極力想克制住，把自己繃得緊緊的，像孩子一樣吞忍著不哭出聲來。但是淚水仍不住湧上眼眶，眼中漸漸泛出晶瑩的淚光，不久，兩顆豆大的淚珠便緩緩滾落雙頰了。於是淚水一滴接著一滴，滾落得越來越快，猶如岩石中滲出的水滴，整齊規律地垂落在她隆起的胸脯上。她挺直了身子，目光呆滯，臉色蒼白毫無表情，心裡只希望別人不要注意到她。

不過，伯爵夫人還是看到了，並向丈夫打了個手勢示意。後者聳聳肩，好像在說：「有什麼辦法？又不是我的錯。」

羅瓦佐夫人靜靜地綻開了勝利的笑容，小聲說道：「她覺得太丟臉了，所以才哭。」

兩名修女把剩下的香腸包起來，又開始祈禱了。

柯紐德吃完了蛋，把腳往對面的座椅下方伸直，交叉著雙臂仰躺著，臉上的微笑，好像剛剛看過一齣鬧劇似地，並開始用口哨輕輕吹起了「馬賽曲」。

其他人一聽，全變了臉色。車裡的乘客當然一點也不喜歡這首眾所周知的歌曲，於是每個人都變得緊張、氣憤，好像聽到了手搖風琴的狗一樣，隨時都可能狂吠起來。

柯紐德發覺了，卻也不停。有時候還故意哼唱著：

熱愛祖國的神聖情操
引導支持我們復仇的使命吧
自由，可貴的自由啊
與你的捍衛者並肩作戰吧

積雪凍得更硬了，馬車便飛也似地越走越快。在到達第厄普之前那段又長又沉悶的旅程中，儘管道路顛簸不平，夜幕也漸漸籠罩整個車廂，柯紐德仍不斷吹著曲音單調、帶有復仇意味的口哨。其他人又累又氣，卻也不得不一路聆聽到底，最後每個小節的每句歌詞都已牢記在心了。

脂肪球則依然淚流不止。黑暗中，偶爾可以聽見在兩段歌聲之間，和著她忍不住發出的一兩聲哽咽。

Boule de Suif 1880.4

第二部 莫泊桑和他的情人

人物簡介

莫泊桑夫人：莫泊桑的母親，重視莫的成長與教育，對莫的一生影響甚鉅。

克麗姆．布朗：知性，開朗，善解人意，莫泊桑的紅粉知己，亦是莫最愛的一個女人。

艾蜜諾．諾伊：甜美，迷人，和莫泊桑有過最奇特的初遇及許多快樂的時光。

瑪麗．甘：健美，恍惚，有服食迷幻藥習慣，體態誘人而具致命的吸引力，令莫泊桑不可自拔。

伊瑪妮拉：通豔，寡情，以令眾人團團轉為樂的大眾情人型貴婦，令莫泊桑又愛又恨。

伊凡．福克尼：莫泊桑早期勾引有夫之婦的試驗作，意外嘗到被人無盡糾纏的苦果，一度煩惱不已。

依絲蒂：青春時期莫泊桑第一次大膽求愛的清純對象，開啟了莫往後一生四處獵豔的膽識之門。

羅麗豔諾：莫泊桑第一次與之出遊的可愛妓女，其造型與行徑奠下寫出〈脂肪球〉的基礎。

瑪西：莫泊桑第一個同居的女人，雖深愛莫卻生活委靡，最後死於馬蹄下，令莫甚覺失落。

李莉．德：和莫泊桑玩性遊戲的眾多女子之一，嬌羞作態卻被識破而遭莫霸王硬上弓。

羅貝爾．邦森：莫泊桑最好的高中同學，曾和莫年少輕狂走過許多荒誕不羈的歲月。

狄朗：讓莫泊桑真正見識風月的大學同學，一個只會吃喝玩樂的典型公子哥兒。

龐斯：莫泊桑任職海軍總部時的上司，刻板嚴肅近乎到令人生畏的地步。

亞杜爾．梅埃：地球報總編輯，引領莫泊桑在報端發表文章的關鍵人物。

亞華爾：首次將莫泊桑作品出書的出版商，忠厚保守。

安琪太太：讓莫泊桑長期留宿妓女戶的大姐大，豪爽講義氣，對莫照顧有加。

梅茲羅瓦：因分身乏術而邀莫泊桑代筆的專欄作家，嘆服莫的文采亦親眼目睹到天才發瘋前的痕跡。

亞伯．甘：法國作曲家，因與瑪麗串通，製造莫泊桑當眾出糗而加重莫的精神分裂。

法蘭索亞：視莫泊桑如子的忠心僕人，任勞任怨，陪伴莫走過人生尾聲最晦暗的時光。

派華夫人（戴蕾絲．魏歐朗）：傾國傾城的高級妓女，令初到巴黎的年輕莫泊桑眼界大開。

貝納爾、雷蒙、老克：吉烈特莊的僕人們，令莫泊桑的家居生活得到最大的安全感。

艾維、艾麗：莫泊桑的弟弟與弟媳婦，莫在他們結婚時曾贈予一座花室，兄弟情深。

布朗西博士：精神病院負責人，收容前後發瘋的莫泊桑兄弟二人。

童年再見

咦。那是什麼？吉一路追到洞口，笑看兔子們一個個跳入洞中。只見他拿起木棍探進去胡亂地攪動。在他的心裡，兔子閃爍的眼睛就像是一座神祕的迷宮，而路的前方那頭則是他的白宮。

那是棟灰色的華宅，夕陽照著天窗就像徽章一樣的閃亮。二樓左邊第三個窗子是他的房間，隔壁是弟弟艾維的房間，然後是爸媽的房間。

眼看天就快要黑了，如此一天又將過去。假期過得真快，新學期即將開始。這個夏天好像特別短似地。

忽然，他發現父親和母親從林蔭路那頭朝這邊走來。

吉向來深愛著自己的雙親，但不知怎麼地，總是和父親親近不起來。嗯，嚇嚇他們一定很有意思。這時，天色已暗，晚風吹得林蔭路的大樹搖呀搖地發出呻吟。

吉一個人躲在樹叢後，悄悄向父母那邊欺近。正當他要作勢猛地跳過去時，突然，所有的血液霎時都凝結在他的胸口。

「妳給我聽清楚，我再說最後一遍，把那塊地拿去賣掉，否則……」

母親整個人僵硬地和父親彼此對立站著不動。

「不，那是我們唯一能留給孩子們的東西……」

「夠了，囉唆這些有的沒有的幹嘛。」

「吉的住宿費已經欠了兩個學期沒繳。」

「哼，那妳為什麼要到處租別墅？不住別墅就不能生孩子嗎？」

「你有沒有良心啊？你為什麼不把花在女人身上的錢多花點在孩子身上？」

這時，父親揚起一隻手打了下去，母親被打得披頭散髮，而父親仍瘋狂地沒有停下來的意思。可憐的母親兩手掩著臉，但父親卻把她的臉扳過來，如雨點般的巴掌不斷落下。

躲在樹後的吉，目不轉睛盯著這幕場景，覺得原來認識的那個世界已經整個被毀了。

他只想吐，樹枝一路刮過他的衣服和臉，但他仍死命地跑著，跑到他終於倒下去，閉著雙眼，緊握拳頭，黑夜已經完全籠罩著大地，但他希望躺在那裡永遠不要起來。隱約間，遠遠傳來一陣陣女僕約瑟芬的呼喚聲，他只好把眼淚吞回去，往家的方向跑去。

吉進到屋裡，就立刻回到自己房間，並把門鎖起來。

隔天早上，早餐時間已過，吉還單獨一個人在湖邊遊蕩。回到家時，他猶豫了一下這才進去。話說當時母親正靜靜看著弟弟在吃飯。她的臉就像才大哭過一場，浮腫浮腫的。為了掩飾昨天被打的痕跡，她一定在臉上塗了一層厚厚的面霜。吉忽然有股跑過去把臉埋在母親懷中的衝動。一旁的父親默默吃著飯，吉真希望當時他不在那兒，該有多好。

「去划船了？」母親問。

「嗯。」

「要小心點喔。」父親就像平時一樣的說。

「我知道。」

「把胡椒拿給我，孩子。」

就這樣，像是不曾發生過任何事一樣的談話繼續著。只是，吉對這種虛假的態度開始感到不耐，全家人裝著沒事樣的吃著早餐是件多麼恐怖的事，父親怎麼還有臉坐在這裡吃飯？然而，父親還是和平時沒什麼兩樣，穿著灰色禮服，發亮的皮鞋，大剌剌地吃著食物，然後不忘用餐巾按按嘴巴。

母親不大開口，但臉上流露出一種吉能夠體會出的某種決心。就在她的目光在吉身上掠過的剎那，她已知道這個孩子什麼都知道了。

吉的面頰發燙，連忙為掩飾內心的慌亂而脫口說出：「我除了要帽子，還要許多文具……」

父親打斷了他的話。

「去跟你媽媽說好了。」然後帶刺地說：「她一定會給你更多零用錢的。」

一時之間，沒有人吭聲。一種莫名的羞恥和悲哀湧上，吉已經看出了存在父母之間那種只屬於大人才會有的冷漠。但是，過去父親從來不會這樣的。祖父以前是菸草公賣局局長，有一片廣大的土地，是個富裕的盧昂人。父親當初表示要和母親結婚時，祖父雖然不盡同意，但看在對方家庭與莫泊桑家族同樣有錢的分上，也就姑且點頭了。所以說，母親當年可是帶了很多嫁妝過來的。

因此，吉一向在朋友們面前都不會有什麼自卑感。他的家雖然比不上鄰居那麼富裕，但好歹莫泊桑家也算是住別墅階級呀——即使不是自己的別墅。而父親對母親說的「到處租別墅生孩子」，吉真的完全不懂。但他總覺得這句話好像隱含了某種惡毒的意義。

父親一直改不掉到處追求女人的習慣，腦袋一片空白，經濟觀念全無，他只喜歡塗塗寫寫，常常拿著素描簿坐在公園一角，神經質地撫著鬍鬚寫著詩，因為只要是紳士之流，通常就一定要能寫出漂亮的詩句以凸顯他的智慧。他和自己的孩子，關係一向生疏，他甚至不知道孩子們喜歡什麼、在意什麼，最重要的是，他根本也不想知道。

不知從什麼時候開始，吉發現父親好像特別喜歡駕著馬車載著貴婦兜風，然後帶她們去吃晚餐，並在餐桌下面有意無意地碰觸她們的腿。有時他和父親到巴黎，不管是馬車上的婦人，或是一起用餐的婦人，那些女人個個都是全身香水味兒，而且都會給他糖吃。

夏天的時候，父親常會說要去海邊透透氣，於是每星期總有二、三次，就帶著吉在身邊，和一個父親口裡喚作諾諾雪的女人會面。兩個大人二話不說地把糖果塞給吉，就把他一個人丟在咖啡館裡枯坐，而且一等就是個把小時，有時甚至還等到天黑，然後，為了趕搭火車而用狂奔的。有一次，午後的雷雨大作，他衝到他們幽會的旅館房間，打開門一看，一個幾乎光著身子的女人從屏風後面走出來，只見她晃動著乳房，大膽地直線走過來，然後在吉面前「砰」的一聲把門關上……

一回想起這些事，吉就忍不住盯著父親看，忍不住思索這些種種和父母的爭執有無直接關連。

往後的幾天，家裡甚是動盪不安，才以為父親這會兒會安靜待在家裡，怎知有時又從早到晚不見人影，好幾次吉聽到父親在樓下和母親談到深夜，但聲音會突然抬高，接著一定是門「砰」的一聲，然後恢復寂靜。第二天，母親的眼睛又多了一道黑眼圈。

其實莫泊桑夫人和約瑟芬一樣，都有點男性化。臉蛋瘦瘦長長的，眉毛細細彎彎的，有時候會梳著當時流行的髮型，有時候則乾脆把頭髮全部攏後，偶爾她也抽菸，穿著短裙，露出她的足踝，紅著雙頰，大步走過公園。很明顯的，她是個意志堅定，有決斷力的女人，對宗教則只表示習慣上的敬意而已。

吉還發現，到他們家來的人，大部分都比較喜歡母親更甚於父親。

但年紀還小的吉並不真的清楚，其實在她的內心世界另有許多無法言喻的事情，而那都是與丈夫的品行好壞毫無關係的。那是發生在林蔭路那次毆打事件以前很久的時候，她和今天吉引以為傲的樣子可說是判若兩人，當時她常吱吱唔唔說什麼是「外頭的雜音太吵」，才讓她情緒緊張。晚上，她會把油燈弄成要熄要熄的，她生過幾次病，卻一個人關在房裡不見人。還有一次，她騎著一匹馬和一個騎師競賽，最後竟髒兮兮地回來。有時半夜和丈夫吵架時，她會忽然冷不防地發出尖叫聲。

三週後的一天早上，莫泊桑夫婦一起乘坐馬車出門，直到晚餐時都還未見人影。吉在就寢時，這才聽到林蔭路那邊傳來車輪聲，接著，聽到母親對車夫和約瑟芬講話的聲音。溜到窗前的吉並沒有看到父親，只看到母親一個人。

「吉，還沒有睡嗎？」

「嗯。」

「我們就要搬家了。」

「搬去哪裡？」

「艾德路塔，你一定會喜歡的。」

暑假時，他曾在艾德路塔那裡度過一個下午。

母親握著他的手說：「有些事遲早都要告訴你的，因為你已經長大了，我和你爸爸已經決定分開了。也許你心裡會有許多疑問，但媽媽相信你再大一點以後就會了解的。我們每個人都是會犯錯的，而且還常常會認為一個人能隨心所欲的生活是件幸福的事，所以你爸爸和我就決定離婚了。也就是說，你和弟弟和我三個人，就要搬到新的地方去住了。不過，今後你還是可以寫信給爸爸，有時候也可以和他見面。」

「噢，我知道了。」

「也許以後你的朋友會覺得奇怪，但我要你知道，在這世界上，像我們這樣的人實在太多了。」

「嗯。」

「媽媽盡可能的想要告訴你，為的就是希望你不會因為被人輕視而苦惱。」

「不會啦，只要跟媽媽在一起就好了。」

「那就好，你還有事想問嗎？」

「媽，我們是不是變窮了？」

「誰說的，我自己還有點積蓄，而且你爸爸答應每年會寄六千法郎給我們。只要我們省一點，應該夠用才對。」

曾經在某個地方度過一個下午，和就要在那個地方定居下來，當然是不同的。以前，艾德路塔對吉而言，並沒有什麼特別印象，但現在，他開始覺得那裡是全法國最美麗的一處海岸了。

時間過得很快，吉在艾德路塔過了一個十分恬靜的夏天。在這個漁村，他挖掘到一個快樂源頭，那就是和所有新認識的朋友出海釣魚、到不知名的地方探險、和漂浮的軟木一起晒著魚網……吉每天就像吹過這裡的風一樣，到處奔跑，晃來晃去。

他會戲弄推著絞車、對他盡說些露骨的話的女人，還有因為在沙灘上拖船而受傷的婦人，她們當中，那些用退潮後從斷崖流出來的淡水洗衣服的女人最壞，她們會露出小腿，抖動著薄衫裡的乳房洗著衣服，最厲害的是有一個女的，每當吉走過時，她就會故意撩起裙子，露出整條大腿，於是，大家都像事先約好似地抬起頭來，一陣哄然而笑。

其餘時候，吉會游泳到岩石之間，發現那些大人稱之為「娼婦房間」或「鍋子」的奇怪地方，或是爬到懸崖上頭不知何時停放在那裡的古船上。艾德路塔這裡好像到處都是船，甚至小教堂裡面也有上了漆的船，真是詭異。

晚上，吉會連著好幾小時聽著漁夫們在滿是魚腥味的船屋中聊天的聲音。寇船長有個會以奇怪語言唱歌的駝背女兒，那是他當年在奴隸海岸以二十法郎買來為妻的混血女人的母語，現在沒人聽得懂。

人群中，吉最喜歡的是傑諾和李辛。傑諾已婚，有三個孩子，在村子盡頭有一間小屋子。傑諾和比他年紀大一點的李辛共同擁有一艘船，他們時常會叫住吉說：「喂，明天要去補船縫，你來不來？」

「這還要問？當然來啊。」

有一天，他們兩人駕著拖網漁船出海回來，吉在海岸後面的路上遇見他們。

「傑諾，借我穿繩針好嗎？我也想自己試試看。」

「什麼？你也想做老大？」兩人有些站立不穩地笑著，吉知道他們喝了酒。

「好吧，老大。」傑諾用力地摟著吉的雙肩，「現在就和我們去喝一杯。」

那是個四處瀰漫著廉價菸草味的場所，水手們和漁夫們就在桌邊高談闊論。李辛還把痰吐在地上呢。才坐下來，傑諾就嚷著要白蘭地三杯。

李辛也看著吉說：「對，當老大的怎麼可以不和夥伴一起喝酒呢。」

「哈哈哈，沒錯。」吉微笑著回答。

只見李辛和傑諾夠意思地把白蘭地一飲而盡。看到吉還沒有碰到杯子，兩個人故意大呼小叫起來。「喂，老大不能沒有膽量一口氣喝下去啊。」

於是，吉就學旁邊的人一樣，身子一仰，乾杯了。瞬時，整個喉嚨火辣得像是在燃燒似地，耳朵隆隆作響，連眼淚都流了出來，真慘，他覺得自己就像一條離開了水的魚，張著嘴巴狼狽在那兒。他彷彿還聽到周圍人們的不斷笑聲。

母親對吉這些行為從來不加干涉，一個小孩能夠學習當然是好，但持之以恆的鼓勵同樣重要。離婚以後，她一手接下了教育兒子的責任。她會對吉講解書本裡的知識，有時也會提到老朋友福樓拜❶，還說福樓拜是布爾喬亞的死對頭，其實布爾喬亞指的就是那些掌握權力，只知滿足自己，總是以自我陶醉來掩飾強烈欲望的中產階級。幾年前，布爾喬亞好不容易逮到機會，竟以喧騰一時的《包法利夫人》把福樓拜硬是拖到法庭，然而他的指控卻只換得敗訴一場，反而使福樓拜的知名度更加大幅提升。

「阿弗烈舅舅和福樓拜非常要好，他也是個喜歡打擊布爾喬亞的人……」

舅舅早在吉出生前兩年就過世了。

「可是，我們不也是布爾喬亞嗎？」

「對，福樓拜也一樣。」母親笑著回答。「但是，福樓拜是專門打擊那些看不起藝術的人，和沒感覺卻又頑固的人，還有只會故意裝模作樣、態度傲慢的人。」

「哦。」

「他是個很了不起的人，等你再大一點，應該和他見見面的。」

母親說，雖然一度失去聯絡，但最近又再度和福樓拜通信，回想起那些一起在房裡讀雨果❷詩集的年輕時光，真是美好極了。

復活節那天，母親請了村裡的神父教導吉和艾維兩兄弟的功課，那可說是吉的人生中一個重要轉捩點。這位看似不怎樣的神父，竟然選在教會的墓地給他們上課。但沒隔多久，他們就

❶福樓拜（Gustava Faubert, 1821～1880）法國小說家，生於盧昂，父母俱為醫生，原赴巴黎習法律，以性向不合而作罷，又因神經衰弱，靜居休養，餘暇全心致力寫作。一生作品不多，卻都是精品。一八五七年的《包法利夫人》使他一舉成名，其筆調寫實，結構嚴謹，兼具藝術的浪漫與科學的客觀，肯定是近代小說史上足堪代表寫實主義的傑作。

❷雨果（Victor Hugo,1802～1885）法國詩人、劇作家、小說家，因激烈的政治立場，於一八五一年被拿破崙三世放逐，十九年後以英雄姿態重返巴黎。生平著作多達五十部，不乏傑作，其中國人最熟悉的首推《鐘樓怪人》，劇作《克倫威爾》之序言是為法國劇壇浪漫主義運動之宣言，並奠定其在當代文壇的地位。他的社會信念在小說《悲慘世界》中最是表白無遺。小說和劇作雖使雨果名重一時，但得以垂名身後卻實賴於他的偉大詩作。

漸漸體會出那兒的美妙之處了。

只見老少三個人並肩坐在墓石前，有時功課對艾維稍嫌艱深時，神父就會讓他去一旁玩耍。

有一天，神父闔上書本說：「好，現在要開始鍛鍊你們的記憶力了。」於是他讓兩兄弟去記墓碑上的人名。

因為新鮮，他們兩人很快就記熟了，神父親切微笑著，有時就出其不意地考他們說：「左邊第四排第一個是誰的墳墓？」

這個遊戲漸漸變成了一種比賽，兄弟倆樂在其中，每有新的十字架豎立起來，他們就會立刻跑過去記墓碑，甚至還事先到雕刻匠那裡去默記他即將雕刻在墓碑上的文字。

現在吉已經學會了操縱船隻、撒網、收帆等技巧，同時也懂得漲潮的意義，天氣的預測。另外，他也能以當地的方言和那兒的漁夫們交談了。

一天，他和李辛正洗著船時，派倫從那裡經過。這人有三艘拖網漁船。

「明天一早『加油號』要出海捕魚，你要一起去嗎？」

「當然囉。」李辛興奮答說，但旋即看到吉失望的表情，馬上問：「可以帶小孩去嗎？」

派倫看了一眼吉，再看到李辛不斷點著頭，他便答應了。

「好吧，帶他來。」

吉立刻跑回家對母親說：「明天早上三點出發。」

第二天凌晨，莫泊桑夫人讓兒子喝了巧克力，天還未破曉就送吉出門。孩子已經長大了，有天終是沒辦法留在身邊的。

怎知，「加油號」連著五天音訊全無，直到第六天船才回來，只見吉才跳上岸，就滿臉興奮神情的直奔母親懷抱，「太棒了，要是媽也在場該有多好。」

吉的學習表現相當傑出，一天，莫泊桑夫人對兒子說：「你現在也已經十三歲了，媽媽替你辦好了念伊弗特神學院的入學手續了。」

「可是，我不想做神父。」

「媽媽選擇神學院，是因為在那裡你才可以得到更多更好的學問，特別是有關於古典方面的知識。」

這個意外對吉而言，衝擊不能說不大，為了在這裡快樂生活的即將結束，為了讓自己習慣於別離的滋味，那天下午，吉沒有再去海邊了。

「所有的新生走這邊。」

吉和一群新同伴一起走過中庭。

絲毫看不出誰可以成為好朋友，穿著黑色長袍的神父們虎視眈眈地看著他們。

「不准講話。」

根本沒有人講話。在另外一群少年離開後，吉和這群新生被留下來，灰色的牆壁，四處瀰漫著的焚香味。神父坐在桌前，把孩子們一個個帶過去問話並做記錄。

「坐下。」神父把紙筆交給吉，「來把教義第五十一條寫十五遍，寫完後交給我。」

學院的標語是：**嚴格如斯巴達，優雅如雅典**。每天早上，這一群新生五點就被叫起床，集中在禮拜堂裡做彌撒，在那個即使在夏天也冷得像冬天的冰窖裡凍得發抖，但臺上的神父們個個眼睛發亮，讓他們連發抖都不太敢。

另外，學生們每天都有一段固定時間要默想，時常有人會因為心不在焉而受罰。在這裡隨時隨地都是拉丁語，有拉丁語散文、拉丁語禱告、拉丁語翻譯和作文。吃飯時要被迫喝一種神父們稱之為「阿蒙丹」的不知名飲料。通常在休假前一天要去洗腳，這是所謂的「足浴」。

幾個月就這樣匆匆過去了，不用說，吉痛恨極了這種罐頭一般的生活。暑假來臨時，吉一推開家門，母親和弟弟艾維一起跑過來擁抱他，那一刻，他忽然覺得恍如隔世，彷彿剛從漫長的噩夢中醒來一樣。

母親倒退著仔細地端詳著吉說：「嗯，再過幾個月，你就要十六歲了。」

「媽，請不要告訴別人，我才十六歲。」

莫泊桑夫人笑了笑。她明白他新的階段已經開始了。

這個青春如夢的夏天，吉在家附近發現一個讓他有異樣感覺的少女，她就坐在船頭，可以清楚看見她露出來的小腿。

「要捕什麼魚？」

「捕到什麼就要什麼。」他輕鬆地划著槳回答。

兩個人合力用鐵絲做成魚梁放在岩石旁，此時天邊已呈絢麗的昏色。

「妳要在這裡多久？」

「這要看爸爸，要是爸爸沒有從巴黎回來，媽媽大概就暫時不會離開這裡了。」

她露出貝齒微笑，她知道對面這個男生喜歡著她，吉是兩天前才認識她的，她叫依絲蒂，和他一樣大，母親經常不在。她們一家是從巴黎來這裡過暑假的。吉悄悄改變了返程的方向，輕輕划動著槳，不知不覺漸漸遠離了海岸。

「其實，我並不想一直都住在這裡。」她說。

「妳錯了！妳一定會喜歡住在這裡的。」吉的眼睛不知何時竟移到她的胸部，只見那裡隱隱約約有些圓圓隆起，把她的衣服繃得緊緊的。這時，吉的身體有意無意地向前挺出，暗想如果能輕輕碰觸到它的話該是怎樣。但因為她忽然抬起眼睛，他自然只好趕緊佯裝沒事的樣子。

「第厄普一定比這裡好。」她說。

「那裡有朋友？」

「才沒有朋友哩。」

「明天和我一起去怎樣？」

「明天？媽媽一定不會答應的。」

「管他！」

靠岸時，吉把船拖上沙灘，她則向四周張望著。

「吉，我們離開海邊沒有多遠吧？」

「不遠。」

於是，他們站在斷崖空洞旁邊的突端，從這裡望去，有一條羊腸小徑可以直通上面的原野。四周不見任何人影，不論她說什麼，他都沒有理睬，他只是摟著她的腰，用下巴指指那條神祕小路問：「上去好不好？」

「天就快要黑了。」她回答說，但那分明是種知道即將要把自己交給一個男人的違心說詞，因為她說這句話的同時，並且包含了無法形容的少女魅力、詩情和嬌羞。

話說兩個小孩就呆呆坐在小丘陵上頭，兩個人都微微顫抖著，彼此互相僵硬而尷尬地微笑著，但隨即恢復正經的表情，彷彿不知下一刻誰會搶先踏上改變命運的瞬間似地。

「依絲蒂……妳……妳真的好漂亮。」吉口齒不清地說。

「我也喜歡你。」

這是她說的嗎?吉一陣眩暈。如果待會兒她不願意，那一切不就完了。學校的同學總是得意洋洋地誇耀他們是如何占女孩子的便宜，但在得到她們以前，每個女孩都會如何的神經質，卻是從來沒有人告訴過他。

他開始擁抱她，他聞到從她身上、髮間散發出來足可融化他的一股香味。當她轉過身時，吉剛好吻住了她的櫻唇。最初她並沒有反抗的意思，然後漸漸有不從的動作出現，但吉並不打算放開她，吉整個人貼在她身上，試著解開她背後的衣扣。

「吉，不要……」吉也知道自己動作笨拙，但他顧不得了。他終於在她乳房白嫩的皮膚上面，看到露出的小小乳頭。

「吉，會被人看見。」

「不會啦。」

他的嘴唇整個壓住了依絲蒂的嘴唇，而她為了把他拉近自己，不禁把手繞在他的頸子。

「依絲蒂。」

吉在心中不停地叫喚著她。這一切是真的嗎？是真的嗎？他抱住了她，抱住了一個女孩。

她發出呻吟聲地叫著：「好痛……不……不要……吉……」

可是能怎麼辦呢，吉已經控制不住自己了，他現在能做的就是占據這個兩手已經痙攣似地抱著他不放的依絲蒂。

依絲蒂全身都是汗，茫茫然地紅著一張臉，顯然當下的她正對自己剛剛的行為感到困惑不已。然而一切發生得這樣快，讓吉也只有愕然的分。他覺得她好像在生氣，但很快就相信是自己多疑了。當她在整理自己的衣服和頭髮時，吉忽然福至心靈想說些甜蜜的話，但那只是為了要以言詞帶過兩人剛才所經歷的事？還是為了要表達更多的愛意？或是為了讚美青春的美好？

吉真的完全不知道。

「妳看，多麼遼闊的海，多麼美好的人生，依絲蒂，是不是？」

「現在幾點了?不行了。」她突然掙脫吉的摟抱，「媽媽一定會問我到哪裡去了。」

說著的同時她已經迫不及待站了起來。吉知道她根本不了解他想的事情，好端端地，他竟然嘗到了一股類似別離的酸甜滋味，但他控制著自己不要流露出來了才好。

「走吧。」

於是他牽起她的手，兩人默默下山走向海邊，他們再也不是小孩了。

年少輕狂

這個暑假後，神學院就永遠從吉的生活中消失了。因為他在學校偷東西，還和兩個朋友半夜跑到屋頂上吃吃喝喝，行為不檢。因而被學校開除。其實，神學院院長還從他的抽屜裡找到一些不太正經的詩作，那才是令校方最不能忍受的原因。他的母親在接到通知時，倒也出奇地冷靜，但吉竟然意外發現母親嘴角似乎帶著一抹壓抑著的微笑，於是他一個箭步就跑過去抱住母親。

「喔，媽，妳是我的天使。」

馬車在盧昂街上沿著塞納河的弧形街道奔跑著。

「你就要住在福樓拜先生家附近囉。」莫泊桑夫人說。

他們在一個秋天的下雨天午後，說好要去拜訪福樓拜。自由是個多麼可貴的東西啊，才從神學院被退學出來，但吉隨即又被安排進入盧昂的高等中學就讀，而且就要開學了。不過莫泊桑夫人希望吉能先去見見福樓拜這個人。

就因為母親時常提起他，難怪吉總有一種和福樓拜早就認識的錯覺。聽說福樓拜是個非常奇怪的人，有個晚上他在寫到包法利夫人自殺的那段時，自己口中竟然也因為感覺到一股砒霜的味道而嘔吐了起來，完稿時早已全身冷汗如雨，最後只好煩請醫生來一趟。

話說那天福樓拜夫人穿著一襲黑色衣服，行動有些不便，她的兒子特徵是有一個大頭，長長的鬍子像個海盜，只見他親切地握著吉的手。

「被神學院趕走的，就是你這小子啊？」他豪爽地拍拍吉的肩膀。

「被那些神父趕走？」福樓拜以一種獨特的發音說出這個字，而且還在前面加六個哈哈哈。

這讓初見面的吉也跟著笑了出來。福樓拜這個人一點也沒有大作家的派頭，更不像是在宮廷裡走動的人，看到眼前穿著寬鬆的褲子和拖鞋的福樓拜，吉只覺不可思議。

接著，他把他們兩人帶到他母親的房間。

「嘿，這個笨丫頭，怎麼老是要燒沒有乾的樹枝？」

看樣子她似乎是個難以相處的老婦人。

「太好了。」福樓拜說。

「什麼？」福樓拜的母親抬起重聽者常有的那種疑惑表情反問。

「我說，這個辦法太好了。」福樓拜叫道。「燒吧，繼續燒吧！」他用腳踢了一下木柴說：「如果再丟一些稿紙就可以讓它們燒得和地獄一樣咧。」

這時，莫泊桑夫人說明吉就要入學就讀的事。

「好極了，我以前也在那裡讀過，沒有桌子，椅子也是舊得不能再舊了，每天一手拿墨水瓶，一手握雞毛筆，在膝蓋上寫拉丁文動詞寫到好晚好晚。呸！」

「啊？」吉一臉愁愁地注視著他，但他臉上掛的卻是愉快的笑。

中午進餐時，吉坐在福樓拜的姪女旁邊，吉很想跟她聊聊，但她就像個木頭人似地坐在那兒只顧著吃，對周圍的一切好像都沒什麼興趣，福樓拜倒是像很疼她的樣子。福樓拜的笑聲，感染了在場所有的人。

「妳還記得嗎？就是審判包法利夫人案的那傢伙嘛，簡直是混蛋一個！」

「他？他怎麼了？」

「他呀，根本就是個可憐的法律擁護者。別看他看起來好像是一個很可靠的人，後來我才知道他在做什麼，這個像道德標本一樣的人，他竟寫了一些好笑的詩集，然後還自掏腰包出版哩，哈哈哈。」

莫泊桑母子二人告辭時，福樓拜在門口緊握著吉的手。

「記得常來玩，小子。」

吉好像看到母親流露出一抹感激的神色。當馬車離開福家朝街道的方向行駛時，只見一個龐大的影子站在晚風中，動作極大的同他們母子兩人揮著手。

「好傳奇的一個人啊。」吉說。

一群正要回學校的學生隊伍在接近轉角時，導師忽然跑到隊伍最前面，此時迎面走來一個胖男人，只見導師回過頭深深鞠了一個躬。而那個小腹突出，厚密鬍子上有一個小小奇怪的鼻子，而且還戴著一副眼鏡的男人，一下反應不過來的樣子，然後拿起帽子回了一個禮，消逝在不遠的小路盡頭。

導師一再地說：「你們剛剛遇見了布依耶，偉大的詩人布依耶，你們以後就可以向別人誇耀你們曾經親眼看見過他咧。」路易布依耶[1]？吉不斷在心裡回想著剛才的那一幕。

莫家素與布家有交情，母親曾經把布依耶的住處告訴吉，「有空記得要去拜訪他，我們兩家很早以前就認識了。」

導師開始朗誦布依耶的詩。不知感動吉的是詩的韻律優美？還是熱心朗誦的老師那可憐的樣子？還是母親告訴過他有關詩人的種種？詩句美得不得了，那個看起來笨笨的胖子怎麼會寫得出這樣動人的詩呢？

當天晚上，吉就到學校附近的書店，買了一本布依耶的詩集《插花筒與球邊》。晚上一個人在偷偷點燃的燭光下，很快就被那朦朧而細膩甜美的詩句所迷，貪婪且不能自拔地沉溺著。

高等中學比神學院清閒多了，所以自從看了布依耶的作品之後，吉也開始利用閒暇時間練習寫詩。他想試著描寫記憶中，艾德路塔的海景和諾曼第平原的天空，然而句子總是無法按照心裡的樣子形成。唉，詩句不聽他的，沒有一句放得進事先預備好的框框裡。如果想要結識布依耶，就得由福樓拜介紹，但吉擔心會被罵，咦，那就自己去一趟吧。

布依耶住在盧昂郊外的比歐雷街，吉叩了一下門，但沒有人回應。吉又敲了一下，也許布依耶不在吧。正想放棄時，忽然聽到細微的鞋子拖地聲，門縫出現了一個男人的面孔。

「我……」吉支支吾吾像個傻瓜說不出個所以然來，兩天前就反覆練習好的客套話早就不知跑到哪裡去了。

「有事嗎？孩子。」布依耶看著他問。

「您好，我是吉・德・莫泊桑，我……」

「莫泊桑？你在高等中學讀書，對不對？」布依耶說。

他怎麼知道的？可能是母親寫信跟他說的吧。兩人就這樣進入房間，屋裡瀰漫著煙霧而昏暗一片。

只聽見屋角發出一聲嚷叫聲：「呸！神父？什麼東西嘛！」

這時，把整個人埋在扶手椅裡的福樓拜，出現在土耳其菸斗吐出活像魔鬼所吐的煙霧中。

「就是這小子。」福樓拜對布依耶說，「因為對那些人取締不正經作品的迂腐思想表示抗議而被神學院趕出來的，就是他。」

「原來如此啊。」布依耶推著眼鏡說。「你大概忘了我還是市立圖書館員的身分，我對官吏可是負有責任的，對那群可敬的人……」

❶布依耶（Louis Bouillee, 1822~1869）詩人、劇作家、福樓拜的同鄉兼好友。莫泊桑在《兩兄弟》的序文中特別提及布依耶和福樓拜的教訓對其影響甚鉅。

話還沒說完，兩人就默契地同時說：「得了吧，友情萬歲！哈哈哈……」

這雖然不是吉所預期的接待方式，但他發現他們兩人幾乎都是那般不甩世俗的那套，因而暗自高興。

吉說：「我是來拜訪布依耶先生的。」

「喔？」布依耶露出一抹惡作劇的眼光，「除了借書，這還是第一次有人用這個理由找我咧。喏，坐吧，不要管這個瘋子了。喝點什麼？」

於是布依耶叫了女僕送上咖啡。他們問起吉的母親，福樓拜回想起吉的舅舅，還問起他種種學校裡的事，當中因福樓拜各式的異想天開，只見兩個老朋友抽著水菸，不斷說著一些有夠淫亂的話，眼睛都溢出了淚水。

因為知道布依耶是個詩人，吉更是被他吸引了，但又隱約覺得從他快活的表面下，彷彿看到了某種悲痛、苦惱的失落。福樓拜也一樣。他看不起那些陽奉陰違的人，在他那毫不留情的言詞後面，流露著一種深遠而偉大的情懷和氣魄，那絕不僅是嘲諷的感傷而已。

吉等他們恢復平靜後說：「布依耶先生，我讀過您的《插花筒與球邊》，希望您給我一些指點。」

吉邊說邊從口袋掏出書來，翻找其中的章節。

「咦，這是什麼？」福樓拜問。吉這才抬頭，看到福樓拜正盯著他撿起的紙條看，吉漲紅著臉站在那兒說不出話來。

「喔，那是我寫的詩，還沒有完成……」

「詩？什麼詩？」福樓拜叫道，對布依耶眨眨眼，「念來聽聽怎樣？」

吉遲疑了一下，拿起紙片開始念……

「什麼『我心片片破碎』嘛？你想用這種方法就表達出你的感動嗎？你想以這種形象讓法國文學壯大嗎？」

吉又念別的詩，他們兩人繼續聆聽著，菸斗發出呼嚕呼嚕的聲音。還沒念完，福樓拜已經再也受不了了。

「我沒聽錯吧？『深海易變如女人心？』這樣糟糕的比喻，你以為是獨創的風格？」福樓拜以不解的眼光看著吉。「你到底看了什麼書？布依耶，這是你的罪過。不可以，你要寫的話，就要寫出值得一讀的短詩，對不對？布依耶。」

一旁的布依耶點點頭。

「下功夫的意思是什麼，你知道嗎？」福樓拜繼續說：「布依耶為了寫一首四行詩，整整修改了它十天。這才叫做下功夫。」

「你不知道，他呀為了寫三行詩，花了十個鐘頭都還沒有完成呢。」布依耶補充說道。

「要懂得謙虛。」福樓拜接著說，「如果有心要寫作，一定要懂得謙虛。對不對？布依耶。」

「沒錯。」布依耶回答。

他們兩人都因白蘭地的關係而微醺，開始走出可笑的滑步。福樓拜漲紅了臉。海盜一樣的鬍子左右搖擺，布依耶則胡亂踏了兩個腳步，不斷地把眼鏡推回鼻梁。最後他們兩人就像瘋子一樣笑得前仆後仰，倒在沙發上喘氣。

恢復平靜後，福樓拜表示要回去了。

「一起走。」布依耶說：「順便去看看聖羅馬節有多熱鬧。」

聖羅馬祭典是每年秋天，沿著道路兩旁展開的活動，盧昂市所有的店家和攤販都被吸引過來了。在人群中被擠得一塌糊塗的三個人，吉跟在布依耶和福樓拜後面，看見福樓拜的帽子歪斜地戴著，縮著嘴巴做出滑稽的女人動作，布依耶則扭動著身子，表演白痴的模樣，周圍的人紛紛回頭望著這兩個大男人的嬉戲，還有旁邊一個傻愣愣的少年。

眼前有一塊招牌寫著「**聖安東尼的誘惑**」的紅色小屋，福樓拜把他們兩人帶到那裡。「這是盧格朗老頭兒的，」福樓拜大聲說：「進去吧。」

二十年前，福樓拜寫完《聖安東尼的誘惑》，布依耶擔任了攻擊這部作品的角色，但福樓拜仍繼續傾注熱情地寫他的第二部作品，只是不久就發現不能順利完成。現在，朝著小屋走去，福樓拜又在一面思索著他的第三部稿《誘惑》。三個人在人群中坐下時，盧格朗便開始表演木偶戲，接著觀眾的歡呼聲幾乎要震垮了整個小屋。

吉悄悄注視著福樓拜在燈光下臉上的恍惚神情。

吉有一天單獨去拜訪福樓拜時，不意也遇見了布依耶。布依耶偷偷鼓勵吉要繼續努力寫詩下去，吉也逐漸開始了解布依耶這個人，他不知道的部分，福樓拜也都告訴了他。當初布依耶的家人強迫他學醫，但他不從，只顧埋首寫作。今天，他就以擔任拉丁文和法文家庭教師的微薄收入，過著再清苦不過的生活。

而布依耶也會把福樓拜的事，尤其是早在一八四〇年《誘惑》初稿完成時的事，福樓拜花了三年精力，像囚犯一樣的專心於這本鉅作上，然後心甘情願將它交給布依耶去狠狠批評一番。

吉在布依耶那兒看到了活潑和莊嚴兩種典型，但誰也看不出他靈魂中的苦澀。不論什麼事，甚至苦痛的，他都照樣笑嘻嘻的，他時常對吉說：「任何一首百行詩，或者不到百行，都能大大提高一個人的聲譽，尤其是假如這些詩還能揉合了他的才能和獨創精髓的話。」

布依耶還時常這樣說：「你一定要設法找出一個主題，然後找出可以實現這個主題的適當時機，那這首百行詩就必定能替你留下不朽的名譽。」

「小心啊，你那樣會跌死啊！」

兩個年輕人站在路旁，瞪著對他們拋來一連串羞辱言詞的女人們，一面生澀地回報她們以嘲笑。說時遲，那時快，吉被鬆脫的石板絆了一跤，一隻腳就整個踩進泥濘裡面去了。

他們拔腿就跑，一路跑到小巷裡面。

「好可怕。」邦森說。

「尤其那股味道，真受不了。」

吉和死黨羅貝爾•邦森彼此交換著微笑。學校裡有兩個高年級同學，吹噓著到過盧昂妓女區種種的事，吉和其他同學都很懷疑。之後，邦森聽說亞爾修街六號妓女戶的事，因此，他們便決定前去一看究竟。

話說兩個人走進牆壁斑痕點點的小巷，一個連白天也陰沉幽暗的地方，人行道凸凹不平，太陽永遠也別想照到，陰暗又潮溼。醉酒的人在門口旁邊撞倒小孩子。抬眼望上去，各樓之間繫著掛滿內衣的繩子。兩個像乞丐的人，毫無知覺地躺在垃圾旁。

有賣笑婦走近和三個水手說話，其中兩人推開她們，第三個男人則停下腳。那男人正在殺價。

「不行……不行。」

「可是，越短越好呀。」

「那能做什麼?我想玩通宵。」

「跟兩人一起嗎?」

「我就是這個意思。」水手盛氣凌人的回答。

那些妓女們都不年輕了，臉上塗著白粉，嘴唇紅得像流了好多血，邦森撞了一下吉，「我們怎會選中這麼了不起的一條街啊。」說完，兩人忽地神經兮兮笑出來。那些女人從窗口探出身子時，洋裝領口總會露出挑逗人的乳房。每一個老闆娘剛開始都是笑容可掬，悄聲地叫喚他們，「進來吧，有漂亮的女孩子唷，你想要怎樣就可以怎樣。」她們為了要強調自己的話而不停點著頭。但當他們過門不入時，那些老闆娘會立刻翻臉像翻書一樣地板起面孔說：「去去去，小鬼，去找你們的奶媽好了。」

「怎樣？」

「不怎樣，那些小姐都不漂亮。」

說歸說，由於興奮的關係，使得他們的心臟跳動得格外劇烈，但他們仍控制著不能讓它表現於外。這時，一個女人出現在他們兩人旁邊。她露出微笑。

他們聞到了她的體味，吉說：「請問……亞爾修街怎麼走？」

「喔，那條花柳街啊！」那個女人瞪了他們一眼說：「喜歡有執照的女人嗎？來呀，誰說我沒有的？我有一點跛腳，也許更討人喜歡唷。」只見她二話不說就當街拖著一隻腳給他們看。

「謝了。」

兩個人急忙離開現場，正猶豫著不知該往哪個方向走時，吉發現有個女人在門口正拉著襪子，雖然有點肥胖，但她的腳甚是修長，在黑色襪子上面露出引人目光的白皙大腿。她回頭發現他們兩人的眼光，停了一下才把裙子放下去。年輕、豐滿、肉感、迷人、新鮮。她笑了。

「你們是在等我吧？」

她的黑眼睛真是漂亮啊。

「嗯。」

「那麼，我們……」吉和羅貝爾互望了一眼。

「不想玩玩嗎？」那女郎看著吉問。

「多少？」

「兩個人嗎？」

他們又互望，這事之前沒有商量過，他們齊聲回答：

「對。」「不對。」

「沒有關係啦。」吉用力撞羅貝爾，正經地回答。

「一百蘇。」女郎說。

「什麼？」

「一百蘇？」

「別瞧不起人。」女郎從容地說。他們知道自己侮辱到她而嚇了一跳。

「我們只有四十蘇而已。」吉怯懦地說。

「你們以為我是誰？」她說。由於她的態度冷靜，反而更讓她像是受到侮辱似地，「你們男人每一個都一樣可惡，可是，卻一文錢都沒有。你們以為一個女人的身體才值四十蘇？」

只見濃濃撲粉底下的面孔整個漲紅，上唇微翹，反而意外地更加吸引人。

「我們不是存心惹妳生氣的。」

「我們向妳道歉。」

「四十蘇不算什麼，我們只是……」

「妳能不能原諒我們？」

「這樣好了，我們可以請妳喝咖啡或啤酒，好嗎？」

兩人百般說服，那女郎突然嘲弄似地笑了，「好吧，喝咖啡。」

他們開始四處尋找馬車，一面對自己剛剛的冒險感到興奮，一面又深深感受著接近女人的喜悅，他們進到咖啡館時，心裡只有一個想法，那就是：「這個時候有同學經過看見他們，該有多好。」他們盡可能裝出會抽菸的樣子，一副作踐自己的態度。賣油炸點心的服務生拿著淺底籃子來回了幾遍，女郎足足吃了三個，還意猶未盡地舔著指頭。

「我最喜歡吃這個了。」她愉快地說。「現在你們知道我發胖的原因了吧！」

她叫羅麗豔諾，當還要問下去時，她就伸出胖胖的食指戳著兩人的面頰。

「不行不行，孩子們，這對你們有害的。不早了，我也必須走了。」她又說，「謝了，不要跟著我啊。這一下我可是真的吃飽了。」

女郎白色的牙齒又在鮮紅的唇間閃亮，她回眸送了飛吻，然後真的離去了。

「這個女人還滿可愛的。」吉說。

「嗯，就好像和她睡過覺一樣。」羅貝爾也說。

「我也一樣。」

兩人都深深回味嘆息著。

「只是怎麼也想不到，她怎會那麼胖啊。」

「就是說嘛。」吉說。「真是一個小小『脂肪球』。」

七月中旬，吉整個人投入預備大學入學考試的最後階段，有一天，收到福樓拜的信，得知布依耶逝世了。他早就知道布依耶生病，但因為學校功課繁重，無法去探望他。病故的消息傳來，吉雖然傷心，但那感覺並不強烈，畢竟他還年輕吧。

幾天後，一個陰鬱的早上，吉和福樓拜等朋友，親自送布依耶出殯。

考試結束後，莫泊桑夫人決定要送吉到巴黎學習法律。表哥雖然忠告他最好不要答應，但這事幾乎已經成了定局了。

被迫去學習法律的無奈，布依耶的死帶來的悲哀，還有就要離開艾德路塔的失落，種種感傷，然而都在一想到巴黎——那個世界中心的巴黎時，立刻就莫名消失了。

初識風月

吉終於站在巴黎，站在這個名聞遐邇的世界中心的地上，到法科大學報名也已經十天了，吉總愛這邊看看在香榭麗舍的椅子上緊緊擁抱的一對男女，那邊瞧瞧在艾迪酒吧前面駐足的軍官們，喊著老闆「菲立克、菲立克」。

想當年，在奧斯曼男爵的手筆下，所有中世紀時代留下來的汙穢地區全被掃盡，取而代之的是漂亮寬闊的道路從市區縱橫而過。貨幣流通無阻，幾乎要滿出了塞納河，但在酒酣耳熱的同時，卻有貧窮的人活活餓死一旁。吉來到普魯華爾最有名的酒吧，那兒早已經匯聚了很多人，但他想，再加他一個人有何不可？於是也大大方方占據了一張小桌子。

「啤酒。」

「馬上來。」

他看到街燈下站著妓女，同一個畫面還有小心翼翼跳過馬糞穿越馬路的女人。來到這裡，吉已逐漸明白，社交圈的男人就像飼養馬或狗一樣地養著女人。不是為了愛情，也不是淫蕩什麼的，純粹是為了讓女人見識他的揮霍能力。一個人是不是屬於社交界的，通常就是根據這些表象來判斷，所以他們就一定得表現出自己的富裕和聰明。換句話說，如果沒有養一個女人的話，那就不算社交界的一分子。

吉注意到周圍的人大多喝著苦艾酒，據說因為苦艾酒的關係，巴黎大部分的藝術家都變成了傻瓜，不然就成了瘋子。衣服襤褸的少年在桌位間繞來繞去不斷喊著：「擦鞋，先生，要不要擦鞋？」

「嗨，莫泊桑。」原來是法科大學的同學狄朗。

「這裡坐吧，卡遜，啤酒兩杯。」

「唷，純粹的巴黎人口氣嘛。」狄朗是個五官清秀的青年，父親是個銀行家，為了讓兒子繼承事業，所以才到法科大學就讀。吉知道他其實並不很重視課業，反正有的是錢，玩樂的事沒有人贏得過他。不過，他是個認真的人，所以吉還滿喜歡他的。

狄朗向來就對風月場所的事瞭若指掌，他說，有個英國妞兒葛拉芭兒是個出了名的美人，交際手腕極高，整個巴黎都被她的裝扮、機智，和肉體魅力迷惑不已。她隻身離開了那個十五個兄弟姊妹擠在一起的老家，過起巴黎這種奢華到近乎瘋狂的生活。她的住所豪華至極，她是波納巴特王子現任的情婦，富裕到揮金如土的地步。

據說，她向一個財產繼承人騙了八百萬法郎，等他把最後一法郎給了她時，她就會說：「門口在那邊，自己看著辦。」對任何男人她都是在吸光了所有金錢之後，就對他說這句話。

「卡遜，再各來一杯。」這時，有個女人坐在邊端的桌位，戴著羽毛裝飾的黑色帽子，面孔非常蒼白。

狄朗悄聲說：「那個女人待會兒一定會被趕走，你看著好了。」

有人看她時，她就會拿出手帕按按自己的嘴唇，然後再放進手提包裡。

「喂，她好像生病了。」吉說。

「哼。」狄朗奸笑，「你不知道她在玩把戲嗎？」

「可是，她一定生病了。」

「喔，你不知道，吉姆納茲戲院正在演《茶花女》，全巴黎的人都為之感動流淚。現在，那個女的就是在等有人注意她拿手帕的動作，如果問她：『妳怎麼了？』我保證她一定會以那種哀怨的調調回答：『喔，只是吐了一點血而已，沒什麼。』她以為這樣就可以捉到獵物。」

他們繼續談話喝酒。

狄朗忽然起了興緻，「怎樣，一起到安格里酒吧去晚餐。卡遜，結帳。」

「安格里酒吧？我恐怕沒辦法……」吉回答。

十年前，安格里酒吧就是第二帝政時期的非正式都會中心，所有的風花雪月、山珍海味、政治陰謀等流言的大本營。在寬闊的大廳裡，歷來的國王們在這兒擁抱過女人，也醉過酒。每晚，從各處來的馬車停在玻璃門前，只見每個蒙面女子匆匆上樓到房間幽會。

「不用擔心，根本不需要錢。」狄朗回答，「因為我爸爸會替我付錢。喏，走吧。要是你高興，你隨時都可以還我。」接著他又說：「可是，要去就需要女人。」

「我認識兩個。」

「我有沒有聽錯，到巴黎才幾天，已經交到女人。是怎樣的女人呢？」

「還算可愛啦，雖然不是風塵女子，但也不是完全外行喔。」吉笑著補充說：「想賺錢又不敢。」

「那正好，說走就走。」

他們決定叫人傳快信給女士們。沒多久，侍者就帶了回信回來。

女士們大約三十分鐘後出現，兩個人都是那種嬌小型的，蕾歐妮有一對圓圓大大的眼睛，艾瑪則有一頭濃淡交雜的長髮。

狄朗似乎很滿意的樣子說：「那麼，出發吧？」

「好吧。」兩位女士緊張地回答。

「我們就去安格里酒吧吃晚餐吧。」狄朗以一種無懈可擊的社交態度揚起眉毛說。

女士們掩飾不住喜悅地點頭稱是，因為她們也沒想到能這樣快就如願以償。

「好，侍者，馬車。」其實距離並不遠，但狄朗就是非乘馬車不可。

侍者們在一樓四個沙龍跑進跑出，「個別房間嗎？羅修古特先生。」

蕾歐妮叫道：「個別房間？只有我們嗎？」

當然。房間裡放有用冰桶裝的香檳，還有一扇門通到隔壁的房間。

「各位。」狄朗說：「你們可知道，這個房間有歷史的唷。」

女士們發出叫聲，彷如身在夢中。

「奧國王子本人隨時可能就在我們隔壁。」

「喔，這麼說，巴丹凱（拿破崙三世）也可能囉？」艾瑪接腔道。

兩位女士神經質地痴痴笑著，吉一把將艾瑪拉到長椅上，他感覺到少女腿部傳來的熱度。

「讓我看看妳的痣。」吉的身體貼近她，但她只會作勢閃開。

「別忘了，這是有關歷史的，而不是地理。」

晚餐非常精緻，狄朗亢奮異常，每次侍者一出去，他就在蕾歐妮稍作抵抗之後，目中無人地深吻她，他還叫了義大利樂師進來，誰知這個男人用一種滑稽的表情唱著悲哀的情歌，讓他們四人笑得眼淚直淌。送走樂師後，吉把門鎖上。

艾瑪開始賣弄風情，明知吉在斜眼偷看她的胸部，但也沒有反對。吉把她帶到裡面的房間，這時她才略有抵抗，但看得出來那是故意的。吉的嘴唇在她的頸項上游移，順勢脫下她的外套，只見她的乳房幾乎全裸露了出來。她掙脫他，卻又被捉住，兩人同時跌倒在長椅上，她一邊抵抗一邊嬌笑，弄得吉心癢癢。

女孩把吉的頭拉近自己，送上自己的雙唇，不斷發出喃喃叫聲，「吉……」就在同一時間，隔壁的牆板一直發出碰撞聲，間雜著吃吃笑聲。艾瑪靜靜不動，吉坐好身子點起一根菸。隔壁又傳來那種聲音，狄朗唱起歌來，然後是好一陣靜默。

「買別墅給我。」

「別墅？我連地都可以買給妳。」

吉口渴得難過，決定讓隔壁的同伴聽到聲音而故意將門把轉來轉去才推門進去。只見狄朗滿面春風的坐在那兒，蕾歐妮在一旁補妝著。

他們在東方發白的時候離開，侍者在樓梯間打著呵欠，吉與狄朗不約而同流露出自己是種充滿驕傲的年輕雄性動物的樣子。他們在途中讓女士們下了馬車，不確定地約了再會時間，然後分手。狄朗直接乘馬車回家，但吉忽然想看日出，於是兩人揮手互道再見。

微涼的晨風從塞納河那頭吹來，灰濛濛的晨霧，籠罩著已沒作用的街燈。吉走在香榭麗舍大道，空蕩蕩的康塞酒吧已打烊。一個醉漢光著腳躺在兩張並排的椅子上，他的鞋子八成是被人偷走了。

吉獨自穿過廣場，在椅子坐了下來，的確是個美好的早晨，在巴黎。忽然一輛馬車快速地從彼端衝過，看得見車裡有個戴著羽毛裝飾的大帽子的婦人，為防止刺骨的寒氣侵襲，她讓自己被披肩和圍巾裹得緊緊的。

馬車停在門牌二十五號的屋前。坐在這頭的吉注視著那頭，婦人回頭看了一眼吉，時光在那數秒間停格，數公里的街道距離，兩人莫名安靜注視著彼此。因為僕人跑來開門，婦人這才回過頭去。她是誰？是個美人沒錯，吉暗想著。

門因為生銹，車夫也跑下來幫忙開門，原本坐著不動的婦人，大概等得沒耐心了，於是逕自從馬車下來，經過還在和大門周旋的男人旁邊，走進屋裡。

這時，吉被地上一個閃亮的東西吸住了眼光，走過去拾起一看，竟是鑽石和琺瑯鑲成的胸針，想想一定是從那個婦人身上掉下的。穿過拱門，吉在入口停下腳，只見大理石地板、寬闊的迴旋梯、有畫像的天花板、豪華的壁飾、大水晶吊燈……吉幾乎看呆了。

僕人們發現闖入者，急急喊著：「先生，侯爵夫人現在……」

吉才回頭，婦人剛好從房裡出來，身上穿著粉紅色洋裝，褐色長髮，雙頰突出，一對發亮的黑眼珠，脖子上掛了一串珍珠，腕上戴了好幾個鑽石手鐲。

「請原諒我的闖入，因為在路上撿到這個，我想可能是妳的……」

「哦，謝謝。」

她不看胸針，仍然站在那裡盯著吉看。吉覺得自己的樣子一定很笨拙，因為對方一直站著不動，突然，他覺得這個女人也真是滑稽，難不成她存心在給吉下馬威，表示自己是個「美人兒」。哦，她當然不是美女，因為她的個子也實在太小了。

「你叫什麼名字？」她問。

「吉・德・莫泊桑。」吉回答後，深深鞠了一個躬。

她的唇邊浮起一抹微笑。「莫泊桑先生，你還年輕，如果被你的朋友看見，一定會說你剛剛到了一個危險的地方去了。」

「說的也是，美女總是危險的嘛。」

顯然這個回答讓她滿得意的，吉已經不自覺地被她吸引了。

「你為什麼坐在那邊？」

「香榭麗舍大道的椅子上?」吉聳聳肩,「沒為什麼,我只是路過而已。有什麼事?」

「哦,沒什麼。」她再度露出詭異的笑容。

「我能知道妳是誰嗎?」

「派華侯爵夫人。」她低聲回答。「謝謝你送胸針來。」

吉告辭出來,難道她就是傳說中那個高級妓女派華嗎?他不禁仰頭大笑了起來。據說她從和人約會中所得到的好處,和一個國王或公爵從領土上得來的收益幾乎不相上下。今天早上她剛從誰的床上下來的呢?哈,這個女人竟然是派華!

這次意外的歷險讓吉非常開心,像這個時候,怎麼可以不去拜訪福樓拜呢?母親來信說,福樓拜現在住在慕柳街,派華的事大概又會讓他大笑一陣吧?

「浪子怎麼來了?」福樓拜穿著僧侶般的便服和褲子從房間出來。「你是為了侮辱家人而來巴黎的嗎?」和吉握手時,福樓拜眼睛閃著意味深長的光芒。「巴黎的生活還好吧?」

「嗯,好極了。我在安格里酒吧吃了飯,剛才還和派華見過面。」

「好小子,沒來幾天就和派華搭上了?」福樓拜浮起一抹沒人能夠模仿得來的滑稽表情說:「其實,這個女人還是普通女子戴蕾絲•魏歐朗的時候,我就認識她了,那時她還是一個裁縫師的太太,後來在維也納甩掉了她丈夫。她到巴黎的時候是一八四八年,有一天,她對我說:巴黎是聰明女人唯一能夠成功的地方。」

兩人會心地互相眨著眼睛。

「那時，她還住在貧民區。」福樓拜嘆了一口氣說：「她為了不要活活餓死而接近男人，手段高明極了。」

「她問了一個好奇怪的問題。」吉說：「她問我為什麼坐在路旁的長椅上？」

「因為她就是在路旁的長椅上遇見赫茲的。」福樓拜回答，「當時，她已經好幾天沒吃東西了，坐在長椅上想著不知什麼時候才有東西可吃。這時，鼎鼎有名的鋼琴演奏家赫茲先生過來坐在她旁邊，並決定把她直接帶回家做他的情婦。最後，她捲走了這男人全部的財產，這男人也是她踏入社交界的關鍵。我還差一點就做了她和一個葡萄牙人喬治•派華結婚的證婚人呢。我對她說：『在莫斯科出生的猶太女孩戴蕾絲，現在要變成侯爵夫人了？』她回答我說：『遇見赫茲的地方是我的幸運地，我想在香榭麗舍蓋棟最漂亮的房子，不管花多少錢。』」

「真可惜，我只看到入口的地方。」吉說。

「條紋瑪瑙的樓梯。」福樓拜發出感嘆聲，「浴缸是用銀做的。為了做金床而給她看估價單五萬法郎時，她竟然說，做十萬法郎的好了，你們以為我會為這點小錢計較嗎？」

「真看不出來。」吉說。

「她其實是個可憐的女人。」福樓拜接著說：「變得越來越虛妄、自大。最近又打起德國伯爵倫尼斯馬克的主意來了。這位伯爵是個大資本家，不久前才買了一大片土地給她，據說和凡爾賽運河差不多大。」

吉聽得一愣一愣的。

福樓拜發出啜飲咖啡的聲音繼續說：「以前還有一個叫蒂蕾絲的女人，非常有意思，到現在我都還記得。有個男的為了追求她而傾家蕩產，但最後連她一根寒毛都沒碰到。當他只剩一萬法郎時，這個女人對他說：明天帶到我這裡來，我們一起燒了玩，在它燃燒的時候，我整個人都是你的。」

只見吉聽得津津有味。

「到了那天，女的穿著透明睡衣躺在沙發，接過男的送上的一萬法郎，然後真的用火燒了它們，一邊拉開睡衣讓對方看。然而這個男的早已被燃燒的紙幣吸引，只想著要如何搶救他心愛的鈔票，所以什麼養眼的都沒看到。」

「太好笑了。」

「那個女的笑著站起來，男的當然不甘心，消息傳遍後，他總是說他用的是假鈔。其實是如假包換的真鈔。」

福樓拜似乎很開心的樣子，拍著自己的腿，「世界竟然也有這種人？好了，你該回去吧，你這小鬼，我忙得很哩。」然後拍拍吉肩膀說：「有空明天再來吧。」

吉一個人走在光天化日下，不禁自己笑了起來。

「多麼迷人的一個都市啊。」

七月十九日，法國人懷著懲罰俾斯麥的心情出征，他們要像捏死小蟲一樣地討伐普魯士。吉接到徵召，和部隊一起在田園中度過數週，然而他們還沒採取任何行動前，後方就傳來第二帝政倒了，拿破崙三世被捕，巴黎已經宣布共和制度。

全法國陷入無政府狀態，吉的部隊在接到必須堅守某個森林的命令而前往時，發現該森林早已夷為平地了。後來又命令他們雨中急行軍十公里以阻斷普魯士軍隊，結果查證才知只是流言而已。三天後部隊開拔，吉送信到參謀總部，險被德國騎兵俘虜去。

途經皇后路，幾個禮拜前這裡還是繁華似錦，現在卻是死寂一片，路的盡頭築起了要塞，它已成了巴黎的邊界。到了一月二十六日星期四，巴黎被包圍後的第一百三十天，普魯士的砲聲終於靜止。人們此起彼落地喊道：「投降了。」

走在十二月老太陽底下的艾德路塔路上，自從被德軍占領後，吉一直無所事事地在老家晃來晃去。

「嗨，吉！」

看到好久不見的父親又回來了。

吉感到一陣不安，父母的重逢讓他想起小時候的種種。

「吉，你來。」母親說：「待會兒我希望你聽聽爸爸說的話。」

莫泊桑轉過身應了一聲。

「你爺爺經商失敗了，所以我來告訴你媽媽，也就是說，今後每個月的生活費可能要減少了。」

「有那麼嚴重嗎？」

「爺爺破產了，爸爸的收入等於就沒有了。雖然還有一點點財產，但只能算是一點點。我已經五十歲，這下，也要想辦法找個工作了。」

「媽媽想，恐怕你不能再繼續學習法律了。」母親低聲的說。

「我已經拜託人在海軍總部看看有沒有什麼差事給你，就要有結果了。」

「哦，是嗎？」吉不屑地回答。

「剛開始時也許沒有薪水，但不久，」父親嘆息道：「大概就會給你一些吧。不然我現在每個月實在付不出比一百三十法郎更多的錢了。」

「好吧。」

母親和父親密談了二十分鐘後，父親就走了。

母親接著對吉說：「你爸爸也怪可憐的，剩下的那一點點錢，一定也已經變成諾諾雪那些女人的了。當巴黎淪陷時，他還要設法找她們呢。」

「我希望海軍總部的工作沒著落。」但吉才說完，隨即發現母親掠過一抹憂慮的眼光，於是馬上改口說：「當然我會去啦，因為我也不可能成為什麼傑出的律師。」

吉穿過海軍總部長廊，走進辦公室，從抽屜拿出一疊文件放在桌上，然後走到隔壁，這裡的桌椅早被多年來的職員磨得又光又滑了。

「早安，莫泊桑先生。」

一連串貫例的招呼聲後，吉才回到座位。

一會兒，門開了，大家齊聲說：「課長早。」

「早。」課長迅速穿過房間而去。

幾分鐘後，門又開了，大家又齊聲說：「組長早。」

「早。」組長同樣迅速地走過去。

又過了片刻，工友打開門，這時出現一個人。

「局長早。」

「嗨。」局長冷冷微笑地走過去。

在海軍總部的日子，慣例成了不變的規則，在如此令人窒息的氣氛中，時光歲月只會偷偷溜走，不會有別的作用。這是個使人類變成化石的地方。漫長歲月裡，只有結婚、生子，看著父母死亡和自己也步入棺材四件事而已。

所以吉非常熱愛塞納河，因為這條河可以讓他感覺到自己還活著。這條河給了他一種無形的勇氣、青春和精神上的自由。下班大鐘敲六下時，吉就急奔出去，趕到舊友羅貝爾‧邦森等候的羅懷耶街。

「羅貝爾，柯紐老頭兒答應讓我看一條船咧。」

「你又想要到小島去探險了啊？」

於是兩人興奮地穿過街上人群，匆匆往火車站去。

「唉，常借人家舊船也不是辦法。」吉說。

「說的也是。」

「怎麼樣？把亨利的小船買下來，如何？」

吉和羅貝爾氣喘喘地跑進車站。他們把六點二十一分的這班火車稱為「公務員火車」，因為它又長又慢，擠得盡是一些發福的中年男子。這讓吉又想到自己辦公室的死氣沉沉。好不容易才到達塞納河畔郊外小村，已經有三個青年兩肘擱在柵欄上面朝他們打招呼了。

吉和羅貝爾一跳就跳過柵欄，和那三個同伴勾肩搭背離開。

「吉想買下亨利的小船。」羅貝爾說。

「什麼？有錢嗎？」

「你懂什麼！」吉叫道：「你們以為亨利隨時都願意借給我們嗎？」

「我想喝酒。」

「嘿，瞧走來的那個女人的胸部！晚安，太太。」那女人在五雙眼睛的注視下，整個臉都紅了。

「渴死了。」

「現在亨利一定在桑波的店裡。」

吉和四個同伴於是決定去那個河畔的三流旅館兼酒吧，那是一個只要有錢到別的地方就不會有人會來的酒吧。

一進去，瀰漫著煙霧的餐廳立刻發出了吵鬧聲。有三個女孩過來挽著他們的肩膀，對周圍的人則蔑視地伸著舌頭。

他們在酒漬斑斑的桌前坐下，依偎著吉的嬌小女郎一直想要誘惑他。

「我們到那邊好不好？」

吉的兩隻手撫摸著她的乳房，親了親之後，啪一聲打了她一下屁股。

「這就是人生。」他把白蘭地一飲而盡，酒精像火油一樣滾燒過他的喉嚨。

「走吧，亨利又不在這裡，他八成又在實驗他的船了。」

一票人沒有付帳就出來了。他們一會兒瘋狂地划著船，一會兒又隨波逐流，或逆水而行，或潛到水中游泳，一直玩到深夜。吉說著海軍總部的種種笑話，讓大家笑出眼淚。他們一起高唱著猥褻的歌曲，並商量如果亨利同意分期付款，他們就合資買下他的船。

「好吧。」亨利終於答應了，「不過在付清之前，就算你們把船弄壞了，錢我還是照收喔。」

「你說什麼啊？我們怎麼會把它弄壞嘛！」他們憤怒地回答說。

「好吧，我就賣給你們吧。」

只見他們把亨利整個人抬到酒吧。

「桑波，酒！」

餐廳裡雖然只剩下一半的客人，卻比剛才還要嘈雜，煙霧混合著臭氣和熱氣。

「喂，我們的船是不是應該有個名字？」

「對呀。」

「沙依拉號怎麼樣？」

「不好不好，我們的船底又沒有開洞。」

「那……郊外之燕號怎樣？」這是一首流行歌曲名，但遭一致否決。

「樹葉號。」吉說。

「好，好。」大家叫了出來。

「好，我們就為樹葉號乾一杯。」

文人聚會

「真是難得。」福樓拜握著吉的手，一面點頭一面盯著吉看。福樓拜像往常一樣穿著便袍，在公園玩耍的孩子們聲音從窗口傳進來。「還在官廳工作？」

「嗯。」

「真是可憐。」福樓拜說：「坐下吧，要喝咖啡嗎？」

兩人談了一些他母親和布依耶的事。禁不起福樓拜的催促，吉拿出幾首近作給他看。福樓拜不時發出嘆息的聲音。「最近在讀誰的東西？」

「嗯……拉馬丁的作品。」

「還有呢？」

「萊康特。」

「你就是這樣。看，這個和謝尼耶不是一模一樣？也像拉馬丁的，這個則像雨果。」

「可是，他們可都是大詩豪呀。」

福樓拜不以為然道：「如果你想在紙上表現出你的個性，切記一定要發現方法出來，千萬不能模仿別人，平常對任何人都不能太崇拜佩服。把你腦中的拉馬丁或其他偉大的詩人趕走吧。聽著，我要看莫泊桑的詩時，是要聽他的聲音，而不是要喚醒拉馬丁亡魂的聲音。」

「是。」

福樓拜煩躁地站起身，走來走去。

「這麼說，它們都沒價值囉？」吉問。

「不能這樣說。」福樓拜說：「只不過是接近三流的作品吧。但你也不必洩氣。因為看得出來你也寫得相當用心。但我不能因為你很用心，就說這作品有價值。看看人家蒲豐，每次下筆都會深刻思考一番，同時還要用最正確的措辭。而你就和一般人一樣，想一下子就成為大詩人。」

福樓拜突然不說了，微笑使他長長的鬍鬚往上翹。「我像不像一隻老野獸，只會嚴刻地批評你，但都是為了你好呀。你已經開始身在藝術中最困難的途中，既然已經出發，而且看得出有在進步，願意和我一起學習嗎？」

吉點頭，福樓拜繼續說：「好，其實你寫的得比高蹈派❶的好得多。」

「真的？」吉幾乎不敢相信。

「只是……」福樓拜拿起原稿，「『消失』就不如『沒入』來得恰當。」

「的確。」

「『遙遠』如果改成『諷刺的回聲』，文章才會更加緊湊。」

吉立刻更正過來，他一直偷看著這個老朋友，心想，好一個詞藻魔術師啊。

「太好了。」

「什麼？你再說一遍。」福樓拜的眼光極為銳利。吉又說了一遍，只見福樓拜眼眶有水，感動地說：「唉，我這顆老邁的心臟因為看到你而猛跳咧。」

吉忽然想起福樓拜星期天下午都有客人，便起身說：「我要告辭了。」

「哦，沒關係，你留下來也好。」

於是福樓拜換上襯衫和皮鞋，打扮得整整齊齊，踏著芭蕾舞步出來，這時門鈴響了。

「屠格涅夫❷！午安。」在門口處，福樓拜熱情地抱著一個大漢。

「最近患了痛風，真是要命。」屠格涅夫帶著呻吟，拖著一隻腳進來。高大的身軀，他正是傳說中的舊俄羅斯貴族。在巴黎十年，就算早已有某種程度的法國化，但仍改不了連續幾小

❶高蹈派：十九世紀中期第二帝政時代，法國一群反社會態度詩人。

❷屠格涅夫（Ivan Sergeyevich Turgenev, 1818～1883）俄國小說家，他的小說表達了蘇俄西化派人士的心聲，也促使歐州認識到俄國的文學天才。在莫斯科和聖彼得堡大學受教育，使他一舉成名的《獵人日記》中，已可見到他掌握細節和刻畫人物的技巧，但卻招來十八個月的流放生涯；又因《父與子》書中人物引起知識分子和激進分子不悅，失望之餘，一八七一年後就一直居留在巴黎，和福樓拜、左拉等人交往密切。最常以社會的現實問題為小說主題，自承是個寫實主義者，興趣首在生活的真相和人類的本身。

時，坐在那兒討論文學、革命、藝術等俄羅斯習慣。

福樓拜介紹吉和屠格涅夫認識，「這孩子還在官廳做事，他從詩開始寫起，現在正要寫小說。」

「唷，和我一樣嘛。」屠格涅夫說。

「是的。」

「當初我辭掉官廳工作時，我母親大發了一頓脾氣，還斷絕了我的糧食咧。」

福樓拜插嘴改變話題說：「喂喂喂，朗讀一下《春泉》怎樣？」然後轉身對吉說：「聽完你就知道該怎麼寫小說了。」

隨後門鈴又響起好幾遍，客廳裡已經到了好幾位文學家。大鬍子的左拉❸神經質地環視著四周。福樓拜介紹吉時，左拉緊緊握住吉的手。

屠格涅夫從聖彼得堡帶來魚子醬給福樓拜。室內一片嘈雜，此時有個高瘦的男子站在暖爐前面，福樓拜興奮地拉來介紹給吉認識。這個人是龔古爾❹。他伸出兩根手指握手，但吉的手還沒碰到，他就縮回去了，並且輕拍了一下吉的背。

側面很像山羊的都德❺則是整個談話的中心，他模仿起拿破崙三世的語氣，當場讓大家笑個不停。都德是這群文人之中，經濟上最成功的一個，龔古爾稱呼他為阿拉伯酋長。

只見左拉隨時隨地都拿著筆記簿，就連最不起眼的事也不放過，即使在社交圈聚會時。所以常常大家都回頭看著他說：「完了，他又把我們記下來了。」

室內的煙霧更濃了，角落突然發出激動的聲音，大家的話題已轉到政治上面了。

海軍部的日子就像鐘擺一樣的單調，吉把臉靠在窗口，看見鳥兒飛過來飛過去。課長龐斯雖然在屏風另一頭，但因為他總是用力吸著鼻子，所以大家想不知道他在哪裡都不行。

百無聊賴的吉趴在桌上計算下次假日何時到來，夏天還沒過完，早上卻已經有冬天的感覺了。吉打了一個冷顫，唉，要是一年四季都能住在陽光普照的地方該有多好。吉忘神地繼續查著日曆。

❸左拉（Emile Zola, 1840~1902）法國小說家，早期的詩作無寫實的傾向，然而巴爾札克和福樓拜的影響使他改變風格，最後終成自然主義小說的大師。他認為小說應當反作家創作之前所從事的研究，觀察歷程，人物塑造和心理學、社會學、遺傳學息息關。作品以《酒店》、《娜娜》最為有名。

❹龔古爾（Edmond de Goncourt, 1822~1896）法國小說家兼歷史學家。二十六歲時繼承雙親遺產，生活富裕，和弟弟二人合作執筆著述達二十餘年，以十八世紀美術與風俗之研究而成名，其依據歷史資料描述現實的寫作方式，影響後世自然主義作家甚鉅。

❺都德（Alphonse Doudet, 1840~1897）法國自然主義作家，因詩集《戀愛中的女人》而聲名大噪。

「莫泊桑。」課長在屏風那頭叫喚他。

「是。」

外面的大鐘響了十二下，吉才意識到自己餓極了，以前要到月底才會餓肚子，現在變得才中旬就有一頓沒一頓了。自從在公家機關做事後，父親的生活費就少了很多。但他知道很多人，尤其是那些住在塞納河畔的藝術家們，大都如此，好在工作以外的生活還算愉快，因為他尚未感染到任何官廳生活的那一套。

福樓拜向來就討厭晚上一個人回家，於是吉陪他一路回來，福樓拜笑著說：「我就收你做學生吧。」吉覺得自己從此就要開始進入文學的世界了。一旁火焰晃動著，福樓拜把自己的寫作奧祕全部傾囊相授給了吉。

「永遠都不要相信任何事，去除你腦裡的邪念，不要去追求所謂的精巧。凡是天才都是上天賜予的，而一個人所做的事只會不斷磨損天生的才能罷了。要知道，一個藝術家必須盡可能遠離外界，盡可能過一種規律、孤獨、單調的生活。」

「我知道。」

「還有，那些讓人迷失的事尤其要謹慎，吃喝玩樂，特別是女人。藝術不是封閉性的，而是一種使命，如果你想要兼得幸運和美的話，那是不可能的。美是由犧牲才換得的，而藝術則是因犧牲才培養出來的。在你接近藝術的途中，如果要獨創性就想辦法把它顯露出來，如果沒有，就得想辦法創造出來，知道嗎？」

「知道。」

「學習如何去觀察，你將發現自己常常會看到別人沒看到的東西。每樣東西都有之前的人沒發現的深刻處，再小的東西都有未知的部分。還有，絕不能借用別人的東西，因為那不但沒有幫助，反而會讓自己一片混亂！」

福樓拜踢了柴火一腳。

「既然是獨創性，當然就是要有完全鮮亮的視覺，以及和別人不同觀點的意識。你必須一句話就寫得出來公共馬車的馬和其他任何馬匹的不同處。記住，你只能用一句話。」

吉這時好像看到福樓拜眼中正閃爍著淚光，為了趕走福樓拜那一剎那忽生的悲傷，他趕緊轉移話題說：「聽說夏邦提葉計畫要出版一萬本他的新書。」

「哦，一本書絕不是單單為一萬人或十萬人而寫的，你只要盡你最大的努力寫出優美的文法就好了。」

「就像左拉就是以科學的方式在蒐集事實……」

只見福樓拜激動地說：「不，左拉他是想把過濾過的觀念嵌入世界，他是先下結論再判決，而我不同，我是抱持著懷疑性的。因為我認為人類應該保持本來的面目，誰也不能改變它，而是只要認識它就好，也不能說明得太詳細，因為那是神的事，人不能搶著做。你想寫作，」福樓拜喘了一口氣說：「就必須拋棄所有的愛憎，也許你會說你辦不到，但只要拋棄得了感情，你才有可能成為一個優秀的藝術家，知道嗎？」

「嗯，我知道了。」

「唯有對事物越沒有感情，才越不會扭曲你的觀點，當然也就越容易表現出來。一個人事後看自己的作品會流淚是好的，但如果是邊寫邊流淚的話，不用看，那一定是壞文章。」

這天深夜，兩人喝到只差爛醉，福樓拜把他四十年前和依麗莎第一次邂逅，直到今天仍深愛著她的故事告訴吉。

「十五歲那年的夏天，有一次我在海邊沙灘上看到一件紅色泳衣，我把它拿到高處，免得待會兒漲潮而被弄溼。那天中午時，泳衣的主人依麗莎特地跑來謝我，天啊，你不知道她有多漂亮，我幾乎是當場就愛上了她，當她身上沾著水珠從我旁邊經過時，我不禁忘了呼吸。有一天，她竟然在我面前給嬰兒餵奶，我就這樣親眼看到她把乳房塞入孩子的嘴中，教我差點昏倒。」

依麗莎是大仲馬[6]的朋友，一個出版商的妻子，現在定居在德國，往後他們再也沒見過面了。福樓拜還提到，在他二十歲時，有天晚上和哥哥駕著馬車，卻意外被拖入熊熊的火焰中，險些當場丟了命，整個腦袋好像就要炸裂了一樣，之後又發作過兩次，一昏倒就不省人事好幾小時，也就因為這樣，所以不能晚上單獨去巴黎。

吉常來幫福樓拜整理稿件，並帶著自己的作品到福樓拜家，福樓拜有時很兇，有時語帶諷刺，但仍看得很詳細，而且往往是鼓勵有加。「撕掉！」福樓拜叫著，「你以為我會鼓勵你發表這種東西？撕掉吧，你用的那些象徵，老早就有人用了。你沒有用自己的眼睛去觀察嗎？」

於是，吉默默地走到火爐前面，把半個月來的心血，全部丟到火堆中。「我替自己覺得悲哀。」吉說：「窩在公家機關裡創作真的很辛苦，好像陷在一群禿頭和坐骨神經痛的病人當中。」

福樓拜笑了，「你已經進步很多了，雖然前程難料，但你的確有進步了。」

瑪西把腿伸得筆直穿著襪子，一款黑色的內衣將她的軀體魅力展現無遺。這時，房東太太走進來丟下一個小包裹。吉立刻放下報紙，拆開一看，原來是一本書。

「哈，左拉的新書。」

「左拉是誰啊？」瑪西仍穿著襪子問。

「左拉？他是一個偉大的作家，藝術家，自然主義者，專門以科學方法從事他的工作。」

❻大仲馬（Alexandre Dumas, 1803~1870）法國小說家、劇作家，自小家貧，靠自修閱讀莎士比亞、席勒等人作品，一八二九年《亨利三世及其宮廷》使他一舉成名，並開啟往後二十年輝煌的創作生涯。八十部作品中，以《基度山恩仇記》最成功，《俠隱記》最叫座，但其誇張的筆調正印證了他賣稿為生的窘境，在法國文學史上，他的劇本比小說來得重要。

「哦，是嗎？」

「他最討厭說謊，也不喜歡作家對其作品限定範圍，他的說法可取之處很多，但也滿無聊的。」

看了看衣櫥上的鬧鐘，還沒上班吉就知道今天又要重複一樣的工作了。吉已開始利用上班時間偷空寫作，寄給孟德斯的文學共和國雜誌，他用的筆名是吉・德・華蒙，福樓拜並沒有表示意見。其實，他還完成了三篇沒有讓福樓拜過目的小說。

瑪西把襪子拉到大腿上面，「左拉也常到福樓拜家？」

瑪西對自然主義根本沒興趣，她的興趣只在於要如何勾引到一個男人。

「對，說到福樓拜，他真是個了不起的人，他竟然為了姪兒的女婿快要破產，而把家產全部賣掉，現在搬離了原處，和科曼威夫婦住在一棟六樓的房子。」

「哦？」一提到有關錢的事，這才稍稍引起了瑪西的興趣。

「真是太了不起了。」吉說。

瑪西捻熄了菸，走過來靠著吉。「你就從沒有這樣說過我。」

「說什麼？」

「你眼裡根本沒有我。」瑪西怨怨地說：「只有那些作家。」

「怎麼會呢？」

「吉。」瑪西把濡溼的雙唇挪過來，此刻她急需要愛情的證明。「吉……」她喃喃叫喚著對方，然而吉只是短吻了她一下就站起來。

她一動也不動地看著吉穿衣服，她受傷了，感傷之餘，更多的是茫茫然。

「我不懂你，我和你有距離。」

「我們不是說好的嗎？妳也搬過來三個禮拜了，這還是我第一次和一個女人在一起這麼久咧。」

「重要的不是時間長短，而是彼此感情的進展。」

吉彎下身吻了吻她的耳朵，「好啦，晚上一起出去？」

「不要，我已經厭了。」

吉逕自向門口走去。

「吉，」她說，「你為什麼不說你愛我？」

吉猶豫了一下，然後回說：「正當防衛吧。」接著給了她一個飛吻就走了。

這天晚上，吉回來時，瑪西留了一封信說，他們已經沒有未來了，如果他還想見她，可以到她以前住的地方去找她。吉一個人拿著信呆呆佇立著，他嘗到了一種空前的孤獨感。

這天晚上大家都醉了，說話聲一個比一個大聲。吉本來並不屬於這裡的，但因為福樓拜的關係而沾上邊，他覺得自己運氣太好了。

「左拉，說清楚。」都德拉著山羊鬍子叫道：「到底怎樣嘛？」

「沒怎樣，因為我從來不和妓女睡覺的。」

福樓拜嚷著說：「難不成這就叫做新的科學方法嗎？」

屋內的空氣夾帶著菸味和酒味，一票人從七點吃吃談談到午夜時分。福樓拜和左拉袖管捲了上來，脖子上還掛著大餐巾，「喂！」福樓拜用餐刀插著奶酪揮舞著說：「一個男人如果不曾在別人家的床上和一個不可能再見面的女人睡過覺的話，他一定活得不痛快。」

「哈哈哈，又開始了。」

「唉，你們都不懂賣淫這件事的微妙處和複雜性。那是把錢、奢侈、恐怖、憔悴全部揉在一起的一種舒服的痛苦。」

「對極了。」屠格涅夫強調說。

菸越抽越兇，屠格涅夫說起他和一個社會主義的女兒談戀愛的往事，話說這個女孩為了「主義」而住在公寓的樓梯下面，談戀愛時也不相信「個人」情感的表現而寧願站在結冰的河中央進行。「刺激吧？但實在太冷了。」屠格涅夫說，「你們不知道，她在裙子裡藏了保溫袋呢。」

都德也貢獻出他和動物園守衛的太太短小精幹的一段幽會經過。「沒辦法，她丈夫實在太敏感了，我們只好窩在駱駝的小屋約會了。」

左拉則說了他十八歲時的戀曲。有天下午，一個比他大的少婦主動找他說話。「她人很溫柔，穿著樸素，我就想，她一定是不敢接近比她大的男人才會找上我。她身材嬌小，褐髮，三十歲，穿著黑色衣服。我實在不知道要帶她到什麼地方去，只有在路上走來走去，後來看到她露出哀求的眼光，八成也是走累了。」

「後來呢?後來呢?」大家迫不及待的追問。

「當時我真的窮得沒錢去開房間，怎知她拉了拉我的袖子說那邊有一個小教堂，後面有塊墓地，好吧，我們就過去了，因為下雨的關係，所以特別找了樹下面的墓石，兩個人就躺在那上面……」

福樓拜接道：「這下那個女人要好幾天屁股上都印著『永愛不渝』（墓石上面所雕刻的字）四個字囉。」

大家一陣大笑。

接著，福樓拜又說了一個二十五年前，他和一個吉卜賽女郎的一夜風流。「她穿著寬鬆的褲子，披著面紗，人高馬大，一對龐大沉重的乳房，她讓我覺得自己像頭野獸。」

大家拍手叫好，「啊?這樣就完了嗎?」屠格涅夫尖聲問。

「怎麼會呢，我記得她邊跳舞邊脫衣服，最後脫得一絲不掛，我們抱在一起，她就像燒紅的鐵一樣燃燒著我的身體……」

大家再度瘋狂地鼓掌叫好。

「來，為她乾杯！」

「哦，現在已經不知她的去向了。」福樓拜說。

晨曦初露前的回家途中，福樓拜毫無倦意地自己一個人微笑著，這是他一天中精神最好的一段時間。

「今天晚上真是開心呀，我大概喝得太多了，吉，她真的是一個讓人心動難忘的可人兒，真不知道她現在過得怎樣？」

恩師過世

「莫泊桑！」

「我在這裡。」吉把蓋在額頭上的溼毛巾拿開，慢慢地從床上爬起身。

「怎麼了？」羅貝爾說。

「我的頭好痛。」

「怎會這樣？」

「我也不知道，早上才這樣的。」

找來醫生看過後，中午兩人一起在塞納河邊吃午餐。「你看起來還好嘛。」

「醫生說是尼古丁中毒，唉，再也不抽菸了。」

第二天一大早，郵差送來一本文學共和國雜誌，吉的詩被登在相當顯眼的地方。這也是他今生所寫的東西第一次變成鉛字。書中還夾了一封信，要他到雜誌辦公室一趟。話說辦公室在四樓，到處都是紙張，孟德斯就晃著腳坐在桌上，「請進。」他的兩眼發出銳利的目光，「認識克拉第和尤斯曼斯嗎？來，給你們介紹一下，這位就是莫泊桑，筆名吉・德・華蒙。」

「大家好。」

「這房間什麼也沒有，除了作家的才能以外。克拉第，怎麼樣，說服你那有錢的朋友出點錢？」

「哈！別想了。」

「吉，你的詩我們都想要。」孟德斯說，「這個戀愛場面根本就是高蹈派的嘛。」

這時有個拜訪者冒出來。「進來吧，蒲爾傑❶。」

只見來者穿著考究，揚起手說：「孟德斯，我想跟你講幾句話，可以嗎？」

於是他們一起走出房間。

「他是誰呀？」

「他呀，鮑爾・蒲爾傑。」尤斯曼斯笑著回答說，「他極不認同左拉的看法。喜歡接近有錢的人，是個無話可說的典型紳士。」

瑪茜妮太太那兒是個天花板低矮又陰暗的地方。但吉和尤斯曼斯一票人卻因為嚮往這裡的氣氛而特地前來。瑪茜妮太太送來烤肉和紅酒，桌上還沾著油汙，「瞧，全巴黎最骯髒的食物就在各位眼前。」尤斯曼斯說。

「這就是自然主義嘛。」

「所以囉。」雷昂接著說，「光是破壞左拉現在的那種理論是不夠的。」

「我可不這樣想。」吉不以為然地說。「只有瘋子才會攻擊左拉的想法，要知道，他是不平凡的，他就像雨果的方法一樣，是藝術的另一種不同形式罷了。」

「左拉主張小說中出現的人物性格要以生殖器來決定。」尤斯曼斯說。

「福樓拜不是說過，具有快樂經驗的生殖器正是所有人類感情的中心。」

他們就這樣半開玩笑半爭議地度過愉快的時光。幾個月來，他忠實地跟隨福樓拜學習創作，把稿子寄給他，然後福樓拜就會把原稿與訂正過的稿子和長長的心得一起寄還給他。

「啊！」吉說，「左拉八成不會等我們了，走吧，各位。」

「我很懷疑，他真的會來嗎？」

「當然，約好的嘛。」

付了帳，一票人就趕往克羅吉街而去，吉拉了鈴，一個豐滿的女人前來開門。

「晚安，安琪太太。」吉深深鞠躬說，其他的人也跟著舉起帽子。

「唷，替我帶朋友來了啊。」她以一種熱切的眼光掃視過他們。

上面傳來女人的聲音，他們抬起頭一看，只見一個穿著透明睡衣的女人正倚靠在欄杆上對著他們微笑。「上來啊，我會讓你們滿足的。」她邊說邊從欄杆間伸出光滑誘人的腿。忽然，所有的門都打開了，一個個袒胸露背的女人紛紛從樓梯各處招呼著他們。

大家都呆住了，只有吉笑個不停。

❶蒲爾傑（Paul Bourget, 1852～1935）小說家，批評家，以《現代心理論叢》奠定批評家的地位，對左拉的著作深不以為然，在政治上是個標準保守主義，追求上流社交圈的時尚生活。

「莫泊桑，她們不是妓女吧？」

「你不會是說你就住在這裡吧？」

「沒錯，我就是住這裡。」吉回答，「三樓有兩個房間都是我的，而且住在這裡的男人只有我哦。」吉笑彎了腰說。

「真的還是假的？」

但爭論聲隨即靜止了，因為安琪太太竟然端了白蘭地和酒杯出來。

「左拉不是說要來的嗎？」

「左拉一定還沒有來過這種地方。」

於是大家你一言我一語，開始爭論不休。等到左拉來了後，吉事先央求安琪太太要那些小姐暫時不要露面。只見左拉就和平時一樣，用那近視的瞇瞇眼睛對周圍的人笑著。「嗯，這裡的確與眾不同，」左拉說，「莫泊桑，我剛才進來時遇見一個女人，我猜大概是和你同居的吧？」

「女人？」莫泊桑若無其事回說，「大概吧。」

左拉斜眼看著吉，「這裡的氣氛真的很有趣。」

他們就在妓院的客廳裡討論著文學。等到他們回報社，早已過了十一點。

吉爬到四樓靜靜推開門，瑪西一個人背對著坐在床上，頭髮鬆散，內衣肩帶滑落一旁。

「為什麼沒下來？」吉問。

「不可以嗎？」

吉走到她旁邊。「有客人？」

「這就是你最關心的？」她怨怨地說，「你住在這兒的原因就在這裡吧？」

吉笑著點頭，然後吻她的嘴唇，一面靜靜把她推倒在床上。

「你這個人真奇怪。」她說，「明明不想讓人看見你的內心，就以這種不負責任的態度住進這裡。」

「哦，妳這樣想嗎？」兩人忍不住的動作把床搖得吱吱作響。

「吉……」瑪西手上的香菸掉在地上。

吉用紅筆在日曆上做記號，突然一陣戰慄，來到這裡轉眼已經六年。他從抽屜拿出差不多已經完成的第三個短篇小說的原稿，「三十年來，每天走相同的路去辦公，在相同的時間、地點和相同的人們見面……」

吉正全神推敲著情節時，忽然旁邊好像有人，一抬頭，正好遇上龐斯那閃爍的眼睛。「這是幹什麼？」龐斯注視著吉，「這裡不是讓窮酸文人偷雞摸狗的地方。要知道，你現在不是在左拉的家。」

隔天，又發生了一件好糗的事。吉正忙著整理訂單時，守衛喊道：「外找。」

好巧不巧，當時龐斯剛好在不遠處批閱文件。「啊？」只見他抬起頭，「找我？」

這也難怪，在龐斯一成不變的生活中，這種事從沒發生過。於是大家的眼光都集中在他臉上，但守衛卻指著吉說：「不，是找莫泊桑的。」

看到滿臉通紅的龐斯，吉還來不及表示什麼就跑了出去。原來是弟弟艾維。「怎麼搞的？」

「我跟人打架了。但你不必擔心，我現在正在休假。」艾維露出微笑。從小艾維就只喜歡吵架和比劍，看樣子他從軍似乎對了。「我需要一些錢。」

「因為打架？」

「怎麼？不方便？不方便？呸！這些官僚。」艾維接著說。

「沒有不方便。」吉回答，心中一陣痛。弟弟說的不錯，他也知道自己越來越官僚了。

「錢拿去吧。」

送走弟弟回到辦公室，龐斯還在那裡。「莫泊桑，這裡不能當私人接待客人之用，知不知道，尤其像你這種小職員。」

吉也懶得回答，他早就受夠了。回到家洗過澡後，吉繼續寫作，但那一成不變的主角變成了自己，然而奮鬥了個把小時後，他還是把筆扔了。白天的事一直盤旋腦中。不知道尤斯曼斯他們同樣在公家機關上班，為什麼就能寫作？都是龐斯惹的禍。眼睛一陣發痛，這是頭痛的前兆。

吉穿了外套，準備陪福樓拜去參加晚餐會，昏暗的街道因被雨淋溼而反光著。

「教育部長巴特是我的老朋友了，我請他聘你到教育部吧。」

但是幾個禮拜過去，沒有任何好消息。福樓拜遠在克洛瓦塞，吉一時無法去找他，有一天在給福樓拜的信中，他表示自己再也無法忍受海軍部的工作了，而且病得一塌糊塗。怎知，福樓拜竟回信叫他少跟妓女走得那麼近，多用功才是。

好在時來運轉，掉的頭髮又長了出來，也接到了巴特發出的聘書。「瑪西！」吉喜出望外叫著，「我要調到文教部了！」但隨即想起瑪西一早就去賽馬了。興奮的他匆匆來到海軍部，龐斯和平常一樣時間來到辦公室，吉忍著所有的激動，等到十點多，這才走到屏風後面。

「龐斯先生，我要調到教育部了。」

龐斯當場嚇了一跳，「什麼？沒有寫簽呈，你就想離開？你豈有此理嘛。」

「哦，不用簽呈了，因為已經獲准了。」吉瀟灑一鞠躬，大步走出海軍部。

隨後，吉到達教育部時，第一個遇見的人是希亞。「我已經調到這裡了。」

「我也是剛從陸軍總部調過來的。啊，巴特這個人太好了。」希亞說。

「果然是個聰明的政治家！不愧是文學的擁護者！」吉叫著。

不一會兒，有人敲門進來，是店裡生意最好的亞蕾特。希亞點點頭就出去了。

「坐。」吉正奇怪她突訪的原因。

「本來我是不該到這裡來的，但我不知道要告訴誰，瑪西被馬車撞到了，瑪西一直說，你大概不會來，是真的嗎？」

乍聽完，吉立刻拖著亞蕾特急急走出去。

瑪西躺在店裡的沙發上，小姐們都圍在一旁啜泣著。她痛苦地笑看著吉。「你真好。」她低聲說。

吉跪在她旁邊，緊緊握著她的手。「等妳好了，我們再一起出去……」

「恐怕不行了。」她搖著頭，「但你能這樣說我就很高興了，你是我的。」

「我是妳的，永遠都是，瑪西。」話還沒說完，吉發現瑪西已經斷氣了。

一群人在左拉家裡討論著普法戰爭，「大家都經歷過這種生活。」左拉提議說，「怎麼樣，大家來寫一本關於戰爭的書如何？」

「什麼？五個人？」大家都表示不可思議，「鐵定第一章就寫不下去。」

「我的意思是每個人各寫一篇中篇小說，都是獨立的故事，然後把這些小說收集在一起印成單行本發行。」

大家半信半疑地互望著。

「如果你們不反對，我也寫一篇。」左拉又說。當然，如果左拉的作品也在其中的話，銷路一定不成問題，《酒店》的銷路不但令人眼紅，搬上舞臺後也告大捷。左拉成了名也賺了錢，不久就在塞納河畔的梅當買了別墅。五個朋友中，雷昂按照左拉指示，匿名在報紙對所謂「左拉的黨徒」加以大肆攻擊，再度引起廣大爭論。不少評論家都中了他們的詭計，他們五人也因此而一舉成名。

「好吧，就這麼決定了。但書名要叫什麼呢？」

「《滑稽的侵略》怎樣？」尤斯曼斯提議說，但反應冷淡。

「《梅當夜譚》怎樣？」希亞❷提議。

大家說好，於是書名就這樣確定了。當天晚上，吉回到家，腦中滿是「妓院」的畫面，雖嫌大膽，但一想到如果這些女人拿來做主角的話，效果一定很驚人。他推開窗，吹著夜風，想起高中時曾和羅貝爾夜遊，遇見一個肥胖矮小的妓女，活像一團脂肪球。

第二天，希亞才進辦公室就說：「明天晚上福克尼請吃飯，我沒空，你代替我去怎樣？」

「他是怎樣的一個人？」

「嗯……是個相當有勢力的人。興趣是製作陶器，希望有天得到巴特的獎賞。」

也就由於這個關係，吉的生涯開始進入新局面。教育部向來就是個討人喜歡的地方，同事個個能幹又年輕，吉現在等於就是巴特的私人祕書，他也發現自己已漸漸在政治圈的周圍活動了。

隔天晚上，吉來到福克尼家，主人高大而稍嫌吵鬧，他的太太則比他年輕，約近四十歲，一副對吉深感興趣卻又猶豫不決的樣子。吉為了提早離開而向福克尼太太告罪，她表示過幾天還要再請他，露出一種共犯的眼神跟他說再見。

❷希亞（Heney Ceard, 1851~1924）自然主義作家，左拉弟子之一，於《梅當夜譚》中發表《放血》一文，一九一九年成為龔古爾協會會員。

一個月後，吉到處尋找出租馬車。因為左拉和其他同伴那晚要朗誦《梅當夜譚》。現在吉和他們已漸打成一片，但要命的頭痛，常讓視力受到影響。這次應用上了福樓拜教的方法寫作，文章中的人物個個有血有肉，有意志有尊嚴，不再只是任著作者的指揮了。

左拉的客廳燈火通明，大家一致通過，左拉的小說排在卷首。「其餘的就用抽籤決定。」雷昂提議說。大家都無異議，吉抽到第一號，排在左拉的後面。

左拉的小說〈水車小屋的攻擊〉獲得了滿場喝采。接著輪到吉。

「吉・德・華蒙，輪到你了。」

「哦，這篇小說我要用真名吉・德・莫泊桑。」吉笑著提出異議。

「篇名是什麼？」

「脂肪球。」

沒有人看過他的作品，當然也沒有人知道這些年來他曾和數以萬計的詞句格鬥過。吉開始用他清晰的聲音朗讀起來……只見形形色色的人彷彿就在他們面前浮現，冬天的情景、馬上坡時的鼻息，整個被雪埋沒的諾曼第原野、那個肥胖矮小的妓女，還有盧昂的人們、共和主義者、普通百姓的恐懼……短短故事中，包含了一切喜劇應有的嘲諷、悲哀與優美。

當吉念完時，他注意到大家的視線都集中在他臉上，接著，大家紛紛站起來叫喊：「太棒了！」「傑作！傑作！」「你是怎樣寫的？」

不久，書出版了，〈脂肪球〉和它的作者成了各地方話題的中心，走到哪裡都有人在談它，一版再版，吉儼然已是全巴黎最熱門的一個作家。連瑪蒂露德公爵夫人也為了吉而舉辦晚餐會，讓他加入他們那群高尚的人之間。甚至平常對他最嚴厲苛求的福樓拜也來信說，他相信這本小說必將流傳後世。然而那些所謂的評論卻如所預期地開始猛烈攻擊。說什麼《梅當夜譚》這本書除了左拉的小說尚可一讀外，其餘的都是低劣作品。但怎麼說呢，這本書就是銷售驚人。

吉把各方的評論和批評都寄給福樓拜。這位昔日的老師決定春天時到巴黎休養兩個月。五月四日，收到了福樓拜的回信，「你說《梅當夜譚》已經八版了？我的《特洛瓦・孔德》四版不到就刷不下去咧。下週就可見面了。」

這個週末，吉回到住處，桌上放著一個藍色信封，打開來看，「**福樓拜腦溢血，絕望。六點一起出發。**」電文是由福樓拜的姪女簽字的。吉整個人都呆了。

六點時，他到車站迎接老師的姪女卡洛琳。「我們也是接到通知才知道旁邊的人在打電報時，他已經死了，唉。」在前往盧昂途中，她一直和丈夫悄悄交談著。吉一個人坐在他們對面，沉浸在只有自己明白的悲哀中。

到了克洛瓦塞，看到恩師躺在床上，除了頸項黑腫外，其他沒有兩樣。鄰居福丹醫師在一旁述說當時的經過。

「昨晚我們一起吃晚餐時，他說他在期待去巴黎的日子，他的情緒極佳。僕人說他八點起床後，看信，抽菸，約十點半的時候對女僕說他不舒服……」福丹停了一下繼續說：「女僕這時跑來找我，我正要去盧昂。女僕回去時，福樓拜已有輕微的眩暈，他說：『我覺得頭有點昏，與其明天在火車上才這樣，還不如現在先發生。』他用香水抹了一下額頭，然後躺在長椅。等到廚娘再去喊我的助手來時，福樓拜已經完全沒了知覺，心臟也停止跳動了。」

「那最後死亡的原因究竟是什麼？」

「腦溢血。」

此刻，吉只希望單獨與恩師在一起，親自替他化妝，為他通宵不眠地守夜。

意外的是，吉到廚房喝水時，聽到廚娘的兩個親戚和另一個女人在那裡，「大家都傳說他是在浴室上吊的……」「沒有的事。」「當然，醫生總是講好聽的話……」

這時吉走進來，他們隨即尷尬地閉上嘴。

「你們說的都是謠言。」吉說。

「我是聽人家這樣說的……」

「那就不要再一傳十、十傳百了！」吉怒氣沖天地離開那裡。黑腫的脖子和醫生曖昧的態度，究竟是否有什麼被隱瞞了？

天上白雲飄蕩，出殯的行列來到河邊，樹葉被風吹得沙沙響，隊伍朝著教堂走去。

福樓拜是拿破崙五級勳章的佩戴者，大家繞著墓穴四周看他最後一眼，當要放下棺木時卻卡住了，直到大家撒了聖水，這才放下卡在土中不能動彈的福樓拜。吉突然覺得好冷好冷。

漸露光芒

好不容易才從官廳的束縛逃脫出來，外頭陽光燦爛，天空蔚藍，吉邊唱著歌邊穿外套。忽然傳來敲門聲。

「不好意思。突然造訪，莫泊桑先生。」對方一鞠躬並遞上名片。上面印著：**地球報總編輯，亞杜爾·梅埃**。

「請坐。」

梅埃正要坐下時，蘇姬忽然闖進來，睡袍下面一絲不掛。「吉，你的朋友想不想參觀這棟房子，今天早上我正好有空……」

「不用了，蘇姬。」吉拍了她一下屁股，把她趕出去。

「美人一個。」梅埃摸著鬍子意味深長地說道，「這是女人就是〈脂肪球〉的模特兒吧？」

「那可不一定。」吉回答。

「不管外面的批評怎樣，我拜讀了你的小說，真是太佩服太感動了，你是個天才。」他微笑地說著。「我今天來就是想把你卓越的才能和我身為編者的技巧稍加結合……請相信我，你的政治立場我了解，因為我是猶太人，不，至少以前是。從以色列到法蘭西共和國，你要知道這是很不簡單的哩……」

吉忍不住笑了出來，梅埃喜形於色，顯然自己給了對方好感，「莫泊桑先生，是這樣的，你願意加入地球報嗎？當我們的定期撰稿者。」

「我？」

「你寫的任何東西我們都要，輕鬆的、愉快的，或是像〈脂肪球〉的，我們都要。」他不斷搓著手說著，「你想看看地球報嗎？它是標準的皇黨派，雖然因此受到各方的攻擊，但我可是經歷了四十年大風大雨的舊雨傘。」他笑著張開雙手，「雨再大又算得了什麼？」

「什麼時候開始？」

「你答應了？」於是兩人商議吉將連載有關巴黎種種的文章，約計八到十篇。

「我只想讓一個主角登場就好了，好讓故事統一。就叫做巴吉索好了，我會把內容寫得和真實的人物一樣，還要讓這個人在巴黎或郊外各種場所出現，每篇故事獨立，題目就定為『巴黎某個市民的星期天』吧。」

「好極了！我立刻預告，下週開始連載。」梅埃緊緊握著吉的手。

忽然門被推開了，叼著菸的亞蕾特伸頭進來。「有客人啊？那我到下面等你。」她盯著滿臉通紅的梅埃說。只見她擺動著誘人的腰肢，對梅埃拋了個媚眼。

梅埃拿起帽子走到門口處，「我不知道這樣說妥不妥，但請相信我絕對是好意，像你這樣一個被大家注目的年輕作家，也許搬到別的地方去住比較好吧。」

吉忍不住微笑，「我了解你的好意，說真的，我也正在考慮搬家。這樣吧，我送你下去，不然恐怕有危險。」

送走梅埃，吉興奮說地抱起安琪太太跳起舞來。「我進到地球報了，安琪……」這時，他才發現門口站著一個女人，是伊凡•福克尼。

「福克尼太太？」吉吃了一驚，前去親吻她的手。

「我是來恭喜你的。」看得出她在用微笑隱藏內心的莫名興奮。

「哦？謝謝妳。」吉挽起她的手臂往樓上走。

「你要帶我去什麼地方？」

吉發現她在發抖，但他自己也好不到哪。「我的房間在上面。」

「不……不可以。」她掙扎地往後退，吉不理她，仍挽著她的手往樓上走去。

到三樓時，吉繞著她的腰，鎖上門，吉開始熱烈地吻她的頸項，她全身顫抖著，只顧著把臉別開，吉用雙手捧住她的面頰，不放地吻著她的嘴唇。吉想，她在決定來這之前，一定曾經天人交戰過。吉開始脫去上衣，她呢喃地說：「求你……」她白皙的肌膚只剩黑色長襪，她把整張臉藏在吉的肩上，「我從沒愛過別人……」吉一把將她抱到床上，她也整個人摟住吉。

九天後，一個酷熱的禮拜天上午，吉向所有小姐們告辭，每一個女孩都出來送他，老闆娘安琪太太還摟著他啜泣著。「以後誰照顧你呢？」

「我們不會忘記你在這裡住過。」「這裡永遠為你留著一張床。」「沒有一個房客像你這樣。」有人才這樣說完，卻引起了安琪太太更多的眼淚。

全體小姐站在門口臺階送著飛吻，吉和羅貝爾則從馬車窗口探身揮手。他們早就想要離開了，所以乘船到沙特維爾，從面向塞納河岸的窗子，可以眺望到蜿蜒穿過的河流。房東太太迎接他們兩人到來，吉禮貌地吻了她的兩頰。把行李搬到二樓自己的房間，不豪華卻寬大，房租便宜，乾淨且舒適。

吉依在窗邊眺望外面景色。「羅貝爾，這就是活著。自由的感覺啊。」

「決定了？」羅貝爾問。「寫作的收入夠嗎？」

「版稅要和左拉幾個人分攤。還好書的銷路不錯，加上現在又有報社的工作，梅埃已經先付錢給我了，我現在需要的就是寫作的時間。」突然他感到寒冷，「八成是吹了風的關係，去划船驅驅寒怎麼樣？」

「好啊。」羅貝爾回答。「咦？這是什麼？」他撿起一張報紙，「『從五月三十一日星期一開始，地球報將每週連載被福樓拜認為是繼承人的〈脂肪球〉作者，年輕而有才華的吉・德・莫泊桑的作品』。唷，不錯嘛。」

「撕了撕了。」吉笑說。「福樓拜在九泉之下一定會罵我的。」

搬家的第一個星期五希亞來訪。話說他人還在樓梯口就聞到醚的氣味，才進門，就看到吉跪在地上。「怎麼了！」希亞叫著衝進去。

只見吉蒼白著一張臉睜不開眼睛。希亞把他抱到床上，鬆開他領口的扣子，用毛巾擦拭他額頭上不斷冒出的汗。「又發作了？」

吉勉強睜開眼睛說：「希亞，給我吃點什麼……」吉因痛苦而說不下去。

希亞環顧四周問：「醚放在什麼地方？」

「用光了，你幫我去買好嗎？」

「好，你不要動哦。」希亞在門口回頭，看著吉雙手抓著床單，又回來把床單拉平，再檢查窗子是否關好，才急急往外奔去。

直到隔天中午吉才稍好，梅埃寄來讚美的信使他又有力氣了。這天下午，吉決定回艾德路塔一下，母親還特地到林蔭路去迎接他。「吉！我偉大的兒子。」母子兩人擁抱後，她又說：「約瑟芬看了〈脂肪球〉，足足哭了三天。她一直說：這是真的，這是真的。」

兩人忍不住相視而笑，女僕約瑟芬也出來了，臉上浮著不知是要哭還是要笑的表情，當吉親吻她時，她的兩行熱淚就滾了下來。

吉從海邊散步回來時，母親正和一個婦女在談話，「吉，這位是諾伊太太，她先生是建築家，一年到底多半住在羅馬尼亞。他們買下了卡吉諾後面的別墅。」

吉一鞠躬並親吻對方的手。諾伊太太約三十歲，看起來相當聰明，教養也好，談吐風趣。

吉送她回家時在門口交談了一下，夜色籠罩，煤氣燈在閃爍著。吉問：「妳為什麼要來這裡住？」

「因為喜歡這裡啊，不能嗎？」

「我認為巴黎比較適合妳。」

「沒錯，但喜歡的不一定是好的。」她微微一笑。「晚安。」

第二天早上，吉去查看魚梁時，看到諾伊太太浮在舷旁的水中。「早，上船來吧。」

「可以嗎？」

吉伸手拉她上船，看到她頭髮閃閃發亮，溼淋淋的泳衣緊貼著身體，露出美好的曲線。他們合力把魚梁拉上來。「我看連魚夫都不如你，你每樣東西都很厲害。」她說。兩個人的視線交錯著，任著小船靜靜擺盪著。

「妳長得好美。」吉說：「我喜歡妳。」

「要是被人看到我們這樣，一定會覺得好奇怪。」

打開魚梁一看，有六隻小蟹在裡面爬動著。吉邀她一塊兒划船，於是她在吉前面坐下來，微偏著頭帶著笑，眼神有些惡作劇的味道。「今天很愉快。」她說。

怎知晚上吉再去拜訪時，她卻說她的丈夫打電報來說後天回來，打算停留一個月。兩人一起吃了晚飯，然後吉送她走了。吉只覺得好像被她戲弄了似地，這是他以前從不曾有過的感覺。

第二天和母親吃早餐時，約瑟芬送來許多信件。「吉，你看。」莫泊桑夫人拿著報紙念道：「貝利街的瑪蒂露德・波納柏特公爵夫人昨晚在其住所介紹了吉・德・莫泊桑的戲《舊時代的故事》……」

「不會吧？」吉心跳加快地掃視著報紙。「沒錯，福樓拜很久以前就替我把這齣戲曲的原稿交給公爵夫人，他常說，有一天公爵夫人一定會把它介紹給世人的。」吉又看了一遍報導，突然一陣戰慄。「媽，這裡好冷。」

她還以為兒子在開玩笑，「怎麼，著涼了？可是，外面天氣很好啊。」

「大概是我太需要地中海的陽光了吧。尼斯怎樣？對了，為了對公爵夫人（她是科西嘉人）表示敬意，就到科西嘉去吧。」吉站起來，「媽，您到科西嘉時帶去的地圖呢？在桌上嗎？」

「嗯。」莫泊桑夫人一陣隱憂地看著兒子走出去。

希亞環視兩個房間說：「選這種地方住，是不是太奇特了些？」

「不會啊，滿合我理想的。」

只聽到尖銳的汽笛聲衝入他們的耳朵，那是火車從不遠處傳過來的，連吉的笑聲也被淹沒了。吉和羅貝爾不久之前退租了在沙特維爾的房子，原因是伊凡・福克尼執意要和他幽會的關係。

世事難料，福克尼太太自從和吉發生關係以後，每次一良心發現，就瘋狂地責備起吉。吉想和她分手算了，她卻更死纏著不放。她希望每天都見到吉，她說過「我發誓沒有愛過別人」，沒想到是真的，更糟糕的是偏偏當時吉不以為意，還搧起了她足以燎原的熱情，她會寄那種幼稚得讓人嘔心的情詩給吉，叫吉「哦！我的小兔子！我的小雞！」，學小女生那種嬌羞的樣子，摟著吉說：「你是我的，全部是我的。」還逼吉照樣回答她。

送走希亞，管理員交給吉一封信，是伊凡寫的。「**為什麼早上沒來，我等了你一個小時。明天不見不散，我在馬車上等你。**」

一氣之下，吉就把信揉成一團拋入字紙簍。這個女人什麼都不會，只會妨礙男人。隔天一早，吉就坐上開往艾德路塔的火車。母親不在家，他正好可以埋頭寫作。吉邊寫邊微笑，他要用一種單純而清晰的方式來表現這個故事，這是從福樓拜那兒學來的。

三天轉眼即過，小說的壓軸場面已經躍然紙上，吉突然一陣飢腸轆轆，餐桌上面堆著殘肴和沒洗的盤子，吉穿上外套，打開門準備出去覓食，突然遇見一個年輕女子。「約瑟芬在嗎？」對方說。只見她身材嬌小，不算太漂亮，但笑起來滿迷人的。

「她不在，跟家母出外旅行去了，我是吉・德・莫泊桑。」

「我知道。」她微笑答道。「我是布朗太太，我請約瑟芬替我姪兒編織東西，不知道她做好沒有？」

「我找一下，請進吧。」她竟也爽快地進來，這讓吉驚訝了一下，因為照說有身分的婦女是不應該這樣的。當然，也許她不知道家裡沒有其他人吧。

「哇？」她用手掩住嘴巴，對那一堆髒盤子嘆為觀止。

「抱歉。」吉正要動手去洗，但被她阻止了。

「不必因為我才洗。原來，這裡只有你一個人？」

「是的。」

「那我來的真不是時候。但管它，反正人們說什麼，我都不在乎了。」

「哦？」

「這裡的人雖然都很親切，但卻個個傲得很。對了，我打擾到你了嗎？」

「我正要去買麵包。」

「那我也該走了。」

「要是被人看見我們走在一起，八成又會引起誤會了。」

「那是一定會的。」

「那妳就留下吧，一起吃午餐怎樣？」

「可是，沒有東西吃啊。」

「我去買呀。」

「也好。」她說，「那我就去洗盤子。」

三十歲的克麗姆是個寡婦，人很直爽但相當沉靜。她提議在吉獨居的這段時間到家裡來幫忙，這讓吉每天的工作都進行得十分順利，家裡的瑣事再也不用他煩惱了。這天，吉又頭疼欲裂，麻醉藥所剩無幾，「妳能替我買一瓶回來嗎？」

「哦，我昨天就替你準備好了。」她說。於是，吉的頭痛很快就好了，並完成了兩個短篇小說。這天早上吉要去巴黎一趟，克麗姆又來替他看家。

「克麗姆，我真的很感謝妳，妳幫了我那麼多。」

她笑笑說：「對你有幫助就好。」

「希望妳不要介意別人的閒話。」

「那些都是無聊。有兩封信，看了嗎？」

「看了，是要稿的，但我根本沒有時間寫。」

「那我就照這個意思替你回信囉。」

「謝謝，克麗姆。」

她很自然地吻了一下吉，「快走吧，不然待會兒趕不上火車了。」

吉決定和左拉他們分手，而把作品交給新的出版者。回到巴黎的第二天早上，吉在刮鬍子時，有人大力敲了門並衝了進來。「我是亞華爾，大清早就來打擾，真是抱歉。」

吉請他坐，但他竟說：「不，我喜歡站著。昨天整晚我都在拜讀你的大作，那真是第一流的作品。你等著瞧吧，一定會大大轟動的。」

「那麼，你答應出版了？」

「當然。我早就送到印刷廠去了。」才說完，亞華爾忽然發現吉的樣子不對，「怎麼了？哪裡不舒服？莫泊桑先生。」

「沒什麼，眼睛痛而已。」

亞華爾一臉憂容地說：「求你千萬不能生病啊，現在不是生病的時候，我們還要一起賺一筆錢的，你沒有權利生病。」

吉忍不住笑了，這個人正是他要找的人。

吉一個月前就說要和伊凡分手了，但她歇斯底里的大發脾氣，於是她只好答應再見她一次面，不過這是最後一次了。他走進她指定的房間，只見伊凡淚流滿面地向他跑來，「你是我的，你是我的！」

「伊凡！」吉粗魯地把她丟在床上，「不要這樣，我們分手吧。」

「可是，我怎麼辦？我為了你拋棄了名譽，我的家人，還有我可憐的孩子。」

這話吉已經聽了不下七遍。「但又不是我引誘妳的，何況妳也不是小孩了。」

「你怎麼講這種話？在遇見你之前，我對丈夫是忠實的。」

「對不起。我們該結束了。」

「可是，吉，我只愛你啊！」

「不要這麼說……」

「我沒臉見人了，甚至不敢正眼看孩子們。」

「我也沒辦法。」

「你變了。」她伸出雙臂向吉走過來。「吉，我需要你，我是你可愛的妻子。」

「夠了。」吉一路往後退。

伊凡繼續靠近，淚流滿面，衣襟鬆開著，既可憐又愚蠢。吉再也受不了了，於是一把推開她。「為什麼女人一定要把男人套住才甘心？」吉抓起帽子，「再見，我很遺憾我們的下場是這樣。」

「吉……吉……吉……」

吉粗魯地關上門，快步走遠，背後彷彿還聽得到她的呼喚聲。為什麼和女人分手沒有一次是不痛苦的？路上旅行社櫥窗內的廣告詞吸引了他，接著他就去找亞華爾借錢了。

「沒問題。」

「明天早上我就要去阿爾及利亞。」

亞華爾聽了差點跌倒。「明天？阿爾及利亞？你在跟我開玩笑吧？現在整個法國都在讚美你，你沒有辦法把自己藏起來的，何況是到阿爾及利亞！那兒只有沙漠、傳染病、又缺水，而且那些回教徒……看到人就殺。」

「好呀，正合我意。」

亞華爾知道辯論無用，只得說：「好吧，先給你部分稿費。」

半小時後，吉站在街角遠遠偷窺伊凡是否又躲在馬車裡等他回來。好在這回沒有，但他突然站住，因為克麗姆穿著綠色洋裝站在那裡。「有你的信。」

「謝謝，夫人。」——她發現吉沒有叫她的名字——「一起喝杯茶好嗎？」

「謝謝，但是恐怕不行。」她看看錶說：「我有約會。」

「我去替妳叫車。」她有約會？這事讓吉莫名焦躁了起來。

她略顯不自在地問：「我不該來嗎？」

「怎會。」

「可是，你好像怪怪的。」

「因為我剛和一個女人分手，妳不知道我每天跟她見面都很不愉快。我已經厭倦透了，她卻一直不肯分手。唉，有什麼事比這種事更煩人呢？如果法國藝術院想對人類有所貢獻的話，就應該撥出經費給寫出當男人厭倦女人時要如何乾淨俐落地分手的文章的人。」

「你這樣告訴她了嗎？」

「說了，但一點用也沒。有些女人就是這樣，對她笑一下她就纏上你，兩人之間的關係就會變成一種義務了，不是嫉妒就是猜疑，這教男人還能做什麼？」

「你在暗示我嗎？」

吉看到她正平靜地微笑著，一陣訝異，「克麗姆……」

「好了，馬車來了。」

「克麗姆，我不是……」

她直截了當地說：「來不及了。」

吉吻了她的手，「我明天就要去阿爾及利亞，可能整個夏天都在那邊。」

「好好享受吧，寫信給我，拜拜。」

她愉悅地揮著手離去，而吉卻懊惱不已。

迷失的愛

重回巴黎，熟悉的噪音和群眾讓吉高興不已，和兩個陸軍中尉在阿爾及利亞沙漠旅行了二十天，他的小說集銷路依舊驚人，屠格涅夫來信說：「現在你在俄羅斯的名氣簡直就是如日中天……」吉敲響口袋裡的硬幣，多美好的人生啊。

「喂！莫泊桑。」吉回頭一看，是龔古爾和蒲爾傑。

「你的那篇妓女故事相當轟動唷。」龔古爾說。

蒲爾傑說：「比〈脂肪球〉還好哩。」

這時從一輛馬車跳下一個人，吉看到龔古爾皺起眉頭，那是記者梅茲羅瓦。

「莫泊桑，我正在找你。」梅茲羅瓦同時在多家報紙寫連載小說，臨時應付不來，需要找人代筆。「現在恐怕只有你能夠救我了。」

「怎麼？代筆的人出事了？」吉問。

「你不知道，這混蛋要求提高價錢，不惜罷工。」

「哦？」

「你替我寫這星期的好嗎？」

「好吧。」吉笑著回答。

「太好了!我們的事別讓別人知道了，尤其是代筆的事。」

「這你放心吧。」

梅茲羅瓦喝了一口啤酒，立刻站起來。「我由衷的感謝你。」

吉微笑目送梅茲羅瓦消失於人群之中。忽然，一個綠衣綠帽的女人走過來，「克麗姆!」吉在心中喊著，於是微笑地迎上前去。但不是克麗姆，吉好生失望。在旅行的那段時間，不知為什麼，他一直想念著克麗姆，後悔那晚傷了她的心。她曾來過一封信，開朗直爽，一點也看不出來有何兒女私情地報告艾德路塔老家的近況種種。走在熱鬧的人群中，吉突然覺得一陣莫名強烈的孤單。

吉從沒有這樣忙碌過，兩家報紙連載加上雜誌和他本身的寫作計畫，把他綁在巴黎不能動彈。但就因為他深知一個新作家的名聲如煙，今天讓全法國人發笑，明天可能就沒人記得是誰寫的了。替這家勝利報寫稿是既刺激又愉快，因為它輕鬆到拙劣的地步，吉簡直是難以抗拒，尤其是它對人生的看法，讓吉不知不覺就受到它的影響，於是有時也試著加入一些怪異的，那種福樓拜一定會非常欣賞的愚劣描寫，而寫出多篇自在、大膽、又夠刺激的短篇小說來。

吉發現自己最成功的部分就在這裡，他的短篇小說有一種別人無法模仿的獨創性，所以，他能很輕易地從別人深刻處理的場面或人物中，表現出某種無法言喻的幽默和滑稽來。

這天，吉來到亞華爾的辦公室。「嗨，我正想通知你，你那些在報上刊載的短篇小說，選幾篇精采的印成單行本怎樣？」

「可以這樣做嗎？」一魚兩吃當然好，雙重收入誰不想。

「當然，而且我還打算加上插圖呢。」

「太棒了。」

畢老頭兒駕著馬車在等候著吉。吉才下了火車，把行李交給老頭兒，老頭兒就像多年前一樣，讓兩匹馬抬著頭快步奔向山崗的通路。沿途馬車晃動得厲害，眼見就要解體了，忽然吉叫起來：「哇！我看見海了。」

晚餐時，吉發現母親態度怪怪的，「媽，妳好像不太喜歡我常常回來。」

「沒錯，母親應該適時放開兒子，做兒子的也應該讓母親自由些，母子關係如果太緊密的話，反而可能會鬆弛咧。」

吉站起來親吻母親。「媽，妳真了不起。我想在這裡蓋個房子當工作室。」

「你喜歡格朗華爾嗎？」就在艾德路塔的另一頭，是母親當年陪嫁的一塊地，「要是喜歡，就給你好了。」

「真的？」吉雀躍萬分，「格朗華爾別墅，媽，那是我從小的願望咧。」

莫泊桑夫人點頭表示欣慰，看到自己兒子的眼中沒有憂色，心想他應該會完全康復吧？

翌日，吉寫了一封信給克麗姆，表示要跟她見面。怎料她回信說，妹妹住在她那裡，所以現在不便出門，吉自知傷害她太深了。有天晚上，吉剛到家，看到畢老頭兒駕著馬車停在別墅外頭，諾伊太太——艾蜜諾一個人坐在馬車裡。

「差點把我嚇死了，剛剛我以為馬車就要跳過斷崖了呢，這老頭子太可怕了。」

「他大概想快點回家吧。」吉扶著艾蜜諾下來。畢老頭兒因為耳聾，眉毛連動都沒動一下。

「不是。」誰也想不到老頭子會冷不防地說：「因為颱風要來了。」

吉與艾蜜諾默契地對笑著。「全部行李都帶來了，巴黎的房子已經退了。」

「讓我來幫忙。」吉說。他開始幫忙卸下行李，艾蜜諾走進屋裡，脫下帽子和外套，再度出來時，換成淺色裙子，繫著寬腰帶，配上一襲黑衣。

「妳好美。這些要放在哪裡？」

「這裡。」她笑了一笑，亮亮薄薄的上唇，讓人心神蕩漾。

「這裡面一定不是衣服。」吉扛著笨重的旅行箱說。

「聰明，那些都是烙畫玻璃板。」

「我也這麼想。」

她開朗地說：「你的力氣真大。」

「要是我沒剛好路過，這些東西怎麼辦？」

「嗯，我打算請老克幫忙。」

「他呀，他現在在替妳最近的鄰居幹活哩。」

「誰？」

「那當然就是我囉，我正在格朗華爾蓋房子。」

「你？那太好了，要乾杯祝賀，不知道這位一夜成名的作家意下如何？」

「我不是一夜成名……哇，妳真是美。」

「談談你的別墅吧。」

於是吉用指頭沾酒在桌上畫圖說明，兩人又談到吉的小說，還有她的丈夫。

「先生是做什麼的？」吉問。

「他是一個學者、建築師，拜占庭風格雕刻的權威，一年只回來一個月。」

「他喜歡烙畫玻璃嗎？」

「哦，不。」她笑了出來，「這些烙畫玻璃板都很精緻，不嫌棄的話，送給你新家當裝飾用。對了，彩燈也送給你，你要不要來看看？」

於是她帶著吉爬上狹窄的樓梯。話說這房子的地板忽高忽低，每個房間都很小，房間裡放滿了家具。「你看，這麼多，其他的都在屋頂的閣樓裡。」接著，她又帶著吉進入另一間昏暗的房間。忽然一陣強風吹來，窗子和窗帘劈啦作響。

「窗子要關緊。」吉說，「看樣子，颱風來了。」

忽然聽到拍翅的聲音，艾蜜諾驚叫一聲。「吉……救我！」她在黑暗中摸索找到吉，一把緊緊抱住他。

「一隻鳥而已，不要怕。」吉打開窗子，讓牠飛出去。「好了，怪物已經飛走了，嚇到的靈魂飛回來吧。妳不在的時候，這窗子大概一直都開著吧。」

只見她整個人還沒回過神似地依偎著吉，吉順勢扳起她的臉親吻她，她則閉著雙眼喘著氣。「吉……不要這樣……」

吉將她抱起，走下梯子，踢開門，但裡頭空無一物，吉急著叫道：「床在什麼地方？」

「在那邊的房間。」

吉和艾蜜諾兩人除了游泳、騎馬、散步，大部分時間都是用來看書和談話，吉告訴她有關新作〈女人的一生〉，有時，他們就這樣默默無言的對坐著。

「我真的好愛妳。」

「我知道，但我們是那種沒有義務和糾紛的愛情。」

「對，而且還是沒有嫉妒的那種。」

但在往巴黎的車上，吉已有一種分離的預感，他看著窗外逝去的風景，身邊的她帶著笑容，她會是他生命中的那個人嗎？

在吉家裡吃早餐的蒲爾傑注視著漫不經心的吉，不一會兒，房東狄特太太出現在門口。

「拿去。」她晃動著龐然身軀走向他們。

蒲爾傑直覺地跳起來尖叫，「不要過來！」但她已從圍裙裡掏出一大疊信。

「每次都是女人的信。總有一天這些情書會把我累死！」她氣喘吁吁地走了。

「她是怎樣的一個人物啊？」蒲爾傑說。

「她呀？她像鴿子一樣的善良，嫁過五個丈夫，每個丈夫都喜歡她。」

蒲爾傑一臉的驚訝，「這些真的都是女人的信？」

「看看就知道。」吉抽出其中一封念道：「拜讀了〈女人的一生〉，非常佩服你洞察女人心理的本事，你正是我所期待的那種男性……」吉拆開另一封，「這封也一樣。」然後又拆了一封，「咦，這封不一樣唷。」吉抽出一張女人的泳裝照片，「我叫做芙拉姬……哈哈哈，她說她喜歡小麥膚色的男人。」

「什麼跟什麼啊，」蒲爾傑面紅耳赤起來，「這裡有一個署名萊拉的，要求星期二下午五點在車站大時鐘下見面。」蒲爾傑喝完咖啡說：「我該走了。」

兩人分手後，吉想起有必要和亞華爾談一談〈女人的一生〉豪華版的事，但他不在。「對了，莫泊桑先生，你剛剛有遇到一輛出租馬車沒有？」女祕書問。

「沒有啊。」

「一小時前來接你的，好像是你弟弟要車夫來接你的。地址在這裡。」

「謝了，那請妳告訴亞華爾，我改天再找他。」

一定又是艾維闖禍了。馬車到了高級住宅街，吉讓車夫等在外面，穿過庭園去拉鈴，女僕把吉帶進屋裡。「請等一下。」她說完就走出去，四周寂靜無聲，一會兒後，一個金髮婦人穿著薄衫，推門進來。

對方顯然已過四十，嘴角皺紋乍現。她還沒走過來，香水味已先讓人要掩鼻了，她熱情握著吉的手，「不坐嗎？你那本《女人的一生》寫得也太殘酷了點，這個世上，每個女人都能引起男人的愛情才對的呀。不要說你是個不好接近的人，我可是一直盼望著你的到來唷。」

「不是說我弟弟在這裡嗎？」

她摸著吉的手笑了起來。「你那麼聰明，一定早就看穿這些蹩腳戲了。」

「妳在說什麼？」吉站了起來，「原來都是假的？」她沒作答。「妳應該跟我道歉。」吉邊鞠躬邊生氣。

她緩緩抬起臉，只見她衣領鬆開，整個豐滿的胸部幾乎要滿溢出來，以一種諷刺的眼光看著他。「莫泊桑先生，你不是非常了解女人嗎？明天早上，還是下午？」

「太太，這世上沒有比限定時間更無聊的事了。」吉說完掉頭就走。

再回到亞華爾辦公室，吉氣急敗壞的說：「不要再讓這種神經病找到我。」

亞華爾點點頭，遞給他一疊信。「一個叫布朗太太的送來的，她有信給你。」

是克麗姆！吉迫不及待拆開信。

「這些信都是您母親寄來的，還有工人送來的估價單，我已經交給了建築師，不知這樣處理是否得當？」

唉，克麗姆每樣事都是如此貼心，他彷彿聽見了她開朗的聲音在他耳邊說話，啊，親愛的克麗姆。

莫泊桑夫人敲門進來，「吉，頭痛好點沒？」

「好多了，媽。」吉揉了揉眼睛說道。

來到巴黎後，莫泊桑夫人就發現兒子變得衰弱許多，待會兒她就要回艾德路塔了，「你現在的對象是誰？」

「波特吉伯爵夫人，伊瑪妮拉。」

「哦？聽說她很有魅力。」

吉好像不太想說什麼，母親也知道兒子不願意多談。「好了，我要走了。」她輕吻了一下吉，「不要太辛苦了。」

「知道了。媽。」

母親走後，吉提起筆又寫不出什麼滿意的東西，倒是想起了伊瑪妮拉。她很迷人，但也令吉十分煩惱。伊瑪妮拉美得令人失措，她對每個人都好，但也都相當寡情，巴黎有一半以上的知識分子都拜倒在她的石榴裙下，她獨居在僕人成群的華廈裡，而那也成了眾仰慕者廝殺的戰場，她的丈夫多半時間都在外國，但也和其他崇拜者一樣熱愛著妻子。

她的情緒反覆無常，常讓吉又快樂又絕望。有一次她嘲笑男人們中看不中用，吉便在大家面前一手舉起扶手椅，然而，只換得她在眾人面前取笑他。吉雖然決定不再接近她，但又老是忍不住違背自己。五點跟她有約，他開始換衣，一想到即將和她見面，他就憂喜參半。到了她家，還有其他五個男人在場，這就是她說的單獨見面嗎？

「啊，我的珍珠！」她驚叫一聲。在場的男士們齊奔過來幫忙撿拾她掉落的珍珠，吉也學著大家爬在地上找，雖然明知她是故意把線弄斷的，當他找到一個交給她時，怎知她看都不看一眼就露出再去找的表情。於是他明白，這種女人任何男人都不會愛的。吉站起來環視四周，那些人仍在地上爬著找著，然而伊瑪妮拉卻不見了。

這下，吉氣憤到了極點，掉頭就走。走在路上，他忽然想起早上在亞華爾那裡曾對克麗姆說，要給薛爾的小說已經完成，請她交給薛爾，或許現在她還在薛爾那裡，於是叫了停在一邊的馬車，衝了進去，但隨即跳了起來，因為伊瑪妮拉在車裡面。

「我不是說要和你單獨見面的嗎？」她說，「這樣是不是很浪漫？」

吉從不曾和她單獨相處過，突如其來的這樣機會令他措手不及，馬車一路朝著薛爾處跑，

「喂，妳要到什麼地方？」

「不是要到薛爾那裡嗎？好呀，今晚我正想見他那種類型的人。」

吉簡直一籌莫展。

「嗨！」看到他們兩人一起出現，薛爾高興地叫起來。當時現場還有五、六個人，一進去她就張開雙臂，接受大家的歡呼。吉發現克麗姆不在，不禁湧起了一絲莫名的失落感。看到伊瑪妮拉周旋在眾人當中，吉氣到說不出話來。

吉回到住處，攤開稿紙，忽然一陣戰慄，最近覺得寒冷的次數越來越頻繁，吉沒有來由地開始覺得害怕起來。這時門外發出聲響。

「克麗姆！」

「晚安。」她的眼睛閃爍著。

「真高興看到妳。」

「怎麼，又覺得冷了？」

「應該沒事吧。」

她注視吉良久，「我在亞華爾那兒等了很久，剛剛才出來。校對稿一直沒來，看樣子只好明天再去了。這裡有你的信，亞華爾說你看了一定會很高興的。還有，你的……一個朋友晚上希望跟你碰到面……」

「我知道了，謝謝。」吉猜想她已和那個女性見過面了，而且也知道一切。「我們其實沒什麼，只是……」

「吉，」她善解人意地插嘴說：「不必多說什麼。」

只見她溫柔地注視著吉，忽然，一陣彷彿是愛情的波浪整個淹沒了吉今晚的所有沮喪，克麗姆帶來的溫暖，讓之前的一切霎時便都煙消霧散了。

「吉麗姆……我……」

「我來對了，你的確很消沉。」

吉再也忍不住地抱住她，熱烈親吻她的嘴唇，而且還清楚感覺得到自己摟著克麗姆的手臂正發抖著。「哦，克麗姆，我們為什麼等了這麼久？」

「我怎麼知道呢？」

「我愛妳，真的愛妳，今天晚上不要回去，好不好？」

「你知道我願意的。」

疾病初兆

「法蘭索亞，可以進來了。」

「太太早。」僕人送早餐進來。

「早啊，法蘭索亞。」克麗姆坐在床上微笑著。只見她露出雙肩，棉被拉到胸前，「看，外頭多好的天氣啊。」窗簾輕輕擺動著，夏天的熱氣開始透了進來。「嗯，好香的咖啡。」克麗姆愉悅地說道。當她伸出赤裸的手臂倒咖啡時，法蘭索亞刻意避開了眼光，他的主人有很多女朋友，但眼前的這一個最美麗。

「主人醒了嗎？」

「是的，太太，他和老克去弄狐狸陷阱去了。」這時門外傳來吉的聲音，法蘭索亞於是退出房間。吉的手臂上停著一隻一直唱著「小母豬小母豬」的鸚鵡，吉彎身親吻克麗姆裸露的肩膀。

「法蘭索亞說你大清早就起來了？」

「是的，寫〈好朋友〉那篇小說。」

「好，你過來。」她熱情說道，「現在換我吻你了，我愛你，好愛你。」

吉在她身旁坐下，伸手摸撫她的背部。「不……不要……」她嬌笑著反抗。

「快快快，待會兒這隻鸚鵡不知道又要洩漏什麼了，快穿衣服，我們去騎馬，我到下面等妳。」吉說完，把棉被一掀，克麗姆跳下床，抓起枕頭就丟了過去。

這天午後，吉坐馬車去母親家。母親說艾蜜諾到坎城租房子住下來了。「我也託她替我找一間。」莫泊桑夫人說。「到時，你可能就要一個人了。」

「不會有事的，媽。」但吉的確掠過一絲感傷。

整個夏天過去得很快，吉就上午寫稿，下午在院子裡練習射擊，和克麗姆一起看著老克修剪花草。克麗姆已經成了吉不可或缺的伴侶，她知道他有許多女朋友，但她依舊開朗、溫柔，而且忠實。有天下午，吉發現她不知在寫什麼，「妳在幹什麼？寫作嗎？」

「不關你的事。」

但吉以迅雷不及掩耳地抽出一張，「吉・德・莫泊桑，身材中等，體健魁梧，具有諾曼第人特有的俊美，頭蓋骨像戰士肖像畫人物，額頭狹窄，波紋的褐色頭髮，深栗色的眼睛，線條優美的嘴巴部分被鬍子遮住，紅潤健康的黑褐色皮膚，在法國這是屬於『非常英俊』的那類男人……喂，克麗姆，很精采咧，他是誰？」

「還我啦。」她羞紅了臉。

「妳要寫給誰的？」

「給《婦女世界》，發行人是奧斯卡・王爾德。」

「王爾德在《婦女世界》?」吉仰著頭大笑起來。

這晚，兩人才散步回來，吉在門口停住，「等一下，克麗姆，我想跟妳說我真的很感謝妳，我欠妳太多了。」

「哦。」她用手指壓住吉的嘴唇，「我們應該彼此謝謝對方才對。」

其實他還想告訴她更多的話，起風的那天，父母吵架的那一幕，但她會了解嗎?一旦掀開這層距離的面紗時，裡面仍是無人能知的自我。每個人都可以向自己四周伸出手臂，送上嘴唇，可是，要向誰呢?誰都可以吧，只要不會讓自己覺得是孤獨的就好，艾蜜諾、伊瑪妮拉、克麗姆都好。然而克麗姆就在眼前，甚至兩人還熱吻著，但吉仍覺得自己是一個人。

「回去吧。」吉拉著克麗姆的手臂說。

克麗姆也就聽話的離開了，可能是她已感覺出吉內心的波濤洶湧，因為隔天她說要回巴黎時，不管吉如何挽留都沒用，吉也沒要求她解釋，兩人坐著馬車搖搖晃晃到車站，匆匆道別。為了寫作，吉隨即返回吉烈特莊。說不出任何理由，吉忽地文思泉湧，下筆有如神助，各類型的人物都爭相擠著要在稿紙上誕生。

此刻，吉的心中滿是人生所有凄美的痛，困頓的、貧窮的、奇怪的、平凡的，吉覺得自己統統要能了解。他看穿一切的本能、欲望，和一切既動物性，又深刻、憐憫且神聖的愛情。

然後，吉聽見自己回答的聲音，因為孤獨，所以盡情去愛吧。

這天晚上法蘭索亞照例出了門，但他才出來，隨即後悔把吉一個人留在家裡。吉要搬出艾德路塔時，醫生曾告訴他，頭痛發作前用凡士林摩擦脖子，這晚吉都照作了，但二十分鐘後，他的頭越來越痛，冷汗直冒，兩眼幾乎要爆炸了。當他覺得沙發好像整個凹陷下去時，其實他的整個人已在地上了。他拖著身子到處尋找，每個角落摸索，法蘭索亞把藥收到別的地方去了。

吉找到大門，模模糊糊以為自己還在家裡，只見眼前無數光線亂舞著，他試著找到出路，突然，一聲尖叫衝入他的耳中。是女人的聲音，黑暗中有人粗魯地把他往後拉，其中還夾雜著木鞋聲、馬車聲。

「白痴！你知不知道自己在幹嘛？」路上有人叫嚷著。

「送我回家。」吉喘著氣地說。

一小時後，醫生在睡床邊踱步。大病初癒，吉變得疑神疑鬼，抱著期待注視著醫生，「我想在法國南部過冬天，有沒有什麼關係？」

「應該還好吧。」但醫生面露狐疑，吉於是暗想這個醫生是在存心拖延治療時間，好賺他一筆錢。

「我覺得沖一下冷水浴，身心都會爽快些。」

「不，你不知道，淋浴對你實在沒好處。」

聽到這話，吉更是疑心叢生，自然醫生接下來的忠告，他是半句也聽不進去了。要是克麗姆在身邊就好了，吉忽然萬分思念起善解人意的克麗姆來……

一個月前，勝利報預知即將連載〈好朋友〉，「生動真實地描寫出巴黎魅惑且赤裸裸的真面目的一本鉅作。」現在小說已經連載了三個禮拜，全巴黎都在談它。偶爾吉為了領稿費到勝利報社時，門外都會擠滿群眾，堵住樓梯出入口。女士們笑著、擠著、叫嚷著，吉摩擦過她們的大腿、臀部和胸部，總要費好大的勁兒才能走到樓梯口。

這天晚上梅茲羅瓦和莫泊桑共進晚餐，分手時已經深夜。梅茲羅瓦嘆了口氣，想著自己永無盡頭的寫作歲月，不知二十年後還會有人記得誰是梅茲羅瓦嗎？別做夢了，但莫泊桑就不同了，他是個傑出的男性。〈好朋友〉男主角的風流幾乎就是莫泊桑的翻版。什麼「從十八歲到四十歲，大約已有三百個女性被征服……」梅茲羅瓦一個人笑了起來，他真是個異類。

梅茲羅瓦從街角轉彎，找出鑰匙，回到自己的住處。他不禁嘆息起來，坐在桌前，明天還得交報紙連載的續稿。唉……突然有人敲門。

「梅茲羅瓦！」

梅茲羅瓦驚跳起來，「莫泊桑？怎麼了？」

只見莫泊桑站在門口，兩眼翻瞪，臉色蒼白，狀極恐怖地發抖著。梅茲羅瓦立刻扶住吉的肩膀，深怕他昏倒下去。「不舒服嗎？」

「我……」吉喘著氣說不出話來。他帽子丟了，衣服也髒了，顯然跌倒過。

「是誰打了你?」

吉搖著頭。「是……是鬼魂。」

「什麼?」梅茲羅瓦滿臉狐疑，把他拉入屋裡，碰一聲關上門。「坐吧。」梅茲羅瓦看到吉的身體失去重心似地搖晃著，越想越不對，莫泊桑從來沒有醉過的呀。倒了白蘭地給吉，杯子碰到吉的牙齒卡卡卡發出聲音，酒不斷從他下巴流下。

「我回到家時，他就已經在我的桌上……，他一直在那裡。」

「誰?」

吉迷惘地看著梅茲羅瓦，「和我一模一樣的一個人，他就坐在我的椅子上，他在看我今天晚上出門前看的書……」

「會不會只是你的幻覺呀?」

「絕對不是。」

梅茲羅瓦實在不知道該如何處理這個場面，「會不會是你把鏡子放在那裡，你就看到自己的影子了。」

「怎麼可能，我進去時，他就已經靜靜坐在那裡了，而且還沒發現我呢。」

「哦?」

「我站在那兒，一直盯著他看。」吉的眼眶滿是淚水，屋裡一片靜默，「方便的話，陪我一起回家好不好?」吉請求說道。

「這有什麼問題。」梅茲羅瓦接著又問：「以前曾經這樣過嗎？」

「有，但不太一樣。有一次我在鏡子裡看到他就站在我旁邊，那次也許是光線折射造成的吧，因為很快就消失了。」

「這次也差不多嘛。」

十五分鐘後，吉已經完全恢復正常，兩人一起步行到蒙沙納街，吉拿出鑰匙開門，房裡仍保持著吉出去時的樣子，燈也還亮著。「在裡面那一間。」吉低聲說。

於是兩人一起往前走，只見椅子、桌子都在原處，書也翻開著沒人動過。

「瞧！哪有什麼人？」

吉站在門外應了一聲：「嗯。」一下兩人都不知道該說什麼好。梅茲羅瓦接著裝出一副輕鬆愉快的樣子和吉握手，並告辭離去。剩下吉一個人，他隨即把所有的燈都點亮，佇立在房間中央看著四周，然後才慢慢坐下來。

話說諾凱博士這個人在醫學界不僅是一號傑出人物，同時也是十九世紀科學界的代表人物。然而要讓這位博士看診可說是比登天還難，一般能夠讓他親自出馬看病的，都必須是和他同一階級的人物。吉為了讓這位博士看他的病，奔走了三個月仍無結果。直到有一天和母親通信提到這事，才知兩家原來素有交情，母親和博士自小就認識。於是不久，吉就收到了預定診察時間的通知單。

光是診斷就花了不少的時間，然後醫生摸著鬍子說：「你消化不良，胃液過多，所以血液循環有些輕微障礙。洗洗溫泉浴就沒問題了，沙地揚的溫泉最好。」

吉對醫生的話半信半疑，沙地揚是個偏僻的小地方，吉單憑想像就不寒而慄起來。沉悶的旅館，單調的人們，但要是不去，又會讓母親傷心，他實在不願意這樣做。好吧，最後吉還是讓法蘭索亞收拾了行李，開始為期二十五天的苦難之旅。

旅館裡有兩位寂寞的美麗寡婦，吉和她們過了三個禮拜放蕩的生活，其不羈的行徑，飽受當地人的厭惡。他們每每在酒吧逗留到打烊，然後就到城裡的妓館狂歡。吉大方地把帶來的手稿全送給那些小姐們，受到空前熱烈的喝采。幾天後，吉想起老友羅修古特就住在附近，於是帶著兩個女人去拜訪他。

隔天這一男兩女在友人住處旁的湖裡嬉戲，衣服都脫在岸邊，不久，湖邊有人的聲音，原來是羅修古特的母親和她幾個友人站在那兒，頓時大家都很尷尬，岸邊的婦人撐著陽傘的手發著抖，湖裡的男女則笑得不能自已。

又隔天，旅館出現兩個外地人，不久，吉就收到兩個寡婦的留言，她們和那兩位紳士走了。吉端詳著字句，不禁會心笑了起來，他們一定是把自稱是寡婦的自己妻子帶離這個欲望的地帶。幾天下來，吉又想把這一切寫下來，紀念這個溫泉小鎮的種種。

客廳聚集了許多紳士和淑女，伊瑪妮拉正嚴肅地接受男士們的親吻手背，男士們個個為了引起她的注意而說些莫名其妙的話，場面十分荒謬可笑。人越來越多，突然人群中起了小小的騷動。「啊，好美呀。」吉轉頭一看，原來是瑪麗•甘，只見她柔柔亮亮的長髮讓人為之著迷，她的胸部優美地隆起，更是教人目不轉睛。

「你就只會這樣嗎？」她問。

吉這才發現自己在傻傻地看著她，於是立刻親吻她的手，「對不起，第一次看見妳，妳太美了。跳支舞？」吉提出邀請。

然後兩人就在客廳角落旋轉著。她說只是巴黎路過而已，她即將到佛羅倫斯和妹妹及朋友見面。吉越來越覺得她美到令人不敢逼視的地步，伊瑪妮拉已再三派目露兇光的老婦人靠近他們談話的角落，吉敏感地說：「一定是在警告我。」

他們只好暫時分開，不一會兒，吉看見瑪麗和一位男士走出去，他忽然莫名湧起一絲妒意。

第二天，吉寫給瑪麗一封信，但她已經離開了。獨自坐在桌前，新的小說一直無法順利展開，握著筆從窗口眺望街上熙攘的人群，唉，艾蜜諾躲著他，他曾去信，但她的回信卻平淡的可怕，而克麗姆，吉一直忘不了克麗姆，她又回到艾德路塔幫他料理吉烈特莊，有時會寫信來徵詢些意見，但他們兩人的關係已回到剛認識時的狀態，兩人之間的那一層是不可能突破的。在如此陽光照耀的這天早上，吉被強烈的孤獨感包圍著，從小時候在林蔭路目睹了那可怕的一幕後，吉就再也無法避開這種感情上的孤獨。

艾維要結婚了！吉拿著母親的來信一動也不動。他太高興了。

結婚那天早上，晴空萬里，全身雪白的新娘子艾麗漂亮極了，而穿著燕尾服的艾維則滿身是汗，一行人從教堂出來，馬車揚起灰塵走著，沿途海面反射著陽光，轉個彎，吉忽然對車夫說：「停。」

莫泊桑夫人不解地望著兒子，「怎麼了？」

「媽，妳放心。」吉輕拍母親的手後，「喂，給你看一樣東西。」吉向艾維遠遠招著手，接著推開路旁一個竹籬笆門，讓這對新婚夫婦先進去，那是一大片樹苗培植場。

「艾維，」吉的手臂張開，「這個送你，代表我全部的祝福。」

「哦，吉。」艾維熱淚盈眶。「你一定花了很多錢？」艾維興奮地跑向溫室。艾麗也過來親吻吉。

「太好了，這是他從小的夢想。」莫泊桑夫人笑著說。

「以後我們就可以把花賣到大城市了，全巴黎都可以買到我們的花，吉，你也快點結婚，最好還要住在我們附近。」

「對啊。」艾麗跟著說。

「對呀，吉。」莫泊桑夫人附和道。

吉靜靜微笑著，流浪了好久，他從不曾感覺這樣幸福過。沒錯，他三十六歲就名利雙收，飛黃騰達。吉望著遠方的海，聽到艾維他們的馬車聲遠去，這是他一生都無法奢求的幸福。艾蜜諾、克麗姆、伊瑪妮拉、瑪麗……這些令他魂牽夢縈的女人一個個浮現眼前。艾蜜諾曾問他到底想要什麼？天知道。

塞納河一片黑暗，全身上下用不完精力的吉只顧死命地划著槳，他甚至亢奮地覺得附近的空氣中含有某種奇妙的東西，然後周圍其實死寂得很。霧落巴黎是出了名，吉忽然被小島那頭的景色吸引住，話說那邊的霧乃是成站立形狀地渦旋著，而且一直在改變形狀，並朝這邊移動過來，接著，它遲疑了一下，然後改變了方向漸去，吉發現自己當時整個人手腳僵硬，呼吸困難，因為它就是之前在書房出現的鬼魂。如果一直凝視著它，兩眼就會像被燒著一樣的巨痛。它是奧拉，沒錯，是奧拉。

奧拉？吉奇怪自己腦中為什麼會出現這樣的名稱？他一個人在房裡踱著方步，腦裡想東想西，他的影子投射於牆壁上，是奧拉，那個無法抵抗的恐怖幽靈又回來了！就像一個老朋友招呼一聲都不打就悄悄溜入他的腦海裡。突然，他肯定門後有人站在那兒偷窺，猛地把門拉開，沒有半個人影。他旋即回到桌前，開始動筆寫一個男人被奧拉附身的故事，只見他振筆疾書，唯恐不及似地。

二月的天色陰暗，法蘭索亞把吉的書房弄得溫暖舒適，但吉仍感到好冷。吉又站起來拉鈴叫法蘭索亞，通常他是不准留在房裡的，因為有時會有女性訪客來訪。提到女人，吉簡直是萬人迷，老少通吃，已婚女人會靜靜躺在火爐前鋪著的白熊皮上期待吉採取主動，而年輕的女人大都會猶豫一下才允許他繼續，年紀大的則在一兩小時內就飢渴難耐了。

「法蘭索亞，拿煤炭來。」

「是。」法蘭索亞百般不解地把桶裡剩餘的煤炭全倒入火中。

亞華爾怎麼到現在還沒來？這個人缺少商業頭腦，令人不耐煩。吉就像一隻籠裡的熊，來回地走著，他希望的瑪麗音訊全無，煩人的仰慕信卻一大堆。亞華爾這傢伙到底在幹嘛呀？

「亞華爾先生來了。」外頭僕人喊道。

「哇，烤火爐啊？你在寫煉獄的故事嗎？這裡簡直和蒸氣浴沒兩樣。」

「我好冷。」

「冷？」亞華爾立刻覺得詭異地閉上嘴看著吉，笑了一下，「帳單帶來了，成績非常好，你一定滿意。」亞華爾邊說邊找他的皮包。

「是嗎？那最近那本呢？很多人稱讚它，可是，銷路呢？很糟不是嗎？」

「那是因為……它和你過去的小說風格有些不同……」

「勝利報說沒見過小說寫得這麼好的，可是，銷路呢？分明就是你事不關己，不讓這本書暢銷的。」

「沒有的事。」

「難不成要我像剛出道時，向你說一堆我的書一定會成功的原因？」吉越說越氣。

「但我們總不能強迫人家買這本書啊，對不對？」

「以前還不是買了我的書？」

「別忘了，這次是風格不同。」

「那不是更會引人注意嗎？」

「請你相信我，書銷得好，對我也有利。人家不買，我又能怎樣？我已經盡力了。」室內的熱氣讓亞華爾滿臉通紅，「怎樣，你在勝利報登的〈奧拉〉給我出版怎樣？我有把握讓它像〈脂肪球〉一樣成功。」

「對不起，我決定給別人了。」

「讓別的出版社出？」

「對。」

「可是……」亞華爾開始激動起來，「我們已經成功了好幾次，從開始像〈女人的一生〉、〈好朋友〉，現在你成名了，我也應該有點功勞才對……」

「我已經和對方簽約了。」

「什麼？已經簽約了。」

十分鐘後，談話結束，兩人沒有互道再見。吉回到書房，希望趕快忘記剛才亞華爾那近乎譴責的眼神。「法蘭索亞，再添一些煤炭。」

法蘭索亞看到爐裡滿滿的煤炭，猶豫萬分。「可是……」

「你沒聽到我說的話嗎？」吉嚷道。

「是。」法蘭索亞立刻把煤碴兒全倒入爐內。

吉把自己抛在沙發上，全身裡外不舒暢，順手拿起蒲爾傑的書，這是蒲爾傑讓迷戀他的一個伯爵夫人送來的，說想認識吉。才翻開第一頁，一張紙片滑落下來。「咦？」吉瞪大了眼睛，筆跡就和一個不久前約了吉又爽約的「克莉絲汀」一模一樣，署名李莉·德，左上角還有地址。一定是她搞的鬼沒錯，那個在伊瑪妮拉家遇見過的那個嬌小、大眼、臀部迷人的伯爵夫人。吉的憂鬱立刻痊癒，看看時間，五點一刻，正是談戀愛的好時機。

外面大雨滂沱，吉想起伯爵夫人好像是獨居，沒有丈夫方面的問題。僕人把吉帶進客廳，一會兒，伯爵夫人走了進來，「我正想去拜訪你呢。」

她比吉印象中的更有味道，「夫人，請收下我的新書。」

「好啊，我丈夫不在家，我正在給瑪麗·甘寫信……」

「哦？」

兩人在沙發坐下，談著彼此都認識的人。吉說：「妳不看看書嗎？」

「有寫字給我？」她打開第一頁看到：**以後不要再讓我白等了，克莉絲汀**。這是吉在來時馬車裡寫的。只見她抬起眼睛紅著臉說：「這是給別人的嗎？」

「給妳的。我猜妳不是正在給瑪麗寫信，而是寫給我。寫『我等了你一小時，你都沒有來，我願意把我整個人都獻給你，五點在德奴街口等你唷。』是不是這樣？」

但她一副不知情的樣子。「你是不是誤會什麼了？」

「妳知不知道，我呆等了妳四十分鐘？」

在那一瞬間，看得出來她有些狼狽，但隨即扮出了微笑，而且開始防禦，「你憑什麼以為是我？」她頓了一下，「我叫僕人送茶來吧。」

真聰明，她還想故意轉移焦點，吉阻止了她。「這不好吧。」只見他迅速抱住她，兩人一起倒在沙發裡。

「放開我。」她拚命地掙扎，甚至想摑吉巴掌，但只是倍增前奏的情趣罷了，「不要這樣，我求你……」她喘著氣說，「僕人會進來看到的……」

「那就像剛才那樣大叫吧。」

她狠狠咬了吉一口，逃到門口處又被抓回來，她踢他，繞著房間跑，隔著桌子罵著：「你這個禽獸！」

吉微笑著，「來吧，克莉絲汀，不要裝了。」

她再度跑到門附近，但仍被吉捉到，「不要……哦……不要……」兩個人欲拒還迎地掙扎著，最後，吉還是得到她。兩個小時之後，吉起身告別，她慵懶地向他送飛吻，「明天記得再來哦。」

外頭雨已停，吉想想就獨自發笑起來，於是轉著枴杖，一路輕快地步行回家。

身心交瘁

吉帶著法蘭索亞又回到艾德路塔。

之前，吉在河上體驗到的那致命壓迫感而創作出來的〈奧拉〉，轟動了整個巴黎市，走到哪裡都在議論紛紛鬼魂的祕密。這時，吉正式被眾人稱為「短篇小說之王」。

然而此後，吉也開始變得疑惑與不安。遠行回來的瑪麗曾和他見了幾次面，但夏天一到就又去庇里牛斯了。每次看到她，吉就會像中學生一樣臉紅心跳。有時她單純得令人心疼，有時又尖銳得讓人一驚。回到老家，一切家務都整整齊齊的，這些全是克麗姆的功勞。當她戴上帽子要離開時，吉忍不住說：「克麗姆，妳一點都沒有變。」她則溫柔地吻別了吉。

晚餐前，艾蜜諾忽然造訪。「現在大家都相信這裡是鬼屋了。」

「妳是指奧拉嗎？」兩人默契地笑起來。「艾蜜諾。」吉牽起她的手，「看到妳真好，就像回到家裡一樣。」

「這是你的愛情表白嗎？」

「哈哈哈……」許多往日情懷重現，艾蜜諾在吉的心中有著別人無法取代的地位，兩人的友誼特別柔軟有味。這一生他從不曾告訴過別人他的內心想法，包括所有的愛憎恩怨或悔恨恐懼，但只有她能夠輕易就了然於心。

「秋天時我就要回巴黎了，因為安卓來信說，要停留三個月左右。他一直很希望能夠得到拿破崙勳章，因為這在羅馬尼亞用途很大。」

「那妳給外交部長寫封信不就好了。」

「別開玩笑了。」

「說做就做。」吉遞給她紙筆，在房內來回踱步。「好，開頭這樣寫：『部長閣下』，嗯，不好，『拜啟，敝人對法國建築家安卓‧諾伊，有點建議，他工作了……』多少年了？」

「我也數不清了。」

「好，不管，繼續。『他為羅馬尼亞政府負責重要建築事業達數十年，最近羅馬尼亞王還親自表示，安卓‧諾伊應該榮獲拿破崙勳章的。他為了發揚法國的……』他有沒有復興了什麼？」

艾蜜諾這時早已興奮地回答不出來了。

「『他在羅馬尼亞復興了拜占庭式最優美的建築。敝人請求閣下是不是該給他一些鼓勵……』這樣，如何？」

艾蜜諾熱淚盈眶，只顧笑著。但是突然，整個人就倒在沙發旁。

「艾蜜諾！」吉將她抱起，拿水給她喝，但水盡從嘴角流出來，只見她整個人意識呈昏迷狀態，一旁的法蘭索亞也一籌莫展。

「法蘭索亞，去請布朗太太來。」

「是。」法蘭索亞出去了，吉看著氣息微弱的艾蜜諾，想到無辜的克麗姆，不知到時她會有多難過，吉開始後悔去請她來幫忙。但這時他已經聽到了他們進門的聲音，艾蜜諾仍沒動靜，然而克麗姆卻是毫不遲疑地走過來。

「克麗姆，謝謝妳能來。」

克麗姆沒說什麼，就開始護理艾蜜諾。「她會醒的！」果然，艾蜜諾睜開眼睛了，嘴唇動了一下，好像要說什麼似地。克麗姆回頭對吉說：「想辦法讓她暖和一些，不要著涼了。」

二十分鐘後，吉和克麗姆站在繁星閃爍的夜空下等法蘭索亞牽車過來。「謝謝，克麗姆。」吉握著她的手說。

「能幫她……和你，我也很高興。」

吉很想減輕他替她帶來的痛苦，但她用手指蓋住吉的嘴唇。「不必多說什麼。」她溫柔地微笑著，「這樣就夠了，不必再送我了，趕快回到她身邊吧。」

馬車來了，她在吉的面頰吻了一下，坐進馬車，沒一會兒，馬車就整個消失在黑夜中。

一天午後，瑪麗的倩影出現在家門口。「我會給你帶來麻煩嗎？」她走進屋裡，「哇，真漂亮。」她停佇在客廳環視著。話說她是和友人路過，突然想來探訪吉。只見外頭暮色漸濃，她一副急欲離開的樣子。

「颱風要來了……」

「可是我非回去不可。」

這時，客廳瀰漫著空前的寂靜，吉低聲說了一句：「瑪麗，我愛妳。」

「我不想聽你說這樣的話。」

「妳是我唯一愛的女人。」

瑪麗搖著頭，但仍然站在那裡。

「我想把自己全部獻給妳。」

「哦，不要再說了……」她突然棄守一切的說：「我也愛著你啊。」吉親吻她，她也緊抱著吉，但隨即又推開他說：「不，不要。你以後一定會後悔的。」

「不會的。」

「不，我還是害怕。」

「瑪麗，我只知道妳是我這一輩子最想追求的女性。」

瑪麗雙手掩著臉，她似乎在和自己的內心掙扎。「給我時間考慮，好嗎？」

「當然好。」兩人再度擁抱，然後吉說：「下次我到巴黎時會通知妳。」

一八八八年一月，往巴黎的特快車上，瑪麗帶笑的黑眼睛浮現在吉的眼前，怎知蒙沙納街的家裡有一封電報等著他：**艾維發狂，速回，母**。於是吉又搭夜車，茫然看著窗外的黑夜，疲倦卻睡不著，頭痛的毛病又發作了。

一回到家，吉立刻問說：「怎麼回事？」

「他想勒死艾麗。」

「怎會這樣？」

「他們本來在談小孩的事，艾維突然勒住艾麗的脖子。好在旁邊有人才把他拉開。你看他的眼睛就知道了……」她忽然住了口，轉身看著吉，某種表情忽地掠過，這讓吉想起小時候母親突然神情一變，關在黑暗的房間的一幕。「醫生還在，你去看看。他在對面的房間。」

吉猶豫一下推門進去。艾維坐在桌前分著植物的種子。

「吉！」艾維高興地跳起來。

「你好嗎？」吉勉強對弟弟擠出微笑，眼睛一直盯著弟弟看。

「好啊。」艾維輕鬆地回答。「改天去看小孩，艾麗說，他好玩極了。」

顯然艾維對之前那件事毫無記憶。這時，一個彪形大漢無聲無息地出現，艾維一看到他，立刻尖聲問：「你到底要怎樣嘛！」更要命的是，吉發現他在悄悄對他使眼色，現場的氣氛霎時變得萬分緊張。

吉把手放在艾維肩上，「我還會再來看你。」

艾維對吉投來如刺一樣的眼光，然後一個人回到桌前弄他的種子。

吉輕輕走出來，看護人員默默監視著艾維。吉匆匆關上門，百感交集地掩著臉。幾個小時後，醫生來到，但他的表情讓人覺得艾維真的沒救了。現在問題是，究竟要把艾維送到公立收容所，還是私人的收容所。莫泊桑夫人已經撐不住了。

「當然是私人的。」吉毫不猶豫地說。

「好吧，我會把診察結果交給布朗西博士的。」醫生說，「我建議要快點把病人關起來，否則後果實在難料。」

在等博士回音的這兩天，家裡靜得嚇人，唯恐一點動靜就會引起艾維狂暴的發作。吉盡可能和艾維一起消磨時間，平常他還算安靜，但若提高嗓門時，就是要發作的前兆了。艾維為了自己被隔離一事大發脾氣，莫泊桑夫人一直覺得這是一種日射病，「可憐的孩子昏倒後，在大太陽底下的田裡被晒了好幾個鐘頭。」

布朗西博士回信告訴他們，已替艾維辦好療養院的住院手續。他們出發那天早上，莫泊桑夫人一直送到門外，艾維笑嘻嘻地走到門口，吉向他表示要帶他到巴黎，「換個地方休養也好。」為了不讓艾維疑神疑鬼，他們只好演戲。

「太好了，我們兩人難得一起旅行。媽，我們不會去太久的。」艾維吻別母親時說，「有什麼好哭的嘛？」

她緊抱著小兒子，「好好的去，再見了，孩子。」直到他們的馬車轉了彎，她都一直揮著手。

艾維情緒亢奮，一路上說個不停。他說要遊遍整個巴黎，盡情地吃喝玩樂，一旁的吉也都附和他。在車站下車時，嘈雜的外面世界讓艾維的神經又緊繃起來，費了好大功夫才又把他弄進馬車裡，然後吉藉口檢查行李，下車偷偷把去處告訴車夫後再上車。寒冷但怡人的黃昏，經過甫羅紐森林時，艾維已恢復平靜，又開始自言自語。

馬車經過一條林蔭路，停在一個鐵格子的門前。艾維開始僵直著身體。「我不喜歡這裡。」他表明了他的敵意。

「沒人強迫你住在這裡。」

「那你去對車夫說，我們走。」

「反正只是看看嘛，而且已經來了，怎麼樣？」

艾維用懷疑的眼神注視著自己的哥哥，「好吧，吉。」

這時有人來開門，吉也盡量放大聲音說話，好蓋住其他窗口傳出病人呻吟的聲音。「穆利歐博士對植物也很內行唷，你知道嗎？」

艾維突然閉口不語了，一會兒後，布朗西博士的助理穆利歐博士出現，「幸會，博士。」吉和他握手，「這是我弟弟艾維。」

「兩位請指教。」

艾維依然板著臉，門在他們背後關上，吉看出博士示意盡可能動作快點，這讓他百味雜陳。博士握著艾維兩手說：「我特別把面對塞納河的房間留下來給你們，請過來看看滿意不滿意好嗎？」

穿過二樓狹窄的走廊，來到一個房間前面，博士先進去站在門邊說：「就是這裡，還不錯吧？」

艾維半信半疑地看著博士，走到裡面，一股淡淡的藥味撲鼻而來，只有一張床，一桌一椅，牆壁上也沒有鏡子之類的東西。吉直覺艾維就要有疑問了，立刻走近他，把他拉到窗前。「景色還不錯吧？」

兄弟兩人並肩眺望窗外景色，但吉隨即發現博士在暗示他出去。他只好不著痕跡地輕輕後退。當時整個房裡靜極了，當他和博士快到門口時，艾維忽然回過頭來，臉上寫著恍然大悟的表情，狂叫著追過來，「吉！你……」

說時遲，那時快，兩個大力士般的看護人員及時冒出來抓住他。

「吉！你卑鄙！你無恥！」

博士一把將吉拉離房間，裡頭開始格鬥，艾維不時把手伸出門外，拚命地叫嚣，「吉！你怎麼可以陷害我！你才是瘋子！瘋子！大瘋子！」

一直走到樓下都還聽得到弟弟不甘心的叫聲，吉覺得自己一片一片被撕裂了。

到處都是灰塵，家具早已經搬走。吉環視著家裡，空蕩蕩的連腳步聲都覺得刺耳。傳來敲打的聲音，外面兩個男人在釘著木板，上面寫著一個「售」字。自從艾維住院後，母親為了留下最美的回憶，於是決定忘記這一段，「我們莫家已經不可能一家團聚了，吉，把它賣掉吧。」

吉一個人爬上二樓，午後的陽光從窗縫射進來，這讓他想起幼時經常興奮地和同伴們去釣魚，或在夏天的大太陽下划船，有一天還和艾維一起扮成海盜嚇母親呢。

母親的決定沒有錯，唯有讓過去活在時間之中，才能永保它的鮮明燦爛。

吉自覺又走到一個階段的尾聲了。少年時代，巴黎，塞納河，和福樓拜學習文學，這是第一期，〈脂肪球〉的成功是第一期的結束，然後又開始新的時期，現在則是這個時期的尾聲。接下來要何去何從呢？忽然，吉看到一隻蜘蛛在牆壁上，待他走過去正準備一腳踩死牠時，蜘蛛已經一溜煙不見了。

吉趕緊彎下腰找蜘蛛的窩，但一無所獲，這讓他相當的不愉快，甚至有一種不安的感覺，冷空氣充斥著這個有迴音的家，一陣毛骨悚然，吉拔腿就跑。

自從艾維發瘋後的這十五個月，吉掉入一種揮之不去的憂鬱中，任何事都打不起精神來，不但為頭痛所苦，同時仍繼續盲目地愛著瑪麗，她若即若離，忽冷忽熱的愛情，令人瘋狂。

這天，在一個宴會場合，吉非常意外《兩世界評論》雜誌的要角布林提耶竟走過來跟他邀稿，布林提耶一直是左拉的忠實擁護者。「如果下一篇小說願意給我們，你將會有一筆相當數目的稿酬唷，我個人對你這次的新作必須表達最高的敬意，因為它是如此的高尚……」

「換句話說，就是這次沒有妓女的角色出現。」旁邊有人插嘴說。

「這一點頗適合我們的雜誌。」布林提耶接著說。

吉冷冷看著他們，心想他們的話是不是某種諷刺？不管怎麼說，現在的他顯然是眾人的焦點，他心情好極了的摸著鬍子。吉藉故告辭，瑪麗的住處還亮著燈，吉於是走了進去。當時臥房門半掩著，瑪麗赤裸著身在睡覺。吉彎下身吻她的肩頭。

「瑪麗，我愛妳。」她閉著眼睛微笑著，誘惑人地在床上扭動著身體，「吉，來吧，我需要你……」

她的表情十分奇怪，吉不禁走近她。「這是什麼？妳吃了什麼？」他在她的枕頭下看到一瓶藥丸。

「沒什麼，把它丟掉，到這裡來。」她的雙臂纏繞著吉的脖子，頭髮蓬亂，語焉不詳的說：「它的藥效很大咧，吉，我等了你好久……抱我。」

吉把她放下，拉了毯子蓋在她身上，以前還一直苦惱著她的反覆善變，現在他終於明白一切了。吉覺得自己受傷很重，這就是讓他迷戀的女人？他真是瞎了眼。

一個初夏的晚上，吉正乘車前往丹威爾家去。他看著自己身上的紅色燕尾服，雖覺奇怪，但作曲家亞伯•甘說這是現在最流行的新式服裝而心儀不已。這是瑪麗偷偷跟他說的。吉的文章在巴黎大受歡迎，這也讓他變成社交界爭邀的熱門人物，每天都有參加不完的宴會，而他也漸漸學會這些人的言談和習慣，當然這也讓他的分析能力變得越來越遲鈍，但只要能和瑪麗在一起，他都已不在乎了。瑪麗已經不再隱瞞她對麻醉藥品的喜好，吉這才發現在她的朋友中，不知道這事的人只有他。

眼睛的毛病一直折磨著他，頭痛也是，這讓吉常感人生絕望，這一年來只寫了六個短篇小說，報紙幾乎全放棄了。話說丹威爾的宴會極為熱鬧，到了現場，只見沒有一個人穿紅衣服，女人是深色禮服，男人則是黑色燕尾服。

「你終於來了。」瑪麗的妹妹露麗亞從人群中走出來迎接，但突然退後，露出一臉驚訝的看著他的紅色燕尾服。「這是……莫泊桑式新流行？紅得像血。」

吉當場面紅耳赤，尷尬不已，男男女女就像看珍奇動物似地圍著注視他，彼此撞著手肘竊笑著。好一陣沉默之後，角落一個女人笑出聲說：「哈，滑稽！」

「小丑。」不知誰悄聲附和，於是觸發了所有人一直壓抑著的笑意。

吉努力打圓場，「我以為大家都這樣穿呢。」

在場的亞伯也笑起來，他和別人一樣認為是吉想要吸引人們注意罷了，如果吉說這是瑪麗出的主意，大家會更把他當傻瓜看吧。她，她到底在哪裡呢？

亞伯叫僕人送香檳酒來。吉馬上接口說：「送紅色香檳唷。」說完並裝出故意要大家開心才穿這種衣服的表情，但要改變他們的印象顯然已經太遲了。

這時，瑪麗挽著露麗亞的手走過來。

「妳看，為了今晚，裁縫師特地製造的奇觀。」吉說。

露麗亞和瑪麗都憋不住的笑了出來，好像對她們的惡作劇十分得意似地。

好不容易才擺脫了那段羞辱的時光，走到外面叫馬車。吉氣極了，以前在塞納河畔以讓那些資產階級厭惡而高興的他，現在為何要介意他們那些滑稽的偏見呢？這些人本來就是以膚淺的惡作劇過活的，但這晚發生的事件背後，卻隱藏著和普通玩笑不同的惡意。吉不禁想起了恩師福樓拜。福樓拜一向是多麼避諱他們啊！「千萬不能把心交給別人。」他說：「一個人活著要能誠實的面對自己和周遭，對圓滑的事情尤其要提高警覺。」啊，福樓拜，吉在黑暗中自語著。

吉在路上的行人之間走著走著，忽然很想遠離群眾。於是立刻叫了馬車，趕上中午的火車回到吉烈特莊。

「嗨！」艾蜜諾在院子那頭呼喚吉。兩人愉快地划船出遊了一下午。

「你知道謝德利太太到處宣傳，說她是你的情婦嗎？」

「唉，這樣的女子又不只她一個，若照人家傳說的那樣，我每天都有緋聞發生呢，好像全巴黎已婚的、未婚的，或四十歲以下的寡婦都和我有關係似地。」

「那會不會太多了呢？」

吉吻她的手說：「還好，她們讓我很快樂。有些女人我請她們吃晚餐時，她們只吃玫瑰花瓣哩。其實我也搞不懂，為什麼一個女人不如兩個女人，兩個不如三個，三個不如十個。」

「那不是你的全部本性。」

「我不能只愛一個人，我總有這麼多的感情，總希望把她們全部擁在懷裡。」她搖搖頭。「你總有一層保護膜，你的話雖有幾分真實性，但你畢竟不是個平凡的人，你比一般人複雜多了。你總是讓自己迷失在愛情裡。」

送艾蜜諾回去後，吉開始撲殺蜘蛛，「法蘭索亞，拿大燈來。」兩人登上二樓，大開殺戒。「殺！法蘭索亞，殺！」每找到一隻，吉就大叫，僕人若有遲疑，他就親自把牠踩死。兩人又發現兩隻大蜘蛛躲在暖爐上頭的角落。只見吉從壁上凹入的地方把床拉出來，自己躲進去。「法蘭索亞，拿那塊黑布來把我遮起來，我來引誘牠們。」

法蘭索亞一一按照主人的話去做，吉開始低聲唱歌。法蘭索亞看著躲在牆壁凹處的主人，全身不寒而慄起來。「法蘭索亞，快點啊。」僕人於是拿燈一照，蜘蛛果然慢慢爬出來往黑布後面逃，不久就聽到了勝利的歡呼聲。吉笑著手提兩隻已死的蜘蛛出來。「拿去餵魚吃了吧。」

第二天一早，吉醒來後，躺在床上聽著家中裡裡外外的聲音。艾蜜諾已經走了，他們誰都沒有權利占有對方，這是一開始就注定的。這是個溫暖怡人的日子，微風拂人，偶爾遠方的聲音都可以聽見。午飯後，和園丁老克坐了片刻，覺得有絲落寞又回到書房寫作。

太陽漸沉時，有人敲門，是克麗姆。「吉，我要走了，下星期再來。」

「克麗姆。」吉站起來，「妳明天不來了嗎？」

「已經沒有事情了，不是嗎？」

「總有事情的，〈堅強如死〉的翻譯權合約……」

「今天早上已經簽過名了。」

「哦，」他向她伸出手，「但妳還是來，好嗎？」

「只要你需要我的話。」

「克麗姆，妳不知道我有多麼需要妳。」

「我也是。」她抬頭看吉，兩人視線交織，一度淡去的愛情又回來了。

吉多麼想知道她是多麼體貼溫柔，而且和瑪麗、伊瑪妮拉絕對的不同。「克麗姆，我怎麼從沒有聽妳埋怨過什麼。」

「喜歡埋怨的人也是最常替自己找來不幸的人，而懂得信任人生的人才是幸福的。」

的確，克麗姆比誰都心胸寬大，她了解吉的內心，還能不以為意地替他處理每一封女性的來信。吉不必費神討好她，因為她總能安排好自己，並隨時等著他。吉教她射擊，誰知她一學就會，而且神準；吉的眼睛不好時，她會不厭其煩地為他朗讀，她的天真、她的好，總有辦法使吉被傳染得開朗且忘卻煩憂。

「看過沒？」吉指著布林提耶的信說：「如果今後的作品選擇權都給他，他保證年付一萬八千法郎，妳覺得怎樣？」

「我覺得至少可以談到二萬二千法郎，而且還不包括短篇和中篇，你大可放膽寫下去。」

「哦，克麗姆。」吉熱情抱住她，「妳太好了，我太愛妳了。」

幾個禮拜過去，兩人感覺越來越親密，晚上他們就共枕而眠，微風把院子的氣味帶進來，窗帘微動，吉早已忘掉蜘蛛的事。

一天夜裡，吉頭痛醒來，服了若干止痛藥，靜靜一個人坐在桌旁，直到東方泛白，吉就朝海邊走去。再回來時，在小屋前正做著體操的法蘭索亞嚇了一跳。

「早，法蘭索亞，去替我收拾行李，待會兒就出發。」

「是。」

該帶的和不該帶的都要分清楚，實在有點費神。這時，克麗姆赤著雙腳，睡眼惺忪的出現在門口。「早，吉。」她走過來吻吉。「什麼時候起來的？」打著呵欠，她看到一疊疊的文書，「我沒有收好嗎？」她沒有說下去，表情跟著變了，「也許是被風吹的吧。」

該怎麼跟她說明呢？她從不曾要過什麼，只有無私的付出，這個夏天，他們過得快樂且安穩，是和克麗姆之間的這種關係綁住了吉，但這要如何說清楚呢？吉最不能接受恩情這類的玩意兒，她所給他的寧靜、了解、無我的愛情，就是他想離開的原因，克麗姆會懂嗎？就因為對她的愛情仍沒變，對她的感謝更是沒變少，因此，吉忍不住有些心痛。

「克麗姆，我要走了，本來想先告訴妳一聲的。」

她溫柔地看著他。「我知道了，馬上就要出發了嗎？」

「嗯，十一點的火車。」

「真的？讓我來幫你。」

「不用了。」吉把手放在那些文書上面，「我自己整理好了。」彷彿那一瞬間，她已莫名其妙出局了。

「哦。」

要怎麼說明呢?只好說謊了，「我覺得布林提耶那邊還有點問題，想當面談談，如果現在就在合約上簽了名，我怕……」吉的話漏洞百出，他本想再補充別的理由，怎知……

克麗姆露出了微笑，「我了解你想的事情。」

「真的?」吉萬分感激地握著她的雙手。

「誰也沒有權利束縛別人的。」

她為什麼這麼說?吉想起多年前她就說過類似地話，那是吉第一次傷害她。她溫和地繼續說道:「我老早就知道這一天終會到來，人生本就是這樣，我很感謝我們所曾擁有過的那些幸福。」

「克麗姆，我……」

「不要放在心上，也許是老天覺得我們兩個太幸福了，我看我還是去幫法蘭索亞收拾行李吧，他老是忘記帶內衣。」她迅速地吻了吉一下，就走出去了。

太幸福了?這就是吉的祕密?而克麗姆是知道他最多祕密的人。

巴黎到處都是參觀博覽會的遊客，蒙沙納街再也不安靜了，待在公寓裡就像隻籠中鳥。回到巴黎的隔天，他就去找伊瑪妮拉，他急著把克麗姆趕出腦海，為的就是想取得精神上的某種平衡吧。

伊瑪妮拉仍斜躺在長椅上，慵懶地伸出手要讓人親吻，吉覺得她比以前更酷更迷人，而她那要死不活的德行正是吉現在所需要的。

「伊瑪妮拉，妳要不要去南部？我那邊有一艘『好朋友』號。」

「你以為我可以這樣做嗎？」

「只要把這裡的一切拋開就可以了。」

「哦？是嗎？尼克，」她在對一隻狗說，「可是，我不能忽略其他人啊。」

吉悻悻然離開她家，坐進馬車，閉上眼睛，頭痛讓他直想輕生算了。

收到電報：**艾維病重，搶救無望**。吉在走向那棟灰色建築物的林蔭路上時，想起一年前，艾維被帶到這所精神醫院來，至今仍然忘不了當時的恐怖和心痛。那時艾維幾乎已經全瘋了，在陪他的那兩個小時，吉覺得比受到酷刑還痛苦殘忍。艾維還記得吉，不斷流著淚，滿口語無倫次，吉要離開時，艾維想要送他一程，但院方不准，吉自己都忍不住掉下了眼淚，因為吉清楚地看出弟弟感覺到自己身上有某種不可名狀的可怕東西存在著。

討厭的烏鴉在枝頭上叫著，吉走到門口按下鈴，片刻後，醫生出來了，握住吉的手，「你想見他嗎？他昨天差一點就過去了，大概是要等著見你一面吧。」

到了二樓，牆壁上空無一物，只有抓痕，窗口還釘上了橫木條，這是為了避免那些可憐的靈魂，提早替自己悲慘的生命畫上休止符。醫生打開走廊最後一間的門，示意吉可以進去。

只見可憐的艾維躺在床上，瘦得像是皮包骨一樣，吉悄悄地走進去，艾維無神的眼睛就死死釘在他的臉上。「是吉嗎？」一抹虛弱的微笑浮現在他的臉上。

「嗯，是我。」

「還沒有跟你說再見以前，我不想就這樣走了。」

吉緩緩跪在弟弟旁邊，「我給你送花來了。」吉遞上一束菊花，「這是從你的溫室摘來的，你最喜歡的花，過幾天到那裡去看看花，好不好？」

艾維點點頭。

「那些美麗的花都在等你。」吉彎下身親吻艾維的面頰。

「吉！吉！」艾維就像小時候在院子裡遊戲時那樣呼喚著哥哥的名字。

吉替弟弟擦著眼淚，然而那對眼睛的光輝已經消失。一小時就這樣過去，吉不斷在弟弟耳邊說著話，艾維也不時點點頭，忽然艾維微微動了一下，吉立刻把手伸出去，艾維就在哥哥的手上印了一個吻，隨後他的腦袋往左邊一仰，艾維就這樣離開這個世界了。

最後時光

現在只有埋首工作才能不受種種回憶帶來的苦楚，然而，莫名的不安就像一條繩子綑著吉，如影隨形，一天早上，法蘭索亞才進來，吉忽然對他說：「法蘭索亞，出租公寓的介紹表呢？」

「哦，在我那兒，波加德街有一棟公寓，您應該會喜歡。」

吉立刻跳起來，「走，我們去看。」

一小時後，吉甚為滿意，決定租下。法蘭索亞看著吉，只有點頭的分。最近主人常常半夜叫醒他，有時一個晚上就會叫醒他二、三次，一下是替他預備西洋甘菊，一下是替他拔弄火罐。而且現在主人比以前更需要大量的冷水來沖洗，好在法蘭索亞已經很能夠了解主人善怒的心理了。再版的《梅當夜譚》加上了幾個作者的照片，這事讓主人震怒極了，還請律師來，要把已發行的書統統收回來。

看完公寓，回到家裡，法蘭索亞送西洋甘菊到主人的客廳時，吉突然問起說：「法蘭索亞，我們的貓呢？」

法蘭索亞避開主人直視的眼睛咳了一聲，「因為牠太壞了，所以交給了管理員。」

「但怎麼都沒回來呢？」

「因為牠實在很難搞定，所以最後只好殺了牠。」

誰知吉聽後只是靜靜地注視著屋裡，一陣詭異的沉默，然後他突然說：「你出去吧。」

整個夏天他們就在不停地搬家中度過，起先是去庇里牛斯，後又改變主意到溫泉區治療頭痛，但住沒幾天又換到甘藍貝的別墅，不久又轉到盧昂。法蘭索亞怕主人太勞累，但吉卻自得其樂得很。有一晚，法蘭索亞為了換拔火罐而起來三次，天才亮，吉又想乘火車回吉烈特莊。

這是和克麗姆分手以後，第一次回來，事先也沒通知她，不知……怎知到家時，門窗開著，到處插著鮮花，好像是為迎接他回來似地，桌上留有一封信：**預感你會回來，克麗姆**。吉立刻請人邀她過來，她依然漂亮動人，沒有責難，也沒有埋怨，兩人喜極而泣的擁抱在一起。

「妳這樣準備好等我回來幾次了？」吉笑著問。

「我發誓，這是第一次。」她誠懇而不做作，和吉共享著一種永恆的幸福。

晚餐過後，送克麗姆回去，原車折返，途中吉下車說：「法蘭索亞，你先回去，我想用走的回去。」法蘭索亞於是先行返回。過了好久，聽到開門聲，法蘭索亞出去一看，整個人呆住了。「老爺！」法蘭索亞扶著吉，「發生什麼事了？」

「有一隻大狗突然向我撲來，我勒住牠的脖子在水溝中滾了好久，我還用石頭壓牠的喉嚨，牠現在還躺在水溝裡。」法蘭索亞簡直不敢相信自己的眼睛，他的主人一身髒兮兮的。法蘭索亞驚恐地攙扶著跌跌撞撞的主人。

主人終於同意了。「明天如果發現牠，就給牠一點牛奶喝。」

「是。」

翌晨起床，吉面無表情地下樓說：「我想把吉烈特莊賣了，這裡好像西伯利亞。」

福樓拜紀念像終於完成了，吉獨自乘火車前往盧昂參加揭幕典禮。許久不見的左拉依舊滿是理想，能說善道，其實吉是有點嫉妒他的。龔古爾則都沒說話，據說他想進入國家藝術院但沒有成功，所以計畫在他死後，設立一個龔古爾文學獎。吉的話也少，坐在那兒一動也不動。

一行人到市立博物館參觀完福樓拜的原稿展覽後，接著就到紀念像會場，當天風吹雨淋地好不淒涼。吉回想起自己和福樓拜之間的情誼種種，他無人可以取代的文學成就，高興時的大嗓門，詛咒人時的狠勁，還有那些在慕柳街每一個陽光照耀的星期天早上，有個晚上當著吉面前燃燒舊情書，他還一邊流著淚……

市長致辭完，接著是盧昂藝術院的人，會場吵吵鬧鬧的，樂隊手中的樂器滴著雨水，這般景況，要是給福樓拜看到，他八成又會微笑起來，而且是那種有點嘲諷又有點入世甚深的笑，吉想。因為天雨的關係，典禮匆匆結束，還有些人一下不知去哪兒地站在原地，就在大家紛紛走向馬車離去時，吉仍一個人佇立在那兒看著實在不太好看的紀念碑，心裡默念著：「我的恩師啊。」

莫泊桑的劇作正式初演的那晚，劇院裡的觀眾人山人海，全場先是鴉雀無聲，當落幕時則是一片如雷掌聲，觀眾紛紛含淚起立，大家爭相和吉握手道賀，瑪麗走過來悄聲說：「我在公寓等你。」

好不容易脫離人群後，吉趕著去見久別的瑪麗，兩人再度燃起熱情，她也回以吉空前的激情，彼此之前的芥蒂也已消失。一番雲雨，半夜不知幾點，吉起身靜靜站在床旁注視著瑪麗。沒錯，她是吉所愛的女人，可是又怎樣？有個聲音不斷地在心中叫喚著他，那些他渴望的卻一無所獲的聲音。

因此，不斷的逃離女人和旅行搬家的欲望完全操縱著吉。

「法蘭索亞，去收拾行李。」

「我們到坎城，艾蜜諾一定在那兒。」

到了坎城，匆匆找到艾蜜諾的別墅，雖然已近中午，但見她仍穿著睡衣，別墅裡面鐵定有個男人，沒錯，艾蜜諾躲在這兒和不知名的男人幽會。看到她那慵懶的淫蕩神態，吉雖了解卻仍相當耿耿於懷。失去曾經愛過的人是件很悲哀的事，因為不但失去了對方，甚至和她的那部分記憶也從此失去了。

吉一點也沒有怪她的意思，他這趟來只是想找個人訴訴苦罷了。「艾蜜諾，妳能了解我嗎？我不願意一個人孤孤單單的，所以到處流浪、尋找，到處擁有女人，其實我只是不喜歡孤獨的感覺，然而，即使現在或以後我都有妳，但我發現我仍然是孤獨的。」

只見艾蜜諾伸著懶腰點起香菸，「在這吃午飯？」

「謝了。」吉握著她的手，「但我必須回去了。」

到了以前看過病的弗雷米醫生家，「我做了可怕的噩夢。」

醫生客氣地問：「怎樣的夢？」

「說不來，只是看不見前面，走出一個山谷又走進另一個山谷，恐怖極了，我想我最後一定會瘋掉，如果真是這樣，我一定會自殺的。」

醫生走到窗前，然後轉過身來說：「你得了慢性風溼，建議你到溫泉去怎樣？」

「溫泉嗎？」吉以不確定的眼光看著醫生，「好吧，明天我就出發。」

「不賴吧？法蘭索亞。」吉站在旅館陽臺眺望庇里牛斯山脈的景色。法蘭索亞邊整理行李，邊抬頭看到主人拿了枴杖和帽子出去，沒來由的一陣不安，果然，才不久就有人來敲門了。

原來是服務生，「莫泊桑先生出事了。」

「什麼？」法蘭索亞胸口一緊，急忙衝出。

服務生跟在後面繼續說：「你的主人說，有兩個人撞了他而大發雷霆，也不聽人家解釋，還嚷著要打人。」

到了樓下，親眼看到吉揮著枴杖要打那兩人，旅館其他旁觀的人紛紛在旁邊勸架。法蘭索亞二話不說就跑進人群，牢牢抓住主人的手臂。

「法蘭索亞，這兩個混蛋要搶我的錢。」

「老爺，走吧走吧。」法蘭索亞不斷哄他說。誰知當吉真的被法蘭索亞拉回房間後，立刻像沒事一般地吃了晚餐，早早就上床就寢了。

第二天早上，吉在溫泉場旁邊的診所會見醫生，醫生站在桌後搓揉著手說：「不瞞你說，這個治療對你一點好處都沒有。」他捉住吉的手臂往門口走去。

「可是，有人建議我來這裡的呀……」

「聽我的話沒錯，到別的地方去吧。」他把吉送到門口，「到瑞士去吧，再見。」

吉忽覺頭痛不已，口乾舌燥，才回到旅館，怎知經理親自到門口迎接吉，「真是不好意思，我們一時作業弄錯，您的房間已經租給別人了……」

吉乍聞此說，忽地仰頭大笑，最後還是被自己的聲音嚇到才突然停止，「這裡本來就讓人鬱悶，到處都是硫磺味，查查火車時間表，我們立刻走人。」當天下午他們就啟程，於翌日中午抵達雷安。找到距離城市不遠處的農舍借宿，然而那兒的洗澡水溫度不夠，水量又小，吉需要的是太陽的照射和冷水的淋浴，但一直都沒有滿意的地方。

這夜吉再度失眠，藥效已失，吉爬起來寫信，「遠方的狗吠聲並不是對著某個目標，而是一種毫無意義、抑壓著某種苦悶的吠叫聲。如果可以的話，我也想叫一叫，像狗一樣的吠叫幾聲，到森林深處的黑暗中吼叫它幾個鐘頭……」

法蘭索亞一直耐心地守護著主人，努力不讓主人的疾病發作。吉有一次給在巴黎行醫的朋友安利寫信道：「我覺得我快活不下去了，我的身體裡裡外外都被病魔侵襲著，我已失眠了足足四個月，每次一用腦，整個腦袋就像中彈了一樣。」

這天，吉去拜訪數年前在巴黎有過數面之緣的詩人德爾襄，他很高興地迎接這個不速之客。兩人一起吃著午餐，高談闊論，吉很久沒這麼愉快了，法蘭索亞在一旁偷看，只見他的主人口沫橫飛地說不停，德爾襄則一臉困惑地沉默不語。

這天晚上，吉依然說個不停，他告訴德爾襄夫婦為何離開雷安的原因。「你們不知道，那裡的湖水氾濫到都淹到二樓了……」可憐的德爾襄太太一直禮貌性地點著頭。「醫生竟然不准我淋浴，笨蛋，我當然就走啦……」一小時過後，吉還沒說完。「哦，說到止痛藥，那一定得親自嘗試一下才會知道其中的奧祕，一定要試試，到時你就會覺得身體輕飄飄的，整個人一直往上飄往上飄……」

德爾襄夫婦好不容易才站起來，吉送他們到門口時仍不停地說著，法蘭索亞一直按著他主人的手臂。

「什麼事嗎？法蘭索亞，我知道了啦。再見，太太，再見。對了，我忘了還有一件事……」

但他們兩人已落荒走開了。翌晨，吉單獨出外回來，遇見德爾襄。「到哪裡逛了？」德爾襄問。

吉靠近他耳邊小聲的說：「日內瓦，那邊的小姐好可愛，羅斯查德家的人像迎接國王一樣的歡迎我。」德爾裏聽了一語不發，吉驕傲地讓德爾裏看洋傘，「瞧，這種傘只有特諾雷的店裡才有賣，我買了三百把，五十把要賣給瑪蒂露德公爵夫人旁邊的那些人。」

「不好意思，我還有事……」

「等一下，德爾裏，你看過我的枴杖沒，你一定要看看，因為我曾經用這根枴杖趕走過三隻狗……」吉一路跟在德爾裏後面說個沒完。

意外的是，這天晚上，吉忽然好安靜。他拿著〈安吉莉絲〉的原稿，在餐後念給德爾裏夫婦聽，念到結尾時，吉滿是淚水，聽者亦是。隔天，德爾裏沒有出現，他的太太說他生病了。中午，他們要離開了，德爾裏太太還特地和吉吻別。「保重了。」她說。

吉握著她的手，好一會兒才說出「謝謝」兩個字。

才啟程，吉就說要到雷安去。法蘭索亞一頭霧水，但他們還是在那裡住了下來。外頭晴空萬里，吉借來腳踏車到附近溜達。他騎車的距離越來越遠，每天都精神飽滿的回來。話說有一天，吉忽地像發瘋一樣到處找他的原稿，還大聲嚷嚷：「法蘭索亞，我的稿子呢？」

法蘭索亞匆忙趕來，隨即在桌上找到原稿，馬上交給主人，但換得的是吉說：「一定有人偷看了！」

一天早上，吉在報上看到伊瑪妮拉的名字，於是立刻騎著腳踏車到二十公里外的地方探訪，當天烈日直射，太陽如火，到達後才知烏龍一場，伊瑪妮拉根本沒來日內瓦。回程路上斜坡特多，吉騎得整個人上氣不接下氣，兩條腿幾乎不聽使喚，終於不小心把自己摔倒在路上。

吉躺在那兒不能動彈，路上尖銳的小石子插到他的臉，車輪也壓在膝蓋上，耳朵全是嗡嗡的聲音，好不容易才爬起來，然後跌跌撞撞地撐著走回家。法蘭索亞見狀，立刻跑過來扶住主人。這天深夜，吉冷得在毛毯下不停地發著抖。

幾天後，吉漸漸康復起來，自己處理來自巴黎的許多信件，對巴黎報紙上的敵對報導也不太發脾氣了。一天，法蘭索亞打掃時，撿到一張沒有寫完的信紙，吉這時剛好進來，「法蘭索亞，那是什麼？」

「哦，是您寫給泰恩先生的信……」

「哦！」吉接過信紙，「福樓拜紀念碑揭幕典禮時，記得要請他參加。」

「福樓拜的紀念碑？」法蘭索亞忍不住看了一眼主人。

「還有，法蘭索亞，去收拾行李，我們要離開了。」

初返巴黎之際，吉頓時覺得活力充沛，但沒幾天，巴黎的熙攘嘈雜，又使他開始煩躁起來，經常性的疲倦和不時的頭痛一直折磨著他。醫生只說需要多休息，也開了鎮靜劑，但助益似乎不多。

以前艾蜜諾曾經提過有個在外自稱是吉的情婦的女人諾依米老是來找吉，每次她一走出客廳，法蘭索亞就會以一種充滿敵意的眼神瞪著她。她是個欲求不滿的女人，連吉不舒服的時候，她也不放過他，好像非要榨乾他不可似地。

如今，只有主僕兩人住在一起，吉終於找到了他所需要的安靜。有時吉會和貝納爾、雷蒙等人一起去划划船，有時會帶著法蘭索亞到尼斯和母親共進午餐。但這樣安靜的環境，吉仍常被失眠所苦，凌晨兩點是最糟的時刻，往往都會叫醒法蘭索亞，而他則是痛苦地躺在床上不能動，兩眼血紅，徹夜呻吟。主僕兩人都想，若是克麗姆在身邊該有多好。

這一天，曾把吉的小說搬上舞臺的傑克・諾曼派人來拜訪吉，又想徵求吉同意，將他的小說舞臺化。

「豈有此理，你們怎麼可以向那麼重視自己作品的作者提出這樣的要求？你們以為舞臺可以製造出小說的氣氛？讓那些不入流的演員背一些莫名其妙的對白？你們想的都是錢而已！」

來訪的那人最後只有逃的分了。

另外，亞華爾也讓吉生氣，《黛利埃公寓》一書至今仍絕版著，吉寫信給律師，限他二十四小時內必須無條件再版，否則法院見。寫完信，吉全身不對勁，口乾舌燥。收到瑪麗的來信，吉一時忍不住喜極而泣起來，終於明白她才是他的最愛，吉下定決心再也不放開瑪麗了。

傍晚時分，傳來馬車聲，教人魂牽夢縈的瑪麗出現了，她的項鍊在頸間發亮著。「看見你真好，你都不要我了。」

「怎麼會！」吉吻她，一陣香水味直撲鼻來。

「我帶了妹妹一起來。」這時，露麗亞才從瑪麗身後走出來，讓吉頗為失措。他們乾杯慶祝重迎，瑪麗很興奮，但露麗亞卻冷冷的，她們一直聊著巴黎的那些朋友，吉雖然聽不太懂，但情緒還算好。法蘭索亞過來告知，船準備好了。

天上一輪皎月，貝納爾攙扶著兩姐妹上船，海浪比預期的大得多，小船盪個不停，船雖離岸不遠，吉卻怎麼也跳不進去。貝納爾過來拉他一把，卻讓吉好生羞恥，因為他上船還不曾要靠人幫忙過。

「我來划吧。」吉坐在貝納爾的位置，「想去哪兒呀？」吉邊划著邊笑著。

只見小船向著反方向划去。「老爺……」吉繼續笑著，但他的槳實在控制得有點怪異，兩次把水撥入船內。

「吉，我們要去哪裡啊？」瑪麗問。

「海上。」吉大笑著回答。

「你不要開玩笑。」瑪麗開始覺得恐怖。

吉拚了老命划著，但技術有問題，船在原地打轉，海浪越來越大，貝納爾努力保持著全船的平衡。「求求你，我們回去吧。」兩姐妹相擁哀求，但吉只是張著嘴繼續划著，突然放下槳，小船被海浪一沖，漸漸開始傾斜。

「老爺！」貝納爾本能的跳過來，吉卻把他推開，盯著船底看，「這裡破了一個洞，船要沉沒了。」

說時遲，那時快，一陣大浪打進船裡，瑪麗尖叫，貝納爾搶過主人的槳，改變船的方向，設法恢復平衡。吉變得一語不發，瑪麗和露麗亞則用手掩著臉，貝納爾把她們送回岸上，她們立刻唯恐不及似地倉皇逃離。

貝納爾抱著主人，「老爺，我們回去吧。」

吉這才有點反應，「好吧，貝納爾，我頭好痛……」

瑪麗真的走了，吉知道她永遠都不會再回來了。

有天，法蘭索亞做午餐時，忽然聽到不尋常的叫聲。「法蘭索亞！快來！」兩手沾著麵粉的法蘭索亞正要往外衝，竟在門口撞到狼狽不堪的主人。「法蘭索亞，我看見鬼了。他就在那邊的樹下盯著我看。」吉還在發抖，法蘭索亞一直試著撫慰他。

如此一年，就在吉常在黃昏時和法蘭索亞一起在院子裡看夕陽的時光中過去。元旦早上，貝納爾和雷蒙彼此推擠著過來說：「老爺，新年快樂。」吉感動地一一和他們握手，法蘭索亞接著說：「新年快樂，並祝老爺早日康復。」吉不斷點著頭，眼裡閃爍著淚光。

主僕二人搭九點的火車去尼斯看莫泊桑夫人，剛好趕上午餐時間。除了母親，還有她的妹妹亞諾瓦夫人，和艾麗及女兒，大家齊聚一堂，好不熱鬧，莫泊桑夫人談起海邊一棟別墅的事。「吉，你還記不記得？你以前一直誇讚的羅傑別墅，本來對方一直不肯賣，現在終於答應要賣了。」

「哦，我早知道了，前天藥丸就已經告訴我了。」

吉此話一出，大家都愣住了，法蘭索亞當時正在收拾碗盤，發現主人說了顛三倒四的瘋話，整張臉都紅了。莫泊桑夫人注視著自己的兒子，顯然她已經明白一切了。

接下來，吉變得很沉默，其他的人則故意高聲談笑。傍晚時，馬車來接吉到車站，他就和大家吻別，其中尤屬莫泊桑夫人最捨不得。回到住處，吉就和平時一樣晚餐。然後法蘭索亞就靜靜收拾餐桌，吃飽飯的吉則像一隻困獸在屋子裡走來走去。牆上的鐘滴答滴答走著，最後，腳步聲改變了，吉終於回房去了，法蘭索亞想了一下，還是準備了西洋甘菊，送到樓上主人那兒。

幾個小時後，主人已冷靜下來，法蘭索亞伺候他躺下後，沒有關上門，然後到隔壁房等候主人真正睡著。剛過午夜零點，鈴聲忽響，法蘭索亞驚跳起來，原來是送電報的。法蘭索亞將電報輕輕放在主人枕頭旁，然後再躡手躡腳回房睡覺，因為太疲倦，所以沒兩下就睡著了。

忽然，法蘭索亞被一種聲音驚醒，預感好像有什麼事情將要發生。走到樓梯口一看，當場被嚇到，因為他的主人正一個人在樓上站立不穩，搖搖晃晃地脖子上有道血痕，手裡還握著一把刀。

「老爺！」法蘭索亞不假思索直奔過去。

「我割了自己的喉嚨，我真的瘋了。」

法蘭索亞大叫雷蒙，兩人合力把主人抱回床上。雷蒙跑去找醫生，法蘭索亞則先替主人止血。不久，醫生來了，法蘭索亞拿著燈的手一直顫抖著。

「雷蒙，壓著你的主人，不能讓他動。」

看著醫生消毒傷口，縫合傷口，雷蒙也發抖起來。

包紮完畢，醫生回去後，這時吉才略微清醒過來，「法蘭索亞、雷蒙，讓你們著急，真是對不起。」

他們兩人輕輕握著吉的手，眼淚又快掉下來了。

「你們會原諒我嗎？」吉問。

「沒什麼好原諒的啊。」法蘭索亞在吉身邊說：「你一定會好起來的，老爺，過幾天我們就會忘記這一切的，別忘了，你還有好多偉大的小說還沒寫哩。」

「對，還有好多……」吉睡著了。雷蒙睏睏地靠在床邊失神著。

法蘭索亞說：「雷蒙，去喝點酒，提提神。」雷蒙點點頭照辦去了，他在掉眼淚，說不出話來。僕人兩個就這樣守在吉身邊一直守到天亮，法蘭索亞覺得自己心力交瘁得快撐不下去了。

一早吉醒來，一切似乎還不錯，雷蒙這才笑了出來，然而吉整天彷彿都在恍惚狀態中。法蘭索亞發現電報是諾依米那個女人發的，當下震怒不已，好一個只會糾纏他主人的女魔。

又隔天的晚上約八點左右，吉突然從床上坐起，「法蘭索亞，準備好了沒？要宣戰了，快，我們要出征了。」

法蘭索亞只能哄他說：「明天早上才出發，現在好好休息。」

「有沒有搞錯？你竟敢一拖再拖？說好要報仇的，你還在等什麼？」

法蘭索亞雖感無奈但仍得設法讓他重新躺下睡著，怎知吉一再吵著要出征，法蘭索亞越來越沒轍了。顯然吉自己都不知道自己每晚在幹嘛。

一月六日那天，布朗西博士派了看護人員來，法蘭索亞雖然火大，卻也無能為力，眼睜睜看著主人被穿上了瘋人穿的條紋拘束衣，啟程前往巴黎。清醒的主人沒有說什麼，在無數雙好奇的眼睛注視下，法蘭索亞一直緊隨在側。

他們一行到車站時，一群愛看熱鬧的群眾一擁而來，莫泊桑精神不正常的消息早已傳遍每一個角落。

「莫泊桑發瘋了，據說是梅毒引起的……」

「梅毒？」

「看！他被綁著哩。」

「咦？那不是瘋子穿的拘束衣嗎？」

這可是頭條的大新聞，一個如日中天、紅得發紫的大作家，竟然穿著精神病患穿的衣服被送回來。只見吉安靜得出奇，好似渾然不知外面的世界。最後來到布朗西博士的精神病院。當建築物初入眼際時，法蘭索亞竟覺渾身毛髮悚然，但他仍是留在吉身邊直到最後一刻的人。

雖然已不是在老家了，但忠心的法蘭索亞依舊每天準時出現，就像以前一樣的照顧主人，替他換衣、如廁和餵食，直到夜深吉因用盡所有的亢奮而疲倦入睡為止，時時刻刻不離身地陪伴著他。有時也會盼到吉平靜的時刻，他甚至能恢復正常時的精神，說起一些昔日的笑話。

一年又過，在一個初春的晚上，法蘭索亞正在幫吉給莫泊桑夫人寫信時，吉突然大叫：「別以為我不知道你想搶我在回聲報的地位，而且還想要把我的祕密偷偷告訴神，滾，你馬上給我滾！我再也不要看到你！」

這讓法蘭索亞非但震驚，同時也十分傷心，但他的寬容乃是來自對主人日益惡化的病情的了解，那一刻，他只能靜靜看著吉，百感交集，接著看護人員就示意他可以出去了。經過這一次，讓法蘭索亞深信他主人被監禁的地方，一定不會照顧好他，於是立刻告知莫泊桑夫人他的想法，不久她就回信說：「對，我兒子再怎樣都必須離開那個鬼地方。」

第二天，吉又和顏悅色地迎接他的僕人準時出現。「法蘭索亞，我們回去吧，我的原稿和書都還在家裡。你再做些好吃的東西給我吃好嗎？那我一定就能馬上好起來，在這裡是不可能好起來的。」

法蘭索亞聽了，整顆心都快碎了。「是，老爺，我們馬上回去。」

法蘭索亞一直都伺候著吉，直到他最後過世。死神遲遲不帶走他，讓他身心的苦痛拖了好久好久。艾蜜諾曾來探訪過吉，但他只是呆呆地沉默著，不知是否認出了艾蜜諾是誰沒。吉在這人間的地獄裡飽受煎熬了十八個月，每每劇烈的發作和猶如死亡一般的靜滯狀態交相來襲，令人不忍。吉的一隻眼睛已經失明，艾蜜諾送葡萄來時，他還笑著推卻說：「銅做的葡萄怎麼吃？」

有一天吉又大吵大鬧，說什麼法蘭索亞偷了他六千法郎，後來又變成六萬法郎，越變越多。眼看一個曾經那麼結實的人，現在卻瘦得不成人形，下巴鬆垮垮的，嘴巴還有事沒事隨時張開著，最近竟開始舔牆壁。

丹威爾有一次來訪，吉起初還正常，怎知下一刻突然說：「你們走吧。」然後自動要求穿上拘束衣。

最後那幾天，吉最愛在法蘭索亞的攙扶下到院子散步，吉的兩腳已沒什麼力氣了，主僕兩人走走就並肩在長椅坐下，那時已接近春季的尾聲，晴朗的天空偶有白雲飄過，怡人的微風陣陣佛來。

「我看到一片綠色。」吉喃喃說著，「冬天是不是確定走了？」

「你看那邊的小灌木。」法蘭索亞輕拍吉說，「在反射著微光咧。」

「嗯，但怎麼也比不上艾德路塔老家的白楊，對不對？」

「對，老爺。」

「尤其是起風的時候。」

「嗯。」

只聽見沙沙沙的樹葉聲從遠處的諾曼第傳到他們耳中，很久以後，法蘭索亞的耳朵彷彿都還常聽到這熟悉的聲音。一八九三年七月六日，莫泊桑閉上眼睛，撒手西歸，他在這個世上待了四十三年，死時十分悽慘，因夜被病魔蹂躪著，最後三個月，更幾乎沒有一刻不是在痙攣、掙扎、吶喊中度過，教人不忍卒睹。

莫泊桑的遺體沒有裝入棺木，而是直接葬於蒙帕爾納斯墓地，因為他生前曾表示，希望能直接埋於孕育他的大地裡。和恩師福樓拜的情形一樣，依舊是左拉在朗讀弔文。所有在對莫泊桑的遺體做最後敬禮的人群中，有兩個最特別的女人，就是艾蜜諾和克麗姆，只見她們兩人手牽著手，看不到表情地默默離開。那時，樹梢傳來一陣沙沙沙的樹葉聲，每個人都離去了，只留下斯人長眠於此。

GOBOOKS & SITAK GROUP©